モウ半分、クダサイ

愛川 晶

Akira Aikawa

中央公論新社

目次

三十年間の前半を一緒に駆け抜けた友であり、
現在、天国一の人気作家でもある北森鴻氏に捧げます

モウ半分、クダサイ

装画　山本タカト
装幀　山影麻奈

第一話　モウ半分、クダサイ

「……ああ、そうですか。ありがとうございます。おい。お前《めえ》、お手柄だぜ。男の子なら、うちの跡継ぎ……ええっ？　これが……この子は、ずいぶんとまた、しわだらけだなあ」

「あたり前さ。生まれてすぐは誰だってしわくちゃで、おサルみたいな顔してるんだよ」

「いや、そうじゃなくて、年寄りみてえにしわが寄ってるんだよ。赤ん坊のくせに白髪《しらが》が生えてるし、もう歯も生えてらあ。それにしても、この顔、どっかで見たような……あっ！　わかった。あの八百屋のじいさんにそっくりだ」

「気持ち悪いこと言っちゃ嫌《や》だよ。嘘ばっかり……どれどれ。こっちへおよこし」

けれども、見ると、まさに瓜二つ。その上、赤ん坊がカッと眼を見開き、女房を睨みつけたので、「ワアー！」と頭へ血が上って、そのまんま。息を引き取ってしまいました。

さあ、赤ん坊は生まれる、女房は死ぬ。大変な騒ぎ。亭主はこれもあのじいさんの祟《たた》りだと思って、せめてこの子だけは大切に育てようと心に決めます。

ただ、自分は商売をしておりますから、乳母《ばあや》を雇って面倒をみてもらいましたが、これが皆《みんな》一日か二日経つと、「お暇をいただきます」と言って、辞めてしまう。

「ちょいと待っとくれよ。こう次々に辞められたんじゃ、困っちまう。男手一つじゃどうにもならないんだから……給金が不足なら、もっと増やすからさ」

「お給金のことじゃないんでございます。あたくしはとてもいられません。臆病《おくびょう》な質《たち》でございますから」

「臆病な……？　すると、何かあるのかい。訳を話しとくれ」

「いいえ。それは無理です。あたくしの口からは申せませんが……でしたら、旦那、こういたしましょう。今夜もう一晩、何とか我慢してここにおります。坊やと添い寝をしますから、覗いてくださいな。そうすればわかりますから」

「ああ、なるほど。じゃあ、お願いしますよ」

さて、その晩、商売を終えてから、亭主は次の間の襖《ふすま》を細めに開け、じいっと見ている。次第に夜が更けてまいりまして、草木も眠る丑三《うしみ》つ刻《どき》。八《や》つの鐘がゴオーンと鳴ります。すやすや寝ていた赤ん坊が急にむっくり起き出し、辺りの様子を窺《うかが》っていたが……やがて立ち上がると、チョコチョコチョコチョコと行灯《あんどん》のそばまで行く。

それから、行灯の脇に置かれていた油差しを取り上げ、近くにあった茶碗へ中の油を注いで、ペチャ……ペチャ……さもうまそうになめ始めた。

その様子を見ていた亭主はびっくり仰天し、襖を開けると、部屋へ飛び込んだ。

「こんちくしょうめ。おい、じじい。迷ったな！」

殴りかかろうとすると、赤ん坊がふっと……

1

せっかくの金曜だというのに、夕方、近所のスーパーで食材を仕入れ、表へ出たとたん、ちらちらと白いものが舞い始めた。

故郷とは違い、東京の雪なんて高《たか》が知れていると思ったが、午後八時の開店前、二階の窓から見下ろしてみると、珍しく路面に積もり始めている。

三年以上続いたコロナ禍もようやく落ち着き、今年は滑り出しから店は大盛況。新年会の時期が終わっても好調な売り上げが続いていたが、今日は口開けから二時間経っても客がゼロ。常連も雪に恐れをなし、家路を急いだのだろう。それでも十時半近くなって、一見《いちげん》の男性が二人続けて来店し、ほんの少しだけ格好がついた。

床面に固定されたスツール八席を備えたカウンターと、奥に四人掛けのテーブルが二卓。バーのキャパは坪数の二倍が標準だと聞いたが、ここは敷地の関係で床が台形になっているため、八坪に十六席はやや窮屈だ。

無垢材《むくざい》で手作りされたカウンターをはじめ、柱や床にもヴィンテージウッドが使われている。照明はシャンデリア風のシーリングライトで、光量が控えめ。初対面の相手などに『どんな感じのお店ですか』と尋ねられた時には、『よくあるクラシックなバーです』と答えることにしていた。

　特に用がないので、三本刃のアイスピックを取り出し、丸氷を削り始める。

「すみません。オーダー、いいですか」

　カウンターの真ん中に陣取り、ハイネケンを飲んでいた若い客が声をかけてきた。

「あ、はい。何を差し上げましょう」

　持っていたものを調理台に置き、タオルで両手を拭う。

「ソルティ・ドッグをお願いします」

「はい。ウォッカは何を？」

「そこは……ええと、お任せします」

　無言でうなずき、ボトル棚からスミノフを取り出す。見たところ、まだ二十代前半らしいので、ポピュラーで口あたりのいい銘柄を選んだのだ。

「スノースタイルにいたしましょうか」

「スノー……あ、そうか。お願いします」

　ロックグラスのエッジにレモンの果肉をこすりつけ、続いて、塩の瓶に手をかけた時、

「あのう、できれば、お店の名前通りにお願いしたいのですが」

「承知いたしました」

　どうやら表の看板に興味を惹《ひ》かれ、階段を上がってきたらしい。

　ミルを操作して小皿に岩塩の粉をまき、グラスに付着させるのだが、今回は注文に応じ、半周分だけにとどめた。半分にカットしたルビーグレープフルーツを専用の器械にかけ、氷を入れた

グラスにウォッカ、絞った果汁の順に入れて、バースプーンでステアする。

「お待たせいたしました」

ビールグラスと交換でコルクのコースターに載せると、男性客はふと眉根を寄せ、

「これ、名前の由来は何でしたっけ？」

「はい。直訳すれば『しょっぱいやつ』。本来はイギリス海軍の甲板員《こうはんいん》を指すスラングだそうです。始終《しじゅう》、潮を浴びる仕事ですからね。ついでに申しますと、カクテルにはそれぞれ『カクテル言葉』があって、ソルティ・ドッグの場合は『寡黙』。甲板員が黙々と働く姿がその由来だと聞きました」

「へえ。さすがによくご存じですねえ。勉強になります。なるほど。カクテル言葉……」

若い男性客はうれしそうに笑い、しばらくスマホで何か調べる素振りを見せたが、やがて、塩が付着している側の縁に口をつけて、ソルティ・ドッグを飲み始めた。

再びアイスピックを右手に握り、氷のブロックを削り始める。

年はまだ四十五になったばかりだが、若白髪の家系なので、オールバックの頭はすでにほぼ真っ白だし、面長の顔に鼈甲《べっこう》縁の伊達《だて》眼鏡。そんな俺が白ワイシャツに黒ベストとズボン、クロスタイ、ロングエプロンというスタイルでバックバーを背にして立てば、いかにもそれらしく見えるだろうが、実際の経験は二年弱。まともにシェーカーも振れない。それ以前にも水商売はしていたが、業態が違うので、何の役にも立たなかった。

（常連の前ではとうに化けの皮がはがれちまって、誰も質問なんかしてこねえ。そもそも、小難しい蘊蓄《うんちく》が語れるのはソルティ・ドッグに関してだけだ）

ふと、店内を見回す。内装が凝っているのは以前の経営者の趣味で、三年前、心臓病のために急死したと聞いた。その後、建物自体が古く、変形の間取りであるのが災いして、しばらく空《あ》き店《だな》になっていたが、一昨年の三月、俺が賃貸契約して、新たに開業したのだ。

（名前含めて居抜きで借りたから、早い話がなりすましみてえなもんだ。まあ、店自体は古いから、一見の客が誤解するのも無理ないな）

両手を動かしながら、俺はこっそり苦笑した。今やっている作業も単なる見せかけで、客に提供するランプ・オブ・アイスはシリコン製のトレーでこしらえ、大量に保存してある。誰が考えたのか知らないが、人の手で削られたような跡までつくから重宝だ。

若い客はグラス片手にスマホをいじっている。顔がにやけているので、もしかすると、彼女をここへ呼ぶつもりなのかもしれない。

（『ベテランのバーテンダーがいる渋い雰囲気の店だ』てなことをＬＩＮＥしてるのかな。ふふ。そいつはとんでもない勘違いだ）

笑いを嚙み殺しながら、氷の塊《かたまり》へ食い込んでいく三本の刃を見つめる。

（俺が元ヤクザで、以前にはこいつを振り回し、人を殺したことがあると知ったら……こいつ、一体どんな顔をするだろう？）

2

クラシックなバーをコンセプトにした理由は大規模な改装工事をする費用がなかったせいもあ

るが、フードメニューの数が少なくて済む点にも魅力を感じたからだ。

厨房機器はあるが、だいぶガタがきていたし、凝った料理を作るほどの腕もない。現在出しているのはミックスナッツやドライフルーツ、ビーフジャーキー、チーズ……ここまでは出来合いばかりだが、『自家製スモークの盛り合わせ』『自家製ピクルス』が異彩を放っていた。

調理を担当しているのはすべて紗英《さえ》で、彼女が店に関わるようになってから手作りの味が評判になり、明らかに客の数が増加した。

店の性格上、二次会以降での利用がほとんどだし、価格を抑えているため、特に苦情もなかったのだが、選択肢が多いに越したことはない。中華鍋とサクラのチップで作るスモークだけでも、サーモンやチーズ、ウインナーなどの定番はもちろん、鶏の砂肝から明太子まで燻《いぶ》すのだから、我が妻ながら大したものだ。

雪はその後も降り続き、新たな客は来ない。そのうちにカウンターの隅で黙々とスコッチの水割りを飲んでいた年配男性が出ていき、残っているのは最前の若い客だけになった。

午後十一時過ぎ、厚い木の扉が開いて、オフホワイトのコートを着た紗英が店に入ってきた。

「ごめんなさい。遅くなっちゃって」

見ると、傘は持っているのに、肩に大量の雪が付着していた。

「何だ。来たのか。具合が悪いんだから、今夜は家で寝てろと言ったのに」

「大丈夫。ちょっと頭が痛いだけだもの」

「それにしたって、なぜそんな……歩いたりせず、タクシーを使えばよかったじゃないか」

「家を出る時、小やみになっていたのよ。途中で風も出てきて……どうも、いらっしゃいませ」

妻はカウンターの客に声をかけてから、ボトル棚の陰へと消える。そこに狭いながらも、事務所兼倉庫にしているスペースがあった。

「今のきれいな女性、マスターのお嬢様ですか」

ややあってから、客が俺にきいた。

「いいえ。うちの家内ですが……器量は、まあ、普通でしょう」

一応謙遜《けんそん》すると、客は左手に持ったスマホを打ち振り、

「いえいえ！　女優さんかと思いました。まだお若いですよね」

「いや、若作りなだけです。今までにも娘に間違えられたことはありますが、私も見た目よりは年が下でして……そんなことより、グラスが空ですが、何かお作りしましょうか」

「え……ああ、そうですね。ええと、それなら……」

客はスマホの画面に視線を落とし、何かしきりに操作していたが、

「じゃあ、コープスリバイバーは、お願いできますか」

「コープス、リバイバー……はい。承知いたしました」

カクテルの名前は知っているが、作ったことは一度もない。かろうじて、ブランデーベースだったのを記憶している程度だ。

こんな時は悪あがきせず、『申し訳ありません。ちょっと材料が』と言って逃げることにしていたが、若造に頭を下げるのも癪《しゃく》に障る。そこで、やおらにっこりほほ笑むと、

「せっかくおほめいただきましたので、その一杯は家内に作らせます。もうそろそろ、着替えも済むでしょうし」

天気の話などしているうちに、妻が店の奥から出てきた。制服は俺と同様だが、ゆるくパーマをかけた髪をポニーテールにして、濃いめのリップを塗っただけで、別人のように妖艶《ようえん》になる。体は小柄で、身長百七十五センチの俺と並ぶと、背丈は肩のあたりまでだが、瓜実顔《うりざねがお》にやや青みがかった大きな瞳、引き締まった口元。バーテンダーの格好がよく似合っていた。

「あのな、こちらのお客様、コープスリバイバーをご注文だ。よろしく頼むよ」

「あ、はい。わかりました」

紗英が早速準備にかかる。メジャーカップでブランデーを二回、アップルブランデーとスイートベルモットを一回ずつ量《はか》って、ミキシンググラスに入れ、ステア。カクテルグラスへ注ぎ、

「どうぞ」とカウンターに置く。

「へえ。これが……ふーん」

男性客はグラスの脚の部分をつまむと、眼の高さまで持ち上げ、琥珀色《こはくいろ》の液体をしばらく眺めてから口に含む。

「……ははあ。こういう味だったんですか」

そのつぶやきを聞いて、俺は眉をひそめる。

(俺を試すつもりで、飲んだこともないカクテルを注文しやがったんだな。そうは問屋が卸《おろ》すもんか。それにしても、紗英は本当に何でもよく知っている)

向上心のかけらもない亭主とは違って、妻は大変な勉強家。短期間のうちに、バーテンダーとしてのノウハウを身につけてしまった。

「コープスリバイバーにはレシピが複数存在しますが、今日は最も一般的なものをお作りしまし

た」

「そうでしたか。さわやかな酸味と甘みがあって、とてもおいしいです。ええと、たしか、死んでも……」

最後のつぶやきを聞いて、俺は首を傾げる。

（死んでも……何なんだ？　『死んでもいいくらい、うまい』とでも言いたいのか。だとしたら、ずいぶん大げさだが……）

「実は、あと少しで連れがやってくるんです」

ややあってから、客が少し照れた表情で言った。

「ああ。だから、コープスリバイバーを……」

すると、紗英は微笑みながらうなずき、

「もしかすると、そうかなと思っていました」

（やっぱり、女が来るのか。最前から、そんな雰囲気ではあったが、紗英は何を根拠に……ああ、なるほど。カクテルの名前か）

英語は苦手だが、コープスはたしか『死体』なので、全体として『死者を蘇生させるもの』という意味になる。つまり、それほど元気が出るというわけだろう。そんな一杯を頼んだのは、きっと、これから彼女と過ごす夜に備えてのことだと推理したのだ。

客から顔を背《そむ》け、苦笑いをしていると、近づいてきた妻が耳元でささやいた。

「ねえ。昨日も遅かったんだし、今夜はもう帰ったら」

「ん……？　いや、そういうわけにはいかないさ」

「だって、この天気だもの。一人で充分。今朝も家に戻ったのは五時近かったんでしょう。早く帰って、ゆっくり休んで。車を使ってもらってもいいし」

「いや。先に帰るなら、もちろん歩くけど……体調は本当に大丈夫なのか」

「だから、全然平気だって。頭痛もすっかり消えたんだから」

「そうかい。それなら、お言葉に甘えようかな」

営業時間は午後八時から午前三時だが、ある程度柔軟に対応していた。今朝は若いグループが四人で盛り上がっていたので、結局、一時間以上も延長するはめになった。

店から自宅までの距離は一キロもないので、徒歩でも充分通えるが、途中が坂道だし、帰りが深夜になるため、普段の移動手段は車。もう十年近く前のカローラで、営業中は近くの駐車場に置いておくのだ。

エプロンの紐を解き、ボトル棚の陰へ入り、ドアを閉めようとした時、

「本当にお若いですねえ」

「いいえ。そんな……古女房ですから」

妻と客との会話が聞こえてきた。

3

眼鏡を外し、ロッカーにしまう。着替えを済ませて、フリースのジャケットを羽織り、ビニール傘を手に店を出た。

木製の扉には『Half Moon』の文字と上弦の月。その下に『WELCOME OPEN』のプレートが紐で吊されていた。当然、裏返せば『SORRY CLOSED』になる。月の絵と店の名前を記した立て看板はビルの前にも出ていた。

何も考えずに引き継いだ店名だから、開店当初はグラスの縁に塩をつける、いわゆるスノースタイルが由来だということさえ知らず、恥をかいたりもした。

店の立地は西荻窪《にしおぎくぼ》駅北口を出て、バス乗り場を横目で見ながら右方向へ進み、最初の交差点を左折すると、北銀座《きたぎんざ》通り。二つめの路地を左へ入り、道幅が狭くなる手前の右側だ。木造モルタルの二階建ては昭和末期のもので、大家が定期的に補修してきたとはいえ、相当くたびれている。一階には手芸用品専門店が入っていた。

地上に下り立ち、傘をさしたが、見ると、もう雪は降っていなかったので、すぐに閉じて、念のため、フードを被《かぶ》る。うっかり革靴を履いてきてしまったが、気温が高いので、雪に足を取られる心配はない。

歩き出すと、向こうからピンクのダウンコートを着た女性がやってきた。服装も化粧も垢抜けないが、彼女は俺とすれ違った直後、うちの店への階段を上がり始めた。

(えっ？　すると、今の女がさっきの客の……破《わ》れ鍋に綴《と》じ蓋《ぶた》ってやつだな)

誰もいない路上で、俺はまた苦笑した。

(だったら、俺が残っててやるんだった。美貌のバーテンダーに接客されたのでは、目移りしちまう。首尾よくホテルへ連れ込めたとしても、紗英の顔がちらついて困るだろう)

「……まったく、お気の毒に」

そんな言葉が口からこぼれる。独り言は子供の時からの悪い癖で、緊張がゆるむと、つい出てしまうのだ。

大通りに出てから、北に向かって進む。この道はやがて青梅《おうめ》街道と交わるが、自宅はその少し手前だ。

歩いているうちに、どこかで一杯やりたくなった。自分で用意した寝酒では気分が変わらない。自宅まで、まだだいぶ距離があるが、雪もやんだことだし、少しならいいだろう。

道路の反対側にあるビルの一階に赤提灯《あかちょうちん》がともっていた。通りを渡り、『やきとり　福嘉《ふくよし》』と赤地に白く染め抜かれた暖簾《のれん》を潜る。

「よお。アサちゃん、いらっしゃい！」

焼き台に向かっていた俺と同年輩の店主が、威勢のいい声で迎えてくれた。地元の商友会の会合がきっかけで親しくなったのだが、やつはなぜか俺を名字の頭文字で呼ぶ。フルネームが朝原洋介《あさはらようすけ》だから、過去に『洋ちゃん』は多かったが、『朝ちゃん』は初体験。ちなみに、向こうの名前は福山建彦《ふくやまたけひこ》なので、俺はタケちゃんと呼んでいた。時として、ギャンブルに入れ込みすぎるのが玉に瑕《きず》だが、実に気のいい男だった。

「でも、店はどうしたんだ。雪のせいで早仕舞《はやじま》いかい」

「いや。『昨日も遅かったんだし、今夜は客が少ないから、骨休みをしろ』と言われてね」

「何だって？　まったく、困った男だなあ」

焼き上がった串をタレの壺に浸しながら、タケちゃんが顔をしかめた。

「こんなところで、のろけるんじゃねえよ。あんないい女を女房にして、その上、こき使うだなんて……そのうち天罰が下るぞ」

「せいぜい気をつけるさ。とりあえず、タケちゃん、熱燗とイキのいい刺身を頼む」

「はいよ。わかった。任しとき！」

焼き鳥が看板の店だが、伝《つて》があるらしく、北海道と東北の新鮮な魚介が直送で手に入る。俺はむしろそっちを楽しみに通っていた。

狭い店内にはカウンター九席と小上がり。奥の座敷には先客が三人いて、職場の飲み会の流れか、全員揃ってネクタイをゆるめ、賑やかに飲んでいた。入口近くに焼き台があるため、厨房を囲むカウンターはL字形。短い方の辺には椅子が二つ並び、そのうち、壁際が俺のお気に入りの場所だった。

丸椅子に腰を下ろし、一息つく。やがて、燗酒が届いたので、突き出しの塩辛を肴《さかな》にちびちび飲んでいるところへ、ホウボウの刺身が来た。ちょうど今が旬なので、歯応えがよく、味に深みがある。

アルコールがじんわり体に染みてくると、眼の前に見渡す限りの雪原が浮かんできた。

（都会の雪は、すぐにだらしなく溶けちまう。東京者《とうきょうもん》は地吹雪《じふぶき》の怖さなんて生涯知らずに終わるんだろうな）

俺の故郷は福島県郡山《こおりやま》市。東北地方では比較的温暖な地域だが、その中でも猪苗代湖《いなわしろこ》に近い高地だったため、冬になると一メートル以上雪が積もり、春まで消えなかった。

（そんな田舎が嫌でたまらず、都会へ出てきたんだが、この年になると、不思議に懐かしい気持ちも湧いてくる。ただ……実家は懐かしくも何ともねえな。あんなひどい家に生まれなければ、

ヤクザ者になんかならずに済んだんだ）

4

実の父親は腕のいい板前だったそうだが、俺が二歳の時に亡くなり、物心ついた時には母、再婚した義父と三人で暮らしていた。実父の死因は知らない。

義理の親父は工務店を経営し、なかなかの羽振りだったが、気性が荒い上に大酒飲みで、些細《ささい》な理由ですぐに暴力を振るった。攻撃対象はもっぱら俺で、おふくろは自分へ矛先《ほこさき》が向かないよう息子を悪者に仕立て、嵐をやり過ごすことしか考えていなかった。

『お前が素直じゃないから、こうなるんだ。産んで失敗したよ』

わざと亭主に聞こえるよう吐き捨てた声が、今でも耳に残っている。十七歳で俺を産んだおふくろはよく独身者と間違われ、男から口説《くど》かれるのを自慢にしていて、確かにその通りの見た目ではあったが、母親としては完全に失格。たった一度だけ、『母さんは僕がかわいくないの？』と泣きながらきいたことがあるが、『かわいげのない子に限って、そんなことを言い出すんだ』と鼻でわらわれただけだった。

そんな育ち方をしたせいで、俺は小学生の時から万引きに手を出し、中学校に入ると、悪い仲間とつるんでシンナーに窃盗、恐喝、喧嘩などに明け暮れた。とりあえず卒業したものの、入学した工業高校は三カ月で辞め、それ以降、仲間のアパートを転々として、家には寄りつかなくなった。

今ではすっかり様変《さまが》わりしたらしいが、以前の郡山市は『東北のシカゴ』などと呼ばれるほどヤクザが多く、暴力団同士の抗争が絶えなかった。そんな土地柄だから暴走族がはびこるのは当然で、市内にいくつもグループがあり、高校を中退した俺はごく自然にそのうちの一つに加入することになった。

当時、郡山市内の暴走族はどのグループもバックに暴力団がついていた。一説では取り締まりに手を焼いた警察がヤクザにお守《も》りを命じたのだというが、真偽のほどは知らない。

（今にして思えば、あそこが人生の分かれ道だったな）

いつの間にか徳利は二本めになり、塩辛も刺身もなくなっていた。過ぎた日々を回想しながら飲んでいると、こんなことがよくある。俺は空になったぐい飲みを酒で満たし、

（いや、分かれ道というほど、ご大層なものじゃない。あの時、すでに暴走中の共同危険行為と暴力沙汰で少年鑑別所送りになっていた）

郡山市内の暴力団事務所へ出入りし始めたあたりの事情はお定まりだ。まだ十八のガキだったから、暴走族時代に顔見知りだった先輩がブランド物に身を包み、外車を乗り回しているのを見て、一も二もなく誘いに乗ってしまった。

東京の本家の枝の枝、いわゆる四次団体だったが、事務所での部屋住み修業を開始してから一年後、ひょんなことから知遇を得た上部団体の会長から直々《じきじき》に声がかかり、宅住《たくず》みに抜擢された。『会長宅住み』は仕事の中身こそ部屋住みと同様だが、池袋《いけぶくろ》にあるトップの自宅に住み込み、会長や姐《ねえ》さんの身のまわりの世話をするわけだから、役割は重要。そして、上京から二年後、会長から正式に盃《さかずき》をもらい、三次団体の組員になったのだ。

ちょうどその頃、義理の親父が肝硬変でくたばった。体を壊したせいで会社が潰れ、借金に追われていたらしい。二人の間に子供はなく、おふくろは夜逃げしたそうだが、それを聞いても、ざまあみろとしか思わなかった。

もう生涯会うことはないだろうが、仮にどこかで偶然出会ったとしても、『おふくろ』とも『母さん』とも決して呼ばない。無視してやるつもりだし、どうしても会話する必要があれば、名前呼び捨てで上等だ。

(その後、組内部での役職も徐々に上がり、シノギもうまくいっていた。順風満帆《じゅんぷうまんぱん》と思ったんだが……そうは問屋が卸《おろ》さなかったなあ。何をするにも面倒な時代になっちまった)

きっかけは言うまでもなく暴力団排除条例で、あれ以降、ヤクザの最大の資金源であったみかじめ料、つまり、飲食店や風俗店からの用心棒代の徴収が困難になった。何しろ、条例に違反すれば支払った側も一年以下の懲役または五十万円以下の罰金というのだから穏やかではない。

まあ、実際にはその代わりに観葉植物や絵画をリースしたり、ミネラルウォーターを一般価格より高値で納入したりしているわけだが、暴排条例施行後、しばらくすると、組織からの偽装離脱とフロント企業への看板のかけ替えが激増した。

この俺もいろいろとあがいてはみたものの、最後には時代の流れだと割り切って、今から六年前、親分に盃を返した。ただし、それはあくまでも表向きで、組への上納の義務は変わらない。利ざやが稼げるリース屋や水の販売会社は上層部が早々と開業してしまったので、俺は仕方なく小さなスナックを始め、それだけでは到底足りないので、やがて違法風俗業にも手を染めた。

(あの頃は、本当に苦しかったな。どうにもならなくなって、下手《へた》を打ち、危うく……いや、よ

そう。もう済んだことだ）

記憶の底でどす黒い何かが頭をもたげかけたが、俺は力ずくでそいつを抑えつけた。そして、酒を干して、大きく息を吐き、

（まあ、いろいろあったが、結局はバーのマスターに収まり、すぐ脇に美人の女房をはべらせて……我ながら結構なご身分だが、人間てのは贅沢なもので、暴走族《ゾク》をやってた頃に味わったスリルが恋しくなる時がある）

俺の愛車はカワサキの四〇〇ＣＣで、あちこち傷だらけの中古だったが、直列四気筒は健在で、あっという間に百キロ超えの時速を出すことができた。

（消音器を抜いたマフラーでエンジンを吹かし、警察《サツ》の連中と追いかけっこをしたっけなあ。俺はローリングが得意で、車体を目一杯傾けると、スタンドが道路をこすって火花が……最初《はな》は怖くてたまらなかったけど、慣れると、あれが快感になるんだ。

確かに幸せではあるが、この頃は毎日が単調だ。たまに、全身が震え出すような怖い思いがしてみてえ）

「ご案内しましょうか」

ぎょっとなり、あわてて右を向くと、何かが手にあたり、バタンと音がした。

「おや。これは大変……お召し物は大丈夫ですか。日本酒は糖分を含みますのでね、もし濡れたのなら早めに手当てしませんと」

倒れた徳利を立て、そばにあったおしぼりでカウンターの上を拭く。

「い、いや、大丈夫だが……そんなことより」

俺は困惑しながら、声の主《ぬし》を見つめた。

「あなた……一体、誰なんです？」

5

いつの間にやってきたのだろう。俺の右の椅子に男が腰を下ろしていた。

「誰って……ただの客です。たまたま、あなたと隣り合わせたというわけでして」

「たまたま？　そう、ですか」

わずかの間に混み合ってきたのかなと思い、店内を見回したが、カウンターにいるのは俺たちだけ。常識外れの行動に、内心むっとしながら男を観察してみたが……これといって特徴のない、どこにでもいそうな中年男だ。

年齢は四十代だと思うが、自信はない。グレーのスーツに白ワイシャツ、ペイズリー柄のネクタイ。縮れた髪を七三に分け、銀縁の眼鏡をかけている。レンズの奥には開いているか閉じているか、見てもよくわからない両眼。

（まるで、起きて居眠りでもしているような……そんなことはどうでもいい。そもそも、タケちゃんがドジなんだ。この状況の中、こいつが俺の隣に座ろうとしたら、『お連れ様ですか』と一言尋ねるのが筋だろう）

腹が立ったので、焼き台に向かっている背中に声をかけたが、三度くり返しても反応がない。大声で叫ぶと、やっと振り向いたが、次の瞬間、思わず息が止まった。

タケちゃんの顔から拭ったように感情が消え、眼は虚《うつ》ろ。ただごとではないその様子に、苦情を言う気など失せてしまった。何となく、店内の照明まで少し暗くなった気がする。

「あ、あの……酒の代わりを頼むよ」

かろうじて、それだけ言うと、『居眠り男』が自分の徳利をさっと差し出してきて、

「お一つ、いかがですか。熱いのが届くまでのお間《ま》に合わせに」

拒否する理由を思いつかず、俺はとっさにその酌を受けてしまった。

「ところで、先ほどの件ですが、お望みとあらば、私《わたくし》がご案内いたします」

「……先ほどの、件？　いや、思いあたりませんが」

「いえいえ。ちゃんと、この耳で聞きました。全身が震え出すような怖い思いがしたい。間違いなく、そうおっしゃいましたよね」

「え……あ、ああ。なるほど」

俺は力なく笑い、こっそり舌打ちをした。いい年をして情けないが、ガキの頃からの悪い癖がまた出てしまったらしい。

「そりゃ、まあ、言ったかもしれませんが、酒の上での単なる独り言ですから――」

「決して、あなたを失望させません。間違いなく、震えるほどの恐怖を味わえます」

男は強引に俺の言葉を遮り、身を乗り出してくる。

（野郎、なめんなよ。これでも、俺は数えきれないほどの修羅場を踏んできてるんだ。並大抵のことじゃ驚かねえ。いっそ、ここで正体を現してやってもいいんだが……）

それでも逡巡している間に、相手が口を開く。

「入場料は一万円ですがね、飛びきりの恐怖を味わえるのなら安いものです」

(一万円の、入場料だって……?)

具体的な条件を提示され、俺はふと興味を覚えた。もしかすると、居眠り男はこんな勧誘を生業《なりわい》にしているのではないか。それなら、適当に調子を合わせ、あとで話の種にするのも悪くない。

「へえ。おもしろそうだけど、まさか遊園地の絶叫マシンに乗せたりはしないだろうね」

「ご冗談を。そんな子供っぽいことはいたしません」

「だったら、若い女をあてがわれ、いい雰囲気になったところで、頬に傷のある亭主が乗り込んでくるとか……」

「美人局《つつもたせ》なんて、滅相《めっそう》もない。犯罪などとは無縁です。何しろ、私がお誘いしようとしてるのは落語会ですから」

「えっ? ラクゴカイというと……」

「おわかりになりませんか。落語を聞く集まりですよ」

「何を言い出すかと思えば……ばかばかしい」

俺は呆れ返ってしまった。

「落語って、あれだろう。ジュゲムジュゲム、ゴコウノ……とかいうやつ。あんなもの、怖くも何ともありゃしない」

「それは、失礼ながら、あなたの偏見です。『寿限無』のような落とし噺だけでなく、『真景累《しんけいかさね》ケ淵《がふち》』や『牡丹灯籠《ぼたんどうろう》』に代表される怪談噺は落語の立派な一ジャンルですから」

「ああ。牡丹灯籠……は聞いたことがあるな。たしか、カランコロンと下駄の音を鳴らしながら、幽霊がやってくるんだ」

「はいはい。それだけではなく、通常の噺の中にも聞いて心底恐怖を感じる演目が多数存在します。そんな噺だけを選んで口演する特別な会が、ちょうど明日開催されるのです。あなたのご希望にぴったりだと思いまして、ぜひご紹介を——」

「ありがたいお話ですが、お断りしますよ」

　右手を振り、今度は俺が相手の言葉を遮った。

「怖い落語も確かにあるだろうが、わざわざ聞きに行きたいとは思わない。これでも結構忙しい体でね、店をやってるから、明日の晩も仕事なんです」

「つまり、夜のお仕事というわけですね。それなら、なおさら好都合だ。落語会は午後二時からです」

「えっ、午後二時？　まあ、昼間から怪談を聞いて悪いという決まりはないが……一応伺いますが、明日落語を演《や》るのは誰と誰です？　たぶん、知らないだろうけど」

「出演者は一人で、毎回同じ。花山亭喜龍《かざんていきりゅう》師匠です」

「ほら、やっぱり知ら……ん？　ちょ、ちょっと待ってくれ」

　俺は思わず息を呑み、男の顔をまじまじと見つめた。

「キリュウの字は、もしかして『喜ぶ』にドラゴンの『龍』では……年は、ええと、たぶん、六十くらい」

「まさにおっしゃる通り。事情があって、今は表立った活動を控えていますが、若い頃には相当売れていたので、あなたがご存じなのも当然です」

「いや、知っているというか……そうか。あの、喜龍が……」

微かなうなり声を上げる。予想外の名前を聞き、すっかり忘れていた十代の頃のある記憶が蘇ってきたのだ。


「……いえいえ。知らないとおっしゃいますが、ずっしりと重たいものですから、途中で落とす気遣いはございません。間違いなく、ここに置き忘れたのでございます。あの中には五十両という金が入っておりまして……あれがないと、とても生きてはいられません。

訳をお話ししなければ、わかってはいただけないでしょう。実は私、以前は深川八幡《ふかがわはちまん》前で若い者を何人も使い、八百屋渡世をいたしておりました。ところが、若い時分からの酒道楽。しかも、あと引き上戸という悪い癖がありまして、とうとう店を傾けてしまいました。

よんどころなく裏店《うらだな》へと引っ込み、天秤棒《てんびんぼう》を肩にあてがって青物を方々《ほうぼう》売り歩く姿を娘が見て、『おとっつぁん、六十の坂を越えて、いつまでもそんなことをしてたら、体を壊すに決まっている。小さな店でも一軒構え、そこで商売をしてください。そのための元手はあたしがこしらえてあげるから』。そう申しまして、自分から吉原《よしわら》へ身を沈めてくれたのでございます。

今日、金ができたと使いが来たので、私が出向きまして、五十両を受け取り、別れる時、娘から、『おとっつぁん、途中で間違いがあるといけないから、今夜だけはお酒を飲まずに真っすぐ帰ってくださいよ』と何度も言われたので、『ああ、大丈夫だ』と約束いたしましたが……お宅の前を通りかかると、もういけません。『今日は半分で終《しま》いにしよう。半分だけなら間違いなんて起きっこない』『これならば、あと半分飲んでも心配ない』。もう半分、もう半分と、酒に心を奪われて、気づいた時にはいつになく過ごしてしまいました。

ですから、あの金がないと、娘に顔向けができません。どうかお慈悲《じひ》でございますから、お出しください。お願いをいたします」

「そう言われても、ねえものはねえんだから……お前はどうなんだ。見たかい」

「知りませんねえ、風呂敷包みなんて。見た覚えはありませんよ」

「そ、そんなはずはない。確かに、ここに置いたんだから。頼むから、金を返してくれ。あれがないと、生きていられないんだ！」

「しつこいねえ、このおじいさんは。お前さん、早く表へ突き出してやんなよ」

「あ、おう。あのなあ、とっつぁん、ねえものはねえんだから、諦めて帰《けえ》ってくれ」

6

（……どうも、変だな。こんなところに、本当に寄席なんてあるんだろうか）

俺は足を止め、手描《が》きの地図をもう一度見直してみた。昨夜の雪が家々の屋根はもちろん、道路脇にもまだ残っていた。

（さっき通り過ぎたのが、この銭湯だ。次の角を右へ曲がって、百メートル……その先がさっぱりわからないぞ）

ため息をつきながら、辺りを見渡す。現在いる場所は地下鉄都営三田線新板橋《しんいたばし》駅の少し北。この駅の南側にはＪＲ板橋駅と東武東上線下板橋駅《しもいたばし》があり、繁華街が発達しているが、北側は昔ながらの住宅地で、商店も少なく、目印が曖昧になるのは仕方のない面があった。

（だけど、あんまり迷っていると……『午後一時三十分開場、二時開演』か。あと十五分で始まってしまう）

地図を返すと、『花山亭喜龍独演会』の文字。要するにチケットの裏に描《か》かれていたわけで、そこには開催日時とともに『鳳来亭《ほうらいてい》』という会場名が記載されていた。

（素人《しろうと》がパソコンで作ったんだろうが、いろいろとひどいチケットだ。紙は薄っぺらだし、印字も粗雑。それくらいは我慢するが、会場の連絡先がないのが最悪だ。電話して、道順を尋ねることさえできない）

グーグルで検索し、地図アプリを起動するという手は使えなかった。知らない場所へ行く際の命綱だが、居眠り男にそのことを言うと、『ごく最近できた会場なので、検索しても、おそらくヒットしません。もし心配なら、地図を描いて差し上げましょう』。

チケットの表には『斎藤《さいとう》』という赤い判子《はんこ》が押してある。あの男の名字かもしれないが、俺にとってはどうでもいいことだ。

（それにしても……まさか会場が板橋とはなあ。聞いた時にはどきっとしたぜ）

驚いた理由は自分にとって縁の深い土地柄だったからで、以前、俺が経営していたスナックは新板橋駅と下板橋駅のちょうど中間あたりに位置していた。

（金を渡したあとで、場所を教えられたからなあ。二、三千円なら丸めて捨てちまうが、万札と交換となると、さすがに惜しい。それに、あの落語家の現在の姿を見てみたかったし……ここで

考え込んでいても始まらねえ。とにかく、早く会場を探さないと）

あてにならない地図を片手に、左右へ視線を配りながら再び歩き出す。このあたりの道は幅が狭く、曲がりくねっているため、先がうまく見通せない。交差点も変則的なものが多いのだが、地図上ではすべてが直角に交わる十字路として描かれているため、よけいにわかりづらかった。

花山亭喜龍のプロフィールは、すでにネットで検索していた。一九六三年二月生まれで、一九八一年、花山亭喜円《きえん》に入門し、本名の室田恒吉《むろたこうきち》から一字採《と》って『こう円《えん》』という前座名をもらう。その四年後、二つ目になって『幸円』と改名。そして、一九九一年に真打ち昇進を果たし、二代目花山亭喜龍となった。

（『若い頃には相当売れていた』と居眠り男が言っていたが、確かに、ワイドショーのレポーターにクイズ番組の回答者……深夜番組では司会までやってたな。まあ、落語家らしからぬイケメンなので、人気が出たのも無理はない。若手の人気女優と浮き名を流したことまであった）

ただし、彼の落語を聞いたのはたった一度。あれは俺が中学三年生の時だった。

通っていた中学校では毎年秋に芸術鑑賞会があり、コンサートや演劇公演が行われていたが、その年はたまたま寄席演芸が選ばれた。『学校寄席』と呼ぶらしいが、小規模校なので自前では呼べず、郡山市の文化センターで他校が開催する会に便乗する形になった。

出演したのは落語家とマジシャン総勢五名だが、その中で生徒たちが顔と名前を知っているのは喜龍一人だったので、彼が舞台に登場したとたん、客席は大騒ぎになった。

テレビの人気者であるのに加え、色白で甘いマスク。まあ、女子が騒ぐのも無理はなかった。

喜龍はまず初めに出演したテレビ番組の裏話などで笑わせてから、本題の落語に入る。演目名などわかるはずがないし、真剣に聞いてもいなかったが、旅人が一つ眼小僧の国へ迷い込む、何だか気味の悪い噺だった。

（ネットのプロフィールと照らし合わせてみると、その時、喜龍は三十歳で、真打ち昇進の翌々年にあたる）

道が大きな右カーブを描く。

（向こうは俺のことなんか、とうの昔に忘れたに決まってるが……こっちは忘れられねえ。何しろ、自分にとっての恩人だからな）

きっかけはつまらないことだった。当時、中坊だった俺は何人かの仲間と夜な夜な郡山駅前に出没し、煙草やシンナー遊びに浸り込んでいたが、ガキはガキなりに縄張り意識があるもので、中心部にある学校の不良たちとよくトラブルが起きた。芸術鑑賞会の一週間前にも派手な喧嘩になり、俺は三人を完膚なきまでに叩きのめしてやった。その連中に目をつけられ、公演終了後に会場の裏手へ呼び出されたのだ。

最初から喧嘩だとわかっていれば、こちらも一人では行かなかったが、いかにも真面目そうな女子が迎えに来たものだから、ついうっかりついていってしまった。

そこを待ち伏せしていた十人近くのワルに不意打ちされ、殴る蹴るの暴行を受けたあげく、闇討ちの張本人が何とカッターナイフを取り出し、俺の頰を切り裂こうとした。その時、ふらりと花山亭喜龍が現れ、『もう、それくらいにしとけ』と言ったのだ。

（うつぶせに押さえつけられていたから、見てはいないが、とにかく、ほんの一瞬の出来事だった。やさ男の落語家だとばかにして向かっていった連中があっという間にやられちまって、助け起こされた時には三人が地面でうなり声を上げ、残りは姿を消していた。そして、『おい。大丈夫か』と俺にきいたあとで……その時、かけられた言葉はいまだに耳に残ってる）

『お前《めえ》も見たところ、こいつらと似たり寄ったりだが、グレると世間が狭くなるぞ。俺も昔、そうだったから、よくわかってるんだ。悪《わり》いことは言わねえから、真面目になりな』

（セケンが狭くなるなんて、あの時は何のことかわからなかったが、ありがたかったし、かっこよかった。その後、本業の落語に力を入れるようになり、テレビ出演の頻度は減ったが、依然売れ続けてはいた。

ところが、それから五年後、思いがけない形で気になる話を聞き、その頃からばったり顔を見なくなった。プロフィールに『現在はフリーで活動中』と書いてあったから、生きてはいるらしいが……おや？　あれは……）

思わず足が止まったのは、カーブを曲がりきったところで急に視界が開け、左手に広そうな通りが見えたからだ。試しにそちらへ向かってみると、センターラインが引かれた道路との丁字路に出たが、どうやらこの道は駅の方から続いているらしい。

（何だい。だったら、最初からこっちを教えてくれればよかったじゃねえか。まったく、役に立たねえ野郎だなあ）

心の中で毒づきながら、ふと右方向へ視線を向けると、前方に小さな橋があった。

（えっ？　あれは……この地図がいいかげんだから、訳もわからず歩いているうちに、ここまで来ちまったのか）

板橋でスナックを経営していた期間は約二年半だが、旧中山道《なかせんどう》、つまり国道十七号より北へはほとんど足を踏み入れなかった。特に行く用事がなかったせいだが、春先だけは例外で、小さな川沿いの遊歩道に植えられた桜が満開の時期には必ず一時は見物に出かけた。普段は人通りの少ないこのあたりも、その時ばかりは夜まで花見客であふれ返る。

（だけど、あの橋は……そうか。間違いない。あれ以来、ここに来るのは初めてだ）

封じ込めていたおぞましい記憶が蘇り、急いでこの場から離れようとした時、『鳳来亭』と書かれた看板が目へ飛び込んできたのだ。

7

その看板は三叉路《さんさろ》……いや、ごく狭い道まで含めれば五叉路になっている複雑な交差点のうち、一本の右側二軒めに掲げられていた。三階建てのビルの一階上部に真っ赤な字で『鳳来亭』とある。脇に龍のイラストが添えられていて、右隣は普通の民家、左隣はアパート。寄席ならば幟《のぼり》の一本くらいは立っているだろうと思ったのだが、そんなものは何も見あたらない。

（ここは、中華料理屋じゃないか。演芸場かと思ったのに……でも、近頃はこういう例もあるらしいな。山田《やまだ》さんから話は聞いていた）

ハーフムーンの常連客の中に文房具店の主《あるじ》がいるが、この人が大の演芸ファンで、近所の寿司屋の二階座敷を借り、芸人を招いて定期的に会を催している。だから、飲食店が会場でも別に問題はないのだが、入口のガラス戸がほこりだらけで、カーテンも閉まっている。

（どう見ても閉店してるよな。こいつはどうも、だまされたらしいぞ）

俺は大きな舌打ちをして、右手でチケットを握り潰した。

（あれは新手の詐欺というか、居眠り男の小遣い稼ぎだったのか。つかまえて、とっちめてやりてえが、野郎はたぶん二度とあの店には……ん？　何だ、あれは）

入口から左手の壁に紙が貼られ、そこには斜め下へ向いた矢印とともに、黒マジックの手書き文字で『花山亭喜龍独演会』と記されていた。

（ええっ？　確かに階段はあるが、こっちも土ぼこりがひどい。まさか、こんな……まあ、いい。毒を食らわば皿までだ）

俺はその階段を下りてみることにした。すると、行き着いた先には『Snack & Bar AKEMI』の看板。扉を押すと、こちらはすんなり開いたが、次の瞬間、俺は思わず立ち尽くしてしまった。

（どういうことだ？　原状回復工事を済ませ、そのままになっているのだろうが……）

俺は現在のバーの物件を居抜きで借りたが、通常、店舗の移転や撤退をする際には建物躯体《くたい》のみの状態に戻す必要があり、住宅の場合とは違って、契約上、借主がその費用を負担するのが一般的だ。

恐る恐る足を踏み入れてみると、スケルトン工事が実施されたらしく、すべての内装が取り払われ、壁や床はコンクリートむき出しで、天井の配線までがあらわになっていた。

当然、照明器具も外されていたが、奥の壁際にたった一つ、ワット数の低い白熱電球が吊され、周囲をぼんやり照らし出している。

笠の真下にしつらえられた高座はテーブルに布一枚被せただけで、しかも色が赤ではなく、紫。たぶん、スナック時代のカーテンの残骸か何かだろう。上に紺の座布団が載っているので、かろうじて高座だとわかったのだ。

そのほかにあるものといえば、パイプ椅子が横一列に五脚と、高座右手に置かれた籐《とう》製の衝立。こちらもくたびれ果て、あちこち穴が開いていた。

それだけかと思ったら、もう一つ。部屋の隅で古めかしい石油ストーブが燃えている。そのおかげで、とても充分とは言えないが、我慢できる程度には暖かかった。

（だけど、こんな場所で、落語ができるのかな。とにかく、来てしまった以上、開演時刻までは待ってみるしかないが……）

スマホで確認すると、時刻は午後一時五十二分。手持ちぶさたなので、乱雑に並べられた椅子を意味もなく整えたりしながら、

（定員がたった五名だから、一万円なのか。なるほど。筋は通っているな）

怪談噺という特性上、ある程度客を選ぶのかもしれない。会場費など諸経費の割合は知らないが、もし満員になれば悪くない日当が手に入る。

（ただ、喜龍が本当にここに現れ、落語を演じるのだろうか。あの時の吉野《よしの》さんの口ぶりからすると、相当ひどいめに遭わされたはずだが……）

上京し、会長宅で住み込みを始めて間もなかったから、七月末か八月の初めだろう。吉野剛《たけし》さんは行動隊長で、俺よりも八つ年上。『行動隊』はいわば喧嘩担当で、組同士の抗争が起きれば真っ先に動く。そのため、喧嘩慣れした者ばかりが集められていた。

そんな部署のトップである吉野さんは身長が百八十四、五センチあり、やせてはいるが、筋肉質。それから六年後には執行三役の一つに数えられる本部長に抜擢された。そんな彼がある晩、

会長宅へやってきて、酒を飲みながら、誇らしげにこう言ったのだ。

『前によくテレビに出てた花山亭喜龍って落語家がいるでしょう。あの野郎、ひどく女癖が悪くて、知り合いの女房に手を出しやがった。で、亭主に頼まれてカマシを入れに行ったら、何と歯向かってきたんで、二度と高座に上がれねえ体にしてやりましたよ』

『カマシを入れる』は脅しつけるという意味。本来は金が目あてで出向いたのに、なまじ腕っ節に自信のある喜龍が抵抗したため、実力行使せざるを得なくなったらしい。

（何をされたのか、気にはなったが、あの頃の俺の身分では質問なんかできっこない。とにかく、それが原因でテレビに出られなくなったのは間違いないな）

ネット上にあったプロフィールによると、喜龍は問題の年の秋にテレビのレギュラーをすべて降板し、翌年には所属していた落語家の協会も辞めている。

（まあ、今ならどこからか情報が漏れ、大騒ぎになるだろうが、あの頃にはネットなんてものはなかったので……うう っ！　な、何だ）

その時、地下の空間にいきなり三味線の音《ね》が流れ出したのだ。

8

（これは、落語家が登場する前の……ええと、たしか出囃子《でばやし》とかいったはずだ。ただ、何となく様子がおかしいぞ）

そんな言葉を知っていたのは学校寄席の中に解説コーナーがあったからで、喜龍自身が太鼓を叩き、三味線を弾く女性と二人で実際に演奏してくれたが、今流れているのはその時聞いたものとは違い、ぞっとするほど陰鬱《いんうつ》な旋律で、太鼓の音も交じっていなかった。

スマホを取り出して、時刻表示を確認すると、『14：01』。

（じゃあ、これから始まるのか。だけど、ここにはまだ誰も……いや、あれは……）

視線が吸い寄せられた先は前方の壁際に置かれた四連の衝立の左端。何かが動いているのが透けて見える。どうやらその奥が控え室で、すでに関係者がいたらしい。

予想外の事態に立ち尽くしているうち、ガタッという音とともに衝立が大きく揺れ、ガリガリにやせ衰えた老人が現れた。はげ上がった頭と土色の肌。頬の肉が落ち、眼が大きく窪んでいる。

（ええっ⁉　こ、これが、あの……とても、信じられない）

まるで骸骨に薄い皮膚だけ被せたかのようで、実年齢は六十歳のはずだが、七十にも八十にも見えた。

（この人が花山亭喜龍か。一体どこをやられて……ひょっとして、足かな。歩き方が変だ）

危なっかしい足取りで高座手前までたどり着いた喜龍は、今度はそこへ上がろうとする。客席とは反対側に椅子か踏み台が置かれているらしいが、何度試みてもうまくいかず、見ている方がはらはらした。

三味線の曲が終わっても高座に上がれないので、手助けしようとした時、ようやく成功した。思わずため息を漏らし、五脚並んでいるうち左端の椅子に腰を下ろす。

（あんな状態なのに誰も来ねえし、チケットの確認もなしだなんて……どうやらスタッフの手を借りず、たった一人で会を開いてるらしいな）

花山亭喜龍は懐《ふところ》から取り出した扇子と手ぬぐいを前に置き、深々とお辞儀をして、

「お寒い中、ご来場賜りまして、ありがとうございます。相変わらず、おなじみのお噺を申し上げることにいたします」

低く、しわがれた第一声を聞いて、俺は眉をひそめた。若い頃の喜龍はやや甲高《かんだか》い声だったが、外見と同じく、完全に別人のそれに変わっていた。

「ええ、ご酒《しゅ》の上のお癖はいろいろあるものでして、笑い上戸に泣き上戸……中にあと引き上戸というのがございます。これは実に始末が悪い癖で、もう一杯、もう一杯と、いつまで経ってもきりがございません。

これは江戸時代のお話ですが、永代《えいたい》の橋のたもとに一軒の居酒屋がございました」

口調は滑らかで歯切れよく、淀みがなかったが、風貌や声に合っていないため、何とも言えない居心地の悪さを感じる。

「ごく小さな店で、肴《さかな》もろくにありませんが、酒がまことに安い。一合よりもよけい入る五郎八《ごろはち》茶碗《ぢゃわん》に一杯で十六文。よそではとてもそんな値段で飲めませんから、それをめあてに客が集まってまいります。

そこは夫婦二人で切り盛りしておりまして、亭主は愛嬌者ですが、女房の方は忙しい時に手伝うくらいで、あとは店の奥へ引っ込んだまま。安酒を飲みに来るやつらなんぞ相手にしたところで始まらない。そう思っているらしく、客の前に出ても笑顔を見せません」

噺を聞きながら、俺は以前、経営していた店のことを思い出していた。板橋のスナックは、たぶん閉店したこのスナックと同様、ママである女房の名前が店名。ハーフムーンだって広くはな

いが、坪数がその半分にも満たない狭小《きょうしょう》店舗だった。焼酎ボトルの価格設定を極力低く抑え、カラオケも歌い放題にして客を集め、どうにか採算が取れていたのだ。

（けれども、普通の店とは違って組へ納める分があったから、実際には毎月赤字続き。あの頃、女房が店へ顔を出すのを嫌がっていたのも自転車操業に嫌気が差したせいなんだ。当時は客に『ここのママは美人だが、無愛想なのが玉に瑕《きず》だ』なんて、よく言われた）

名目上カタギになったところで、上納金は免除されない。極道の世界には『会費』が存在し、一次団体を除いて、どんなに懐都合が悪くても、毎月決まった額を親の組へ渡さなければならない。その構造に変化がない限り、フロント企業が増えるだけで、金の流れは変わらないのだ。

（それで、苦し紛れにいろいろなことに手を出し、どれも失敗。質《たち》の悪い借金を負って、危うく……いや、そんなことは、今はどうでもいい）

雑念を払い、高座に集中する。喜龍の説明によると、噺の舞台となる居酒屋は夕方頃に客が集中し、夜更けにばったり客足が絶えるという。

「今日はもう客が来ないだろうってんで、亭主が縄暖簾《なわのれん》を取り込もうとした時、入ってまいりましたのが毎晩のように通ってくるおじいさんで、年の頃は六十五、六といったところ。

『あのう、まだよろしいでございましょうか』

『はい。結構でございますよ。そろそろ店仕舞いと思いまして、暖簾は取り込んでしまいましたが……どうか、お気になさらず。そこへおかけくださいい』

『相すみません。いえ、長居はいたしません。すぐに帰りますので』」

落語はいわば一人芝居だから、登場人物が変わる度に右と左を向いて台詞《せりふ》を言うが、その際、口調や声音《こわね》を微妙に変える。ちょうど今は店の主と老人との会話だが、どちらもいかにもそれらしく聞こえた。

「『では、またいつものように半分、いただきたいのですが』

『かしこまりました。へい。どうも、お待ち遠さま』

『ありがとうございます。あたくしはこちらで飲むのが一番の楽しみでございまして……今日はちょいと訳がありまして、真っすぐ帰ろうと思ったんですが、なかなか素通りできません。腹の虫が騒ぎまして……いやあ、相変わらず結構なお酒で……恐れ入りますが、もう半分くださいっ』

変わったじいさんでして、決して茶碗に一杯は注文しない。『もう半分』『もう半分』と、それが癖でございます」

突然、俺はあることに気づき、愕然とした。会話以外、芝居の台本であれば『ト書き』の部分は左右に首を振るのをやめ、演者本人に戻っての語りとなる。その場合、相手は当然来場した客のはずだが、喜龍はただの一度も俺の方を見ない。正面か、その少し脇を向き、喋《しゃべ》っている。

（もしかすると……いや、きっとそうだ。こいつ、眼が悪くて、何も見えていない）

衝立の陰から現れた場面を思い起こす。ひどくぎこちない歩き方を見て、俺は足に障害があるのではと考えたが、事実は違ったらしい。会場が薄暗いせいで、今まで気づかなかったが、よく見ると、左右とも黒眼の部分が不自然に白っぽかった。

やがて、推理が確信へと変わる。登場する際、衝立にぶつかったせいで端の部分がずれ、俺が座っている位置からその奥の楽屋を覗けるようになっていた。

目を凝らすと、台の上に長さ三十センチほどの白い棒が束ねて四本置かれている。

（あれは白杖《はくじょう》だ。やっぱり、視力を……一体どんな手を使ったんだろう。女絡みだとは聞いたが、何もそこまでしなくたっていいのに）

不始末の制裁として最も一般的なのは『エンコ詰め』、つまり指を詰めるわけだが、それよりもはるかに残酷だ。

ただし、意図的に誰かの視力を奪うこと自体は可能で、実際に行われた例もある。今ならばレーザーを使えば一発だし、もっと簡単な方法としては強いアルカリ性物質を点眼してもいい。あるいは、太陽を数分間直視させるだけでも日食網膜症になり、最悪の場合、失明に至る。

「『前から一度伺いたいと思ってたんですが……あなただけなんですよ、半分、半分て注文されるのは』」

薄暗い照明の下、高座では喜龍が語り続けていた。

「『何杯か飲んだあとで、〈あと一杯は無理だから、半分だけ〉てえ人はいますがね、最初《はな》っから半分てえのは……何か訳があるんですか』

『いやあ、それは……エへへへへ。早い話がしみったれなんですな。意地が汚いんです。量ってもらって三杯飲むよりは、半分ずつ六杯の方が、何だかよけいに飲めるような気がいたしまして……相すみません。ご馳走さまでした』

『へい。毎度、どうも。今夜はいつもよりだいぶ召し上がりましたね』

『いや、いい心持ちになりまして……』

『ありがとうございます。また明日の晩もおいでください。

……どうも、あのじいさん、気になるなあ。何かてえと、もう半分、もう半分。鼻がつーんと高く、白髪頭で、眼がギョロリ。おまけに、左手の薬指の先っぽが欠けてるんだ。ジョーロじゃあるめえし、何なんだろうね、あれは』」

次の瞬間、俺は反射的に椅子から立ち上がった。かなり大きな音が部屋中に響き、喜龍が金縛りに遭ったように沈黙する。

五秒、六秒……十秒近く、その状態が続いただろうか。喜龍はふっと居酒屋の亭主に戻り、

「『ジョーロじゃあるめえし、何なんだろうね、あれは。それにしても……ここんとこ、何だかんだと物いりで、金の工面《くめん》に差し支え、実に難儀なことだ』」

前の部分をほんの少し復唱してから、先へと進む。

「『どうにかしなくちゃならねえが、茶碗酒を何杯売っても……おや？　こんなところに風呂敷包みがある。じいさんが忘れてったんだな。どうせまた来るんだから、預かっておいてやるのはいいが、ずいぶん重いね。中には何が……おや？　二十五両ずつが二つで、五十両だ。あんな汚ねえじいさんが、なぜこんな大金を持ち歩いてたんだろう』」

俺はおずおずと座り直したが、内心の狼狽は激しかった。ほんの一瞬、顔が正対したが、まるで視線が合わず、改めて喜龍の眼が見えていないことが確認できた。しかし、衝撃を受けたのはまったく別の理由だ。

(白髪頭でギョロ眼、つーんと高い鼻、しかも、左手の薬指が……そのまんま、柴原《しばはら》のことじゃねえか)

とても偶然とは思えない。あまりにも似すぎている。眼の前にやつの断末魔の表情がちらつき、俺は背筋を冷たい汗が伝うのを感じた。

9

……いくら飲んでも、酒の味がしなかった。

まさかお通しだけというわけにもいかず、『本日のおすすめ』からマグロ中落ちを取ってみたが、食欲は皆無で箸が伸びない。

(やっぱり、声をかけてみるべきだったかなあ。学校寄席の帰りに助けてもらった話をすれば、もしかすると、覚えていてくれたかもしれねえ)

いつもの席に座り、盃を傾ける。時間帯も昨日と同じだが、今夜は客で混み合い、ほぼ満席状態。俺の右隣では会社の先輩・後輩らしい二人連れが歓談している。

(チャンスがなかったわけじゃない。相手は眼が不自由なんだから、高座から下りる際、手助けしたっておかしくはなかった)

思い返してみても、その時の動きは本当にぎこちなくて、あと少しで転落しそうな瞬間まであったのだが、声をかけることさえできなかった。結局、喜龍はどうにか楽屋へ戻り、そのまま会は終了となった。

スナックの廃墟から地上へ出た俺は再び地下に潜る気になれず、板橋駅まで歩いて、JRで西荻窪まで帰ってきた。

それから、開店準備に取りかかったのだが、聞いたばかりの喜龍の落語と、それが掘り起こしたある記憶で頭の中はいっぱいで、何をするにも上《うわ》の空《そら》。そんな様子を見かねたらしく、紗英が

『体調が悪いみたいだから、今夜も先に帰った方がいいわ』と言ってきた。

午後十一時過ぎに自分の店を出たあと、福嘉の暖簾を潜ったのは、居眠り男がいるかもしれないと思ったからだが、その期待は外れた。

一応タケちゃんにもきいてみたが、例の客はこれまでに二、三度来ただけで、素性は一切知らないという。昨夜の挙動不審の理由も尋ねたかったが、忙しそうに立ち働いていたし、今日の態度は普段通りなので、俺の思い違いだったのかもしれない。

（……『もう半分』か。確かに、俺が知ってる『寿限無』や『道具屋』とはずいぶん違う。あんな落語があるんだなあ）

演目名を知っているのは電車の中で検索したためで、『〈もう半分〉は落語の演目の一つ。別名〈五勺酒《ごしゃくざけ》〉。主に東京で演じられる』とあったが、それ以降の説明は読んでいない。

少し温《ぬる》くなった酒を口に含みながら、今日の高座を振り返ってみる。

大金の忘れ物に気づいた亭主は風呂敷包みを届けに行こうとするが、女房に叱りつけられ、考えを変える。やがて、八百屋の老人が大あわてで戻ってきて、そのことを言うが、亭主は『知らぬ、存ぜぬ』で押し通す。

困り果てた老人は大金の由来について話し始め、問題の五十両は年老いた自分の身を案じた娘が吉原へ身を沈めた代わりに受け取った金だと明かすが、亭主だけでなく、女房まで知らないと突っぱねたため、やむを得ず店を出ていく。

いったんはそれを見送った亭主だが、老人が奉行所にでも訴え出れば自分の身が危ういと思い直し、出刃包丁を手にあとを追う。

その後、夫婦は手にした五十両で新たな店を出して大繁盛。やがて、女房が妊娠していることがわかり、二人は喜び合うのだが、臨月になって生まれたのは玉のような男の子……ではなく、八百屋の老人と瓜二つの男児だったため、その顔を見た女房は逆上のあまり死んでしまう。

亭主は途方に暮れ、乳母を雇って育てることにしたが、何人頼んでも、三日ともたずに暇を取ってしまう。そこで、ある晩、亭主が隣の部屋から様子を窺っていると、夜更けに赤ん坊が起き出し、行灯の油を茶碗に注いで、なめ始める。それを見た亭主は仰天し、襖を開けて部屋へ飛び込んでいくのだが……。

花山亭喜龍の『もう半分』の幕切れが脳裏に蘇ってきた。

『〈こんちくしょうめ。おい、じじい。迷ったな！〉

殴りかかろうとすると、赤ん坊が振り向き、茶碗を差し出して……ふふふふふ……〈もう半分、ください〉』

（落語の最後……たしか、オチとかいったよな。何とも嫌なオチがあったもんだ）

しかも、喜龍はこの時初めて正面から俺を見て、気味の悪い笑い声を漏らしながら、『もう半分、ください』と言ったのだ。まるで骸骨のような風貌だけに、その瞬間、全身が激しく震え出した。

（物音を立てちまったから、一人きりの客の居場所に気づいたんだろうが、本気《マジ》で心臓が止まるかと思ったぜ。入場料一万円で、震えるほどの恐怖……あの男の言ったことは嘘じゃなかったが、ただし、それは俺の後ろ暗い過去のせいだ）

人間、忘れたいと思えば忘れられる……とまでは言わないが、少なくとも、日常の意識からは追い払ってしまうことが可能らしい。俺の眼の前で死んでいった二人の男たちのことを、近頃ではめったに思い出さなくなった。

とりわけ、最初の一件については罪の意識が軽い。自分自身がほとんど手を下していないからだ。

あれは、もう二十年近く前になる。本部長に連れられ、新米の運転する車で三十歳くらいの素人の男にヤキを入れに行ったことがあった。腕の一本もへし折り、金を巻き上げてお終いにするつもりだったのだが、アパートの部屋に入ったとたん、野郎がいきなり包丁を振り回してきて、兄貴分をかばおうとした俺は左肩のあたりを切られてしまった。

幸い、傷は浅かったのだが、そのせいでリンチに力が入りすぎ、弾みで命まで奪うことになってしまった。そのあと、俺は病院へ行ったのでよく知らないが、始末が大変だったらしい。

（だから、そっちはどうでもいいんだが……柴原の面《つら》はそう簡単には忘れられねえな。今でもまざまざと眼の前に浮かんでくる）

封印していた忌まわしい記憶が勝手に暴走を始める。柴原重吉《じゅうきち》はプロの雀師《じゃんし》で、若い頃には都内でも名の通った男だったらしい。初めて会ったのは上京してから半年後。極道には麻雀好きが多く、俺が住み込んだ会長宅にも地下に全自動卓を備えた専用部屋があって、会長本人はもちろん、組の幹部や知り合いの旦那衆が集まり、一戦を交えていた。

そこへ人数合わせのためによく呼ばれたのが柴原で、俺は客人たちの世話係を抑せつかっていたため、自然と口を利《き》き合う仲になった。

（当時はやつも四十になったばかりで、まだまだ勢いがあった。坂を転げ落ち始めたのがいつか

は知らねえが……暴排条例が施行された年に久しぶりに会ったら、別人みたいに覇気《はき》がなくなっていた)
その原因は酒。もともと好きだったのだが、次第に飲む量が増え、一日中アルコールが抜けなくなれば、当然ながら、勝負にも悪影響が出る。
(その上、やつはガキを一人抱えていた。あの時、まだ小学生だったな。『死んだ女房の連れ子だ』と本人は言ってたが、噂によると、まだ赤ん坊の時、亭主に預けたまま逃げちまったらしい。それを育てるくらいだから、案外、子煩悩な男だったが、その日暮らしの博打《ばくち》打ちにそんな足手まといがいたんじゃ大変だ。
それでも、どうにかこうにか食《く》い扶持《ぶち》くらいは稼いでいたが……あれは、俺が板橋にスナックを店開きした年の暮れだ。イカサマがばれて袋叩きに遭い、よれよれの姿でとっつぁんが店に現れた。それ以降、昔なじみだからと思って、ずいぶんただ酒を飲ませてやったけれど、そのうちに、今度は自分の方が苦しくなってきた)
上納金の義務は客単価の低い場末のスナックにとっては明らかに過重負担で、何か別のシノギを考えざるを得なくなった。
そこで手を出したのがいわゆる『援デリ』、つまり、援助交際を装ってSNSなどで男性客を集め、待ち合わせ場所やホテルに女の子を派遣する違法風俗の経営だったが、これが初期投資や人件費で相当な出費をしたわりには収益が上がらず、コロナ禍もあって次第に客が減り、さらには仕切りを任せていた従業員が警察につかまったりして、惨憺《さんたん》たるありさまで手仕舞いするはめになった。

まあ、俺自身が逮捕されなかったのが不幸中の幸いだったが、そんなこんなで、四年前の暮れ頃には二進《にっち》も三進《さっち》もいかなくなってしまった。

（金に困った元ヤクザ者が一発逆転を狙うとなれば、考えることなんて大概決まっている。違法薬物《クスリ》を安く手に入れ、転売して利ざやを稼ぐ。そんなことが簡単にできれば誰も苦労しやしねえ。それが地獄の一丁目で、とどのつまり……いや、よそう。あの時は本当に切羽《せっぱ》詰まっていて、ほかに方法がなかったんだ。何しろ、俺の命が危なかったくらいだからな）

自分にとって都合のいい屁理屈だとわかっていても、それにすがる以外に方法がない。

（それにしても、『もう半分』はまるで俺の体験を下敷きにしたみたいな噺だった。八百屋の親父は柴原重吉そのまんま。年格好はもちろん、家族は若い娘が一人きりだし、外見は白髪頭で鼻が高く、ギョロ眼。それくらいならまだわかるが、左手の指先がないだなんて……）

柴原の左手は薬指の第二関節から先が欠けていたが、そうなった理由は『エンコ詰め』ではない。雀ゴロの世界でも指を詰めた例はあるが、これには鉄則があり、まずは小指、二回以上にわたる時は薬指、中指の順に落としていく。順序が逆になることはあり得ない。ちなみに、第一関節からの切断よりも第二関節からの切断の方が意味が重いとされていた。

エンコ詰めは不始末の謝罪、あるいは組から脱退する際などに行われるが、暴排条例の施行以降、これを強制して逮捕される事例が続出したので、大幅に数が減った。昔はごくあたり前で、組長や吉野さんもそうだったし、ほかにもゴロゴロいた。ただし、現在でも、上から命じられたわけではなく、自らのけじめとして指を詰めることはあるようだ。

「……変だよなあ。いくら何でも」

徳利から酒を注ぎながら、また独り言を言う。

「偶然の一致に決まってるが、『もう半分』があまりにも似すぎていて……」

「『もう半分』が、何に似てるんですか」

耳元で声が聞こえ、ぎょっとなって、右を向くと……いつ、やってきたのだろう。昨夜の男が隣の椅子に座り、ビールのグラスを手に、微笑しながら俺を見ていた。

10

背筋に悪寒《おかん》を感じながら、俺はまじまじと男を観察した。服装は昨日と大同小異。レンズの奥の眼は相変わらず眠たげで、感情を汲《く》み取《と》ることは難しかった。

自分の知らない間に時が経っていたらしく、店内を見回すと、だいぶ客の数が減り、右隣の二人連れも姿を消していた。

「落語会、いらしたんでしょう」

男がそうきいてくる。

「それは……ええ。行きました。会場がわかりづらくて、ひどいめに遭いましたけど」

「おや。それは申し訳ありませんでした。地図があれば大丈夫と思いましたが……それで、いかがでした？　堪能されたでしょう。喜龍師匠は名人の器……いや、すでに名人の域に達しているかもしれない。ちょっと事情があって、芸人としては不遇ですがね」

その『事情』をぜひ知りたかったが、いきなり核心へ切り込むのも乱暴な気がして、俺はただ無言でうなずいた。

「さあ、どうぞ。ご遠慮なく」

男がカウンターに新たな俺用のグラスを置き、ビール瓶を傾ける。自分の前の徳利は空になっていたので、断りづらかった。

「今日の演目は『もう半分』だったのですね」

乾杯のまね事をしてから、男が言う。悪い癖は直すべきだなと、俺は真剣に思った。

「いやあ、あなたはご運がいい。喜龍師匠の『もう半分』は絶品ですが、高座にかけることはめったにありません。この私でさえ、聞いたのはせいぜい二、三回ですから」

どうやら居眠り男は相当な落語通で、喜龍の芸を高く買っているらしい。

「『もう半分』は落語界中興の祖と呼ばれる三遊亭圓朝《さんゆうていえんちょう》の作とされ、昭和以降でも五代目古今亭《ここんてい》志《し》ん生《しょう》、五代目古今亭今輔《いますけ》、三代目古今亭志《し》ん朝《ちょう》など多くの噺家が演じてきました」

戸惑っているうちに、落語に関する講義が始まってしまう。

「そして、もう一人、喜龍師匠が弟子入りした三代目花山亭喜円師匠を忘れてはいけません。怪談噺・人情噺の名人でしたが、残念なことに、二〇二〇年、八十四歳で亡くなられました。

花山亭の『もう半分』では、居酒屋夫婦が大金を横取りする動機にきちんと焦点があてられます。一般的には、八百屋の老人が店を出ていった直後に忘れ物が見つかりますが、今日お聞きになった噺では、そこで亭主が『金の工面に差し支え、難儀なことだ』と愚痴をこぼすでしょう」

「え、ええ。覚えています」

「あそこが他の一門にはあまり見られない演出なのです。まあ、金に困っている理由について、具体的には語られませんけどね」

（金の工面に差し支え、難儀な……まさに三年前の俺じゃねえか。あれは季節もちょうど今頃……いや、二月の初めか。節分の翌日だったたな）

些細なことだが、問題の日の朝、前日の残り物の恵方巻《えほうま》きを食ったことを思い出したのだ。『もう半分』が呼び水となり、黒い記憶が堰《せき》を切ったように押し寄せてくる。

違法薬物の中で最も利幅が大きく、比較的容易に入手できるのが覚醒剤《シャブ》だが、極道の世界では表向きご法度で、俺が以前所属していた組でも取り扱いを厳しく禁じていた。一般人はさぞ意外に思うだろうが、これは事実で、もし禁を破ったことが明るみに出れば厳罰を科される。けれども、あの時は、背に腹は代えられないと思った。

（だが、どうにか物《ブツ》は手に入れたものの、代金を仲間《レツ》に持ち逃げされちまって、次の朝までに五百万円作らなければ東南アジアあたりへ送られ、内臓を売らされるはめになるってとこまで追いつめられた。

そんな時、柴原のとっつぁんがふらりと店へ現れたんだ。小さなバッグを抱えて……夜の十時頃だったたな。『中に五百万入ってる』と言われた時、これは運命だと思った）

大金の出所はもちろん博打だ。落ちぶれ果ててはいても、まれには運が向く時だってある。その日、何とか元手を作り、新宿《しんじゅく》で乾坤一擲《けんこんいってき》の大勝負に臨んだ柴原はつきにつきまくったらしい。

レートは千点二千円のデカリャンピンで、ギャンブル性の高い歌舞伎町《かぶきちょう》ルール。三人麻雀の東風戦《トンプー》だから、早ければ五分で精算になる。午前中から打っていたらしいから、それくらいのアガリがあっても不思議ではない。

また、博打場から真っすぐ家へ帰らず、うちの店に寄った気持ちもよくわかる。久々の大勝ちで、誰かに自慢せずにはいられなかったのだ。

「居酒屋の女房が極めつけの悪女に描かれている点も特徴の一つです。古今亭の演出でも忘れ物を届けに行こうとする亭主を女房が押しとどめ、『太く短く生きようじゃないか』と言いますが、花山亭ではそれを受け、亭主が『女ってな、恐ろしい。普段は菩薩《ぼさつ》様みてえでも、いざとなると夜叉《やしゃ》に変わっちまう』とぼやきます」

（うちも同じだった。十一時過ぎに柴原が出ていったあと、追いかけて金を奪いたいとは思ったが、もちろんためらいもあった。その時、あいつが『自分の命の方が大事だろう。この意気地《いくじ》なし！』……まさか、あそこまで豹変するとはな）

「そして、吉原へ娘が身を沈めた金だという老人の話を聞き、心配する亭主に向かって、女房が『娘が女郎《じょろう》になれば、また娘が客をだますから同じさ』と言い放つ。ここは古今亭も花山亭も共通の演出です」

柴原重吉が持っていた五百万……正確には五百十七万円は博打での稼ぎだが、元はといえばやつが娘を担保にして握ったカラス金。一昼夜を期限とし、元本に一割の利息をつけて返済する決まりの借金のことで、『カラスがカーと鳴いたら返す』がその語源だ。

（今時、人身売買なんてと素人は思うだろうが、極道の世界にはそんな話がいくらも転がっている。結局、あの時、まだ二十歳だったやつの娘はそれから二年近く、ほぼ監視された状態で体を売り続けるはめになって……）

「五十両ネコババしたあと、亭主は老人のあとを追って、店を飛び出します」

得意げな説明は続く。落語に関わる蘊蓄《うんちく》を語るのがよほど好きらしいが、本心を言えば、『口を閉じろ』と命令したかった。

「この場面で、雨を降らせる形《かた》もありますが、花山亭では必ず『寒空《さむぞら》には月が冴え渡っております』と言い添える。街灯などない時代ですから、こちらの方が合理的でしょうな」

（えっ、月？　そんなこと、言ったかな）

この時、初めて、心の中で何かが引っかかった。

（ええと、たしか、『雨が降り始めた』とか……）

「急いで橋のたもとまで来てみると、老人が橋の真ん中で川面《かわも》に向かって手を合わせている。この時、花山亭では深川の永代橋、古今亭は千住《せんじゅ》大橋と、それぞれ舞台が異なります。亭主はさすがに気がとがめ、大声で呼びますが、老人はいきなり欄干《らんかん》に足をかけると、自らドブーンと川の中へ――」

「ちょ、ちょっと待ってくれ！」

猛烈な違和感が込み上げてきて、俺は思わずそう叫んだ。

11

現在置かれている状況を忘れ、つい大声を出してしまい、店内の客が一斉にこちらを見る。ばつの悪さを感じたが、とりあえず、できるだけ相手に顔を近づけ、

「『もう半分』なんて落語は初めて聞いたが……そこは違ってましたよ。老人は居酒屋の主に刺

し殺されたんだ、出刃包丁で」

「えっ、刺殺された？　そんなはずはない。あなたの記憶違いでしょう」

「いやいや。今日聞いたばかりだから、間違いない。ええと、まずは背後から切りつけ、あお向けに倒れたところへ馬乗りになって、とどめを刺す……確かに、そう言った」

最後がささやき声になったのは、周囲をはばかってのことだ。落語の話題であることを知らなければ、最悪、警察へ通報されてもおかしくない。

「いやあ、そんなはずはありませんがねえ」

しかし、居眠り男はけげんそうな表情で首を横に振る。

「彼の『もう半分』はよく覚えていますが、八百屋のじいさんは自ら川へ飛び込んで……ああ、なるほど。これは、ひょっとすると……」

男が二、三度うなずき、ビールを飲む。

「ひょっとすると……何です？」

「先ほども申しましたが、落語にはさまざまな形が存在します。昨日、あなたが例に挙げられた『寿限無』の言い立て一つ取っても、『寿限無寿限無、五劫《ごこう》のすりきれ』が普通ですが、『五劫のすりきれず』と言う場合があって、本来はそちらの方が正しいのです」

また始まった。まだるっこしくてたまらないが、話の順序として、多少は我慢するしかない。

「最前申し上げた通り、『もう半分』の作者は圓朝師とされていますが、これには異説もあり、また、元になったのは天保年間に世間へ広まった怪談で、ここから二つの噺が生まれました。そのうちの一つが『もう半分』、もう一つが『正直清兵衛《せいべえ》』です。

二つの噺は同工異曲《どうこういきょく》で、筋立てはほぼ同じ。正直清兵衛と呼ばれた八百屋がある晩、飲んだ帰りに、娘が身を売ってこしらえてくれた金の入った財布を居酒屋に置き忘れたが、取りに戻っても、主夫婦は『知らぬ、存ぜぬ』の一点張り。仕方なく、清兵衛は店から出ていってしまう」

「だったら、ほぼじゃなくて、まるっきり同じだ。八百屋のじいさんに名前がついてるだけで、何も変わらない」

「ここから先が違います。清兵衛を見送った亭主はもし奉行所に届けられたら自分の身が危ないと思い、あとを追って、出刃包丁で刺し殺してしまう。その後、夫婦の間に男児が生まれるが、この子が成人して居酒屋夫婦を殺害し、清兵衛の仇討ちをするという凄惨な因縁話になる。

実は、『もう半分』にも『正直清兵衛』と似た形が存在します。演る人がほとんどいないので、私も聞いたことはありませんが、そちらでは居酒屋の主が老人を刺殺するそうです」

「ということは、私の聞いた噺がそれだったと……」

「喜龍師匠がいつ宗旨替えしたのか、その点が疑問ですが……殻を破ってみたいとでも思ったのかなあ。いかがです、もう少し」

瓶を差し出され、半ば茫然自失の状態のまま、ビールを注いでもらう。

(……つまり、すべては偶然だったのか。喜龍が何らかの理由で通常とは違う形で演った『もう半分』を、たまたま俺が聞いた。

『幽霊の正体みたり　枯れ尾花』なんてことわざもあるくらいで、怖い怖いと思えば何でも怖くなる。まあ、俺みたいな人間はどうしても過去の悪行《あくぎょう》が頭へ浮かんでくるからな)

自分を一応そう納得させてから、店主の背中へ声をかけ、冷酒を注文する。「はいよ」と小さな返事が聞こえたが、振り向いたその顔を見て、ぎょっとなった。

（……まただ。どうなってるんだ、これは？）

俺が入店した時とは違い、タケちゃんの顔はまるで能面《のうめん》。昨夜と同じだ。

店主は俺の前に酒瓶とぐい呑みを二つ、居眠り男の前に大皿を置く。皿の上には小ぶりな毛ガニが一杯載っていた。

俺が酒を勧めると、男は相好《そうごう》を崩しながら酌を受けて、

「ありがとうございます。お返しにこれ、ご一緒にどうですか。私はカニが何よりの好物でしてねえ、黒板に『室蘭《むろらん》直送』と書かれてるのを見て、つい注文してしまいましたが、一人では多すぎます」

「いいえ。せっかくですが、晩飯が遅かったもので」

もちろん、嘘だ。カニは大好物だが、今は何も食いたくない。

（しかし……まあ、少し神経過敏になっていたらしい。事実が判明した以上、ここに長居する必要はない。こいつを空けたら、さっさと引き上げよう）

そんなことを考えながら飲んでいるうちに、男はカニフォークを握って、毛ガニをあお向けに返す。

「満腹では仕方ありませんが、残念ですねえ。私はカニミソというやつがどうも苦手でして。脚だけ注文できればよかったんだが……たまには贅沢してもいいでしょう」

無様に腹を出している毛ガニに視線を落とし、俺は眉をひそめた。なぜか今は、それが広げた人間の掌《てのひら》に見えたのだ。

突然、二股に分かれたフォークの先端を、男が脚のつけ根へ差し込み、えぐるようにして胴体から引きはがす。その瞬間、猛烈な吐き気が込み上げてきて、俺は右手で口元を押さえた。

（これは、エンコ詰め……そんなばかかな。今日の俺はどうかしている）

実際にその場面に遭遇したのは若い時に一度きりだが、印象は強烈だった。

まずは詰める指の根元を何本もの輪ゴムで縛る。これは血止めと、ある程度感覚を失わせるためで、指の先が鬱血して紫色になったら、まな板の上に手を載せるのだが、その際、手を伏せると、まず失敗する。必ず掌を上へ向けなければならない。

そして、ノミの先か包丁の刃を関節にあてがい、金槌で思いきり叩くと、指が勢いよく宙を舞う。俺が見た時には五十センチ近くも飛んで、すぐ眼の前に落ち、危うく悲鳴を上げかけた。詰めた指は詫びを入れる相手、大概は親分や兄貴分に渡されるが、受け取ってもらえるかどうかは相手次第で、突き返された場合を『死に指』などと呼ぶ。

「いやあ、さすがは室蘭からの直送だ。身が詰まっていて、しかも甘いです」

男はうれしそうにカニの脚にむしゃぶりつき、汁をすする。その光景が切り落とした指から血をすすっているように見えて、新たな吐き気が込み上げてきた。

（今日に限って、なぜこんなことに……本当にどうかしてるぞ、俺は）

体の異常な反応をもて余しながら、懸命に考えを巡らせた時、耳元で喜龍の声が蘇った。

『……何かてえと、もう半分、もう半分。鼻がつーんと高く、白髪頭で、眼がギョロリ。おまけに、左手の薬指の先っぽが欠けてるんだ』

「あ、あの、斎藤さん、ちょっと……」

「えっ、斎藤？　ああ、チケットに押されていた判子ですね」

フォークの先でカニの身をほじくりながら、男が笑う。

「あれは会の世話人の名前で、私じゃありません」

「今はそんなこと、どうでもいい。念のため、確かめておきたいんだが……『もう半分』に登場する八百屋の老人は左手の薬指の先が欠けている。そうなんだよな」

「じいさんの指が、欠けている……？」

微かに首を傾げるのを見て、心臓の鼓動が速くなる。

「だから、それが一般的かどうかは知らないが、そういう形もあるんだろう。だって、今日、喜龍……師匠がそう言ったんだぜ」

「それは、何かのお間違いでしょう」

男がフォークを皿に置き、両手の指先をおしぼりで拭う。

「そんな形はありません。絶対にないと断言できます」

「ええっ……？　なぜ、ないと断言できるんだ」

「だって、『もう半分』の舞台は江戸時代ですよ。『指がない』と聞けば、客は八百屋の親父が元ヤクザ者と思うでしょうが、当時、何かの失態を詫びるために指を落とすなどという習慣は存在しません。

江戸の昔、盛んに『切り指』を行っていたのは遊女ですよ。心中立てといって、客の男に本気でほれていることを示す証拠として、切り落とした指を与えていたんです」

「ええと、その……遊女というのは、つまり、体を売ってる女たちだよな」

「はい。女郎のことです。ただし、落語では江戸なまりで『ジョーロ』と言いますが」

（……喜龍は昼間の高座で『ジョーロじゃあるめえし』と、確かに言った。だとすれば、その前の『薬指の先っぽが欠けている』が俺の聞き間違いだという可能性はゼロだ）

全身の皮膚が粟立《あわだ》つのを意識した。一体どうやって入手したのかは皆目見当がつかないが、喜龍は俺が最も知られたくない情報を知った上で、亭主のあの台詞を吐いたとしか考えられない。あの眼だって、本当は見えているのではないか。

「落としたのはほとんどの場合が小指で、木枕の上に女郎の手を載せ、カミソリをあてがっておき、遣り手《やて》ばばあが力任せに鉄瓶などを叩きつける。その際、部屋の障子はあらかじめ締め切っておいたそうで、そうしないと、どこかへ飛んだ指が行方不明になる恐れがある。あとで、思いもかけない場所から出てきたりすると、見つけた者が目を回してしまいますし、せっかく切った指がなくては、もらうはずだった男が納得しない。そこで、やむを得ず別の指を落としたという悲惨な例さえ――」

「あの、話の途中ですまないが、頼みがあるんだ」

胸糞の悪い蘊蓄を得々と語る男を強引に遮り、俺は言った。

「喜龍師匠に、もう一度ぜひ会いたいんだ。どこへ行けば会えるか、教えてくれ」

「……ご亭主に『なかった』と言われ、おかみさんに『見なかった』と言われては、もういたし方ございません。あれほど飲まないと娘と約束したのに、飲んだ私が悪いのでございます」

「帰るのかい。じゃあ、道に落ちてるかもしれねえから、気をつけておいでなせえ……行っちまったぜ」

「お前さん、うまくいったね」

「いや、まだわからねえ。あのじいさんに『おおそれながら』と訴えて出られりゃ、面倒なことになる。十両盗めば首が飛ぶってのに、五十両の金を懐《ふところ》へ入れちまったんだからな。いっそのこと、一思いに殺《や》っちまった方がのちの憂いがねえってもんだ」

亭主は商売物《しょうばいもん》の出刃包丁を手ぬぐいで包みますと、腰のところへ差しまして、降り始めた雨の中をヒタヒタヒタヒタヒタ……橋の手前で、ようやく追いつきました。

「おい。とっつぁん」

「これは……酒屋のご主人」

「お前にちょいと用があって、あとを追いかけてきたんだ」

「あの、それでは、あの包みがございましたか」

「おう。金はあったぜ」

「ございましたか！　それはそれは、本当にありがとうございます」

「手前《てめえ》の言う金てえのは、これのことだろう」

「ええっ……？　ひ、人殺しー！」

さあ、橋を渡って逃げにかかるところを後ろから切りつけられ、ギャッと言って倒れる。

亭主の足にすがりついてくるのをあお向けに蹴り上げておいて、その上に馬乗りになり、両手で握った出刃包丁で……

12

（……ずいぶん、長《なげ》えなあ。先週とは全然違うじゃねえか）

少し離れた場所に立ち、地下への入口を監視しながら、俺は心の中でぼやいた。

スマホを取り出し、時刻を確認すると、十五時三十五分。二時開演は同じはずだから、すでに一時間半以上が経過している。

（ただ、まあ、一万円の入場料を取って、三十分で終演にする方がむしろ異常かもしれない。もしかすると、先週は体調でも悪くして、普段二、三席演るところを一席でごまかしたのかも……だったら、二時十五分なんかに来るんじゃなかった。待ちくたびれちまったぜ）

朝からどんよりとした曇り空。辺りはすでに薄暗かった。

とにかく、ちょうど今、会が開かれていることは間違いない。壁には開催を知らせる新しい貼り紙があったし、さすがにしびれを切らし、少し前に地階へ下りて、扉の手前で聞き耳を立ててみると、ぼそぼそと喋る花山亭喜龍の声が聞こえてきた。『ああ、イイクドクをした』……そんなふうに聞こえたが、何の落語かはわかるはずがない。

（今日はどれくらい客が入っているんだろう。まさか、二週連続で一人ってことはないよな。定例会を開くくらいなんだから、ある程度の需要があるはずだ）

独演会に関する情報の入手先は、もちろん居眠り男。俺の質問に対し、『土曜日の会は毎週開催ですから、そこへ行けば会えますよ』と答えたあとで、上着の内ポケットから例のチケットを取り出し、『何枚、お入り用ですか』ときいてきたが、あんな体験は二度とごめんだから、適当なことを言ってごまかした。

（だが、それからの一週間が長かった。『どこか病気じゃないか』と女房に本気で心配されちまって……俺も焼きが回ったな。『もう半分』の後遺症がそれだけ態度に出てたんだろう）

仕事が手につかなかっただけでなく、家にいても心ここにあらずの状態。ベッドに入れば悪夢にうなされ、夜中に何度も飛び起きた。

『きっと、疲れてるのよ。とりあえず、今晩は店を閉めましょう』

そんな俺の様子を見かねたらしく、今朝、紗英がそう言ってきた。

『私一人で開けてもかまわないんだけど、それだと、気が休まらないでしょう。明日は定休日だから、連休にすればだいぶ違うはず。本当はちゃんと診《み》てもらった方がいいんだけど、あなた、病院嫌いだから』

ハーフムーンを開店して以来、初めての臨時休業だったが、拒否する元気はなくなっていた。妻の優しさに感謝しながら、俺はその提案に従ったのだ。

（……あの時、もし雨が降り出さなければ、どうなっていただろう）

北風の寒さに、ジャンパーの襟を寄せながら、ふと考える。

（その場合、とっつぁんはたぶん俺の車には乗らなかったから、金は諦めざるを得なかった。いくら人気《ひとけ》がなかったとはいえ、まさか路上で刺し殺すわけにもいかねえ）

問題の場面が脳裏に浮かんでくる。現場はここから眼と鼻の先にある橋の上。柴原の自宅の正確な位置は知らないが、そこから北西へ一キロほどの大学病院のそばだと聞いた。

契約していた駐車場から車を出し、降り出した雨の中、あとを追う。店を出る時、すでにアイスピックを手にしていたので、明確な殺意があったのは否定できない。

貸してもらえる可能性があれば手荒な行為は控えただろうが、カラス金は借り換えが難しいし、仮に可能だったとしても、すぐ手に負えないほどふくらんでしまう。そもそも自分の娘を担保にして作った金だから、いくら頼まれても、他へ融通するはずがなかった。

当時二十歳だった柴原の娘は定時制高校を卒業後、銀座の路地裏にある花屋で働いていた。子供の頃からの夢だったらしいが、まさかそこが暴力団のフロント企業だとは思ってもいなかっただろう。まともな商売も一応するが、主な収益源はバーやクラブへみかじめ料込みの価格で生花を届けることだ。

（つまり、最初《はな》っから仕組まれてたんだ。もし柴原のとっつぁんが何か金で不始末を起こせば、娘に体で償わせる。そのために抱え込んでたようなもので、まんまとその罠《わな》にかかっちまったわけだな）

娘の方としても、父親が死んだとわかっていれば警察へ駆け込むことだってできるが、単なる失踪ではどうしようもない。心根の優しい娘だったから、『お前が言うことを聞かなければ、親父を捜し出して殺す』と脅され、言いなりになるしかなかったのだ。

（あの橋の上で追いつき、窓を開けて、『濡れるから送っていくよ』と言ったら、とっつぁんは変な顔をしてた。俺の下心を警戒したんだろうが、雨が土砂降りに近くなってきたから、やむを得ずバッグを抱え、助手席へ乗り込んできた。そして、やつがこっちを向いて『どうも』と言いかけた時、アイスピックで喉を一突き……口から血を噴き出しながら、恨めしそうな眼で俺を睨

んだのが最期だったな）

ただし、死体の隠し場所については、大して苦労しなかった。そこがずぶの素人とは違う。運び込んだのは、組が一枚嚙んでいた産廃処理場。ブルーシートで包んで深い穴の底へ放り込めば、翌日には新たな廃棄物で覆い隠されてしまう。あとは、なるべくバックミラーを見ないようにしながら、戻ってきただけだ。

（とにかく、やっちまったことはもう取り返しがつかねえ。あの時に奪った五百万のおかげで俺の体は無事で済んだわけだし、その後、逃げ回ってた仲間《レツ》をつかまえて、シャブの代金を取り戻すことができた。それを遣って、ハーフムーンを開業したんだ。

今の生活を誰にも壊されたくない。心の底からそう思っている最中にあの落語を聞かされた。今日は何としても喜龍に会って、気になる点を問いただささなければ）

『落語にはさまざまな形がある』。居眠り男の説明を聞き、いったんは納得した俺だったが、『もう半分』には指の欠けた老人など登場しないことを知り、考えを変えた。

（もともと風貌が似通っていたのは偶然の一致だとしても、その点だけは絶対におかしい。あの時、たった一人の客が俺だと知って、喜龍がわざとそう変えたとしか……常識的にはあり得ないが、それ以外に説明のつけようがねえぞ）

柴原重吉の指を失った件について、詳しい事情は知らないが、『親孝行な指だよ。こいつのおかげで、補償金をたんまりもらったからな』と言ったのは聞いた。おそらくは若い頃、工場あたりで働き、事故に遭ったのだと思う。

（ただ、もし喜龍のやつが俺の秘密を知っていたら……どうすればいいんだ？）

ズボンの右ポケットへそっと手をやる。布地越しに探ると、細長く固い感触があった。カッターナイフだ。

(口封じ……いまさらそんなまねはしたくねえが、今の幸福だけは手放さない。絶対に)

そう心に誓った時、閉店したスナックから階段を上がってくる人影が見えた。

13

現れたのは三十代後半くらいでグレーのコートを着た男性だったが、その姿が異様だった。息を切らせながら全速力で駆け上がってきたかと思ったら、地上に着いたとたん、虚ろな表情になり、天を仰ぎながら去っていく。そんな様子を、俺は呆れながら見送った。

(一体、どんな落語を聞けばあんなふうに……いや、先週の俺も似たようなものだったのかもしれない。じゃあ、ほかの連中は?)

興味津々《しんしん》で見守っていたのだが、何と、十五分経っても誰も上がってこない。

(ということは、今日も入場者が一人きりだったのか。まあ、こんな場所だから会場費はただ同然だろうし、日当一万なら決して悪い話じゃ……いや、待てよ」

思わず、はっと息を呑む。

(ひょっとして、この落語会はそもそも定員一名で、毎回、噺にその客向けの特殊な設定が施されているのでは……)

くだらない妄想だとは思ったが、絶対にないとも言い切れない。正体不明の気味の悪さを感じ、胸が苦しくなってきた。

すると、その時、鳳来亭の入っているビルの左隣に建つアパートの二階の窓が開き、小さな女の子が顔を出した。

「ママ、そろそろいいよね」

小学校低学年くらいだろうか。おかっぱ頭で赤いトレーナーを着た女の子がベランダに現れた。

「ねえ、もうまいてもいいでしょう」

「しょうがないわねえ。まだ五時前だから、少し早すぎるんだけど」

続いて、母親らしい女性が出てきた。

「でも、まあ、いいわ。だいぶ暗くなったし」

「わーい。オニワーソト、オニワーソト、オニワーソト！」

その声を聞いて、驚愕する。客商売だから縁起を担ぎ、例年、たとえ定休日にあたっても豆まきだけはしていたが、今年はすっかり忘れてしまった。

（すると、今日が……いや、違う。あれは節分じゃなくて、その翌日だった。だから、二月四日のはず……）

ふと不安を感じ、スマホを取り出す。うろ覚えだが、ごくまれに立春がずれる年があることを思い出したのだ。震える指先で画面を操作し、三年前の節分がいつかを検索すると、『今年の節分は二月二日。これは実に百二十四年ぶりの出来事です』。

「そ、そんな……じゃあ、今日が柴原重吉の命日……」

つぶやきの語尾を吞み込んだのは、花山亭喜龍が地上に姿を現したせいだ。

服装は紺のアノラックにグレーのズボン。右手には白杖。濃い色のサングラスをかけていた。荷物が何もないのは、ずっと会場に置きっぱなしにしているためかもしれない。

地上へ出た喜龍は杖の先で地面を探り、迷うことなく、広い道を新板橋駅方面へ。

俺はほっとした。もしやつが三年前の殺害現場となった橋の方へ歩き出したら、とてもあとを追う気力が湧かなかっただろう。今日は、あまりにも日が悪すぎる。

（弱気を出すな。ここで尻尾を巻いて逃げ出したら、寒空の下で二時間以上待ち続けた苦労がむだになってしまう）

自らを鼓舞し、追跡を開始する。

喜龍の歩みはのろく、その様子からは視覚に障害があるとしか思えない。振り返る心配もないので、あとをつけるのはごく簡単。むしろ周囲の眼が気になったが、土曜の午後の中途半端な時間帯のせいか、行き交う人は誰もいなかった。

（ためらってばかりいたって、埒《らち》が明かない。駅の近くになればなるほど人目につくから、計画通り、思いきってやるしかないな）

連れ込む場所については、今日来る時に目星をつけておいた。途中にある狭い小道で、左右は高いブロック塀。さらに、突きあたりは荒れ果てた空き家だ。

（ただ、問題は声をかける口実だ。おかしなことを言って警戒されてもまずいし……うん。いいことを思いついたぞ）

目印にしていた交差点を過ぎたところで、「すみません。喜龍師匠」と声をかけ、早足で歩み寄る。

「師匠、今日は素晴らしい落語をありがとうございました。いやあ、感動しましたよ」

思いついた名案とは、さっき立ち去った客に化けることだった。

「え……ああ、はい。こちらこそ、おいでいただき、ありがとうございます」

足を止めた喜龍はそう言って、にこやかにお辞儀をする。意外なほどの愛想のよさに驚いたが、サングラスをかけているので、表情はわからない。

(なりすましに気づかないんだから……やっぱり眼は見えてねえのかな)

「それでねえ、師匠、今日のあの噺について、少し伺いたいことがあるのですが」

「はい？　あのう、ゴショーウナギについてですか」

それが演目名らしいが、どんな字をあてるのかはわからない。『五升鰻』が頭に浮かんだが、たぶん違うだろう。

「ええ。その件なんですが……あっ、車が来ます。危ないから、こちらの方へ」

杖を握っている右の手首を握り、強引に路地へと誘い込む。しかし、すぐに変だと気づかれてしまい、

「ちょ、ちょっと待ってください。どこまで連れていくつもりですか。車の音なんかしませんでしたよ。なぜ嘘をついたんです？」

「ほほう。さすがに敏感だな。それなら、これが何の音かわかるだろう」

ポケットからカッターを取り出し、刃をスライドさせる。カタカタカタという金属音を聞き、喜龍が体を強張《こわば》らせたので、だめ押しに刃の背の部分を喉仏のあたりに触れさせる。

「動くなよ。暴れたりすると、刃先が食い込むぞ」

「……か、金なんか、ありません」

喜龍は塀に背中を押しつけ、限界まで顎《あご》を上げる。

「まさか。こう言っちゃ失礼だが、金が目あてなら別のやつを狙う」

「だったら、なぜ……？」

「さっき言った通りさ。落語についての質問に答えてくれ。ただし、今日の会じゃなくて、先週の分についてだ。それだけで解放してやるから、間違っても大声を出すなよ」

相手の喉元からカッターを外し、安心させるため、刃を引っ込める音を聞かせる。最悪の場合、じゃま者を始末する覚悟はできていたが、そんなことを正直に言うばかはいない。

「簡単な質問だ。人伝《ひとづて》に聞いた話だが、この間、『もう半分』を演ったんだって」

わざわざ伝聞の形にしたのは、喜龍と居眠り男が知り合いに違いないと思ったからだ。子供だましではあるが、ほかに手がない。

「あ、はい。確かに演りました」

「その時、八百屋の親父の説明で『左手の薬指が欠けている』と言ったそうだが、なぜそんなふうにした？　落語通の知り合いに確認したが、そんな形はないそうだぜ。絶対にな」

「うっ……それは、そのう……」

喜龍は苦しげに言い淀み、首を小さく左右に振っていたが、そのうちに肩を落とし、深いため息をつくと、

「……また、やっちまいましたか」

「やっちまった？　どういう意味だ、それは」

「時々、そうなるんですよ。自覚がないんです」

「自覚が、ない……？」

おうむ返しが続いたのは、喜龍の言葉が理解不能だったからだ。事実を認めさせた上で、厳しく問いつめるつもりだった俺は、出鼻をくじかれてしまった。

「ばかなことを言うな。落語を演っているのはお前なんだから、自覚がないはずがない」

「そりゃ、最初《はな》のうちはあるに決まってますよ」

やや開き直った口調で、喜龍が言った。

「マクラを終え、噺に入ってしばらくすると、すーっと気が遠くなり、いつの間にか一高座《ひとこうざ》終わっている。もちろん毎回じゃありませんが、実際にそんなことが起こるんです。まあ、病気なんでしょうね。

先週の独演会がまさにそれでした。途中、八百屋の親父が居酒屋から出ていくあたりで、すっと意識が遠のいてしまい、気づいた時にはもうサゲの直前。茶碗を差し出す動作をしていたので、どの場面かはわかりましたが……さすがにもう、笑うしかありませんでした」

（やや不自然なほど長い間合いには、そういう意味があったのか。つまり、多重人格……今は何か別の呼び名がついてるはずだが、それにしても、なぜ左手の薬指の件を……）

「自分で自分が嫌になりますが、どうやら、誰かが憑依《ひょうい》することがあるみたいでね」

「ええっ？　それは、つまり……」

「だから、誰かが乗り移って、勝手に口を利《き》き出すんですよ。生《い》き霊《りょう》か死霊《しりょう》かは知りませんがね。あなたと同様、終わってから問いつめに来る人がいるので、わかりました」

「死霊が、乗り移って……口を利く」

手首を握っていた右手をつい離してしまう。産廃処理場の月明かりの下で見た柴原重吉の死に顔が頭をよぎり、全身がガタガタと震え出す。

その時、花山亭喜龍……いや、もしかすると別の誰かが、左手でサングラスを外した。そして、俺を正面から睨み据えると、まるで地の底からでも響いてくるような気味の悪い声で、

「おい……左手の薬指がねえじじいさんがいたら……どうだってんだ」

「え……い、いや、あの……」

「手前《てめえ》がそいつに何をしたか……誰も知らねえと思ったら大間違いだぜ」

もう我慢ができなかった。俺はカッターナイフを脇へ放ると、「助けてくれ！」と叫び、あとは後ろを振り返らずにその場から逃走した。

14

(……完全に焼きが回った。俺はもうダメだ)

暗い道をとぼとぼ歩きながら、俺は何度も心の中でそうつぶやいた。

(あんなことで怖《お》じ気《け》づき、悲鳴を上げて逃げ出すなんて……組の連中にでも知れたら、さぞ呆れられるだろう)

すでに日付が変わって、二月四日。時刻は午前一時過ぎ。あれから、俺は大急ぎで板橋駅前へ行き、そば屋、居酒屋、スナックと移動し、酒を飲み続けた。せめて、あの男の祥月命日の間は

人込みの中で過ごしたかったのだ。

けれども、酔いが回るにつれ、心の中にある疑念が湧いてきた。自分が見た光景に別の解釈があることに気づいたのだ。

（あんなもの、それこそ、ただの枯れ尾花。見え透いた芝居じゃねえか。さすがは落語家だ。演技が堂に入っていた）

狭い路地の中。ブロック塀を背にした喜龍がおもむろにサングラスを外し、俺に逆襲してきたが、あれはきっと、危険を感じたやつの捨て身の演技だったに違いない。

『左手の薬指がねえじいさんがいたら、どうだってんだ』

『手前がそいつに何をしたか、誰も知らねえと思ったら大間違いだぜ』

俺は自分の過去をすべて知られていると思い込み、震え上がったけれど、具体的な内容に乏しく、たぶんどちらもはったりだ。また、喜龍に睨まれたと感じたのも、振り返ってみれば暗さと恐怖が作り出した錯覚である可能性が高く、間近で見る彼の両眼は薄く靄《もや》がかかった状態だった。通常の視力があるとは思えない。

（死霊が憑依するなんて、嘘八百に決まってるが……ただ、解離性障害だけは真実かもしれない。珍しくもない病気らしいしな）

正確には『解離性同一性障害』。最初に飛び込んだそば屋で、冷や酒をあおりながら検索して得た知識だ。何しろ、厚生労働省のサイトに説明があったのだから信用せざるを得ない。

その原因は子供時代の心的外傷《トラウマ》で、『長い期間にわたり激しい苦痛を受けたり、何度も衝撃的な体験をすると、その度に解離が起こり、苦痛を引き受ける別の自我が形成されてしまい、その間の記憶や意識をその別の自我が引き受けて、もとの自我には引き継がれ』なくなるという説明だった。

（この俺にだって、似た体験はある。何しろ、育った家がデタラメだったからな）

自らが置かれている状況を直視できない子供は、妄想をふくらませる以外に生きていく術《すべ》がない。俺の場合は愛情たっぷりの両親の元にいる自分を想像するのがわずかな救いで、特に母親の愛情への渇望はすさまじく、架空の母の似顔絵を大量に描いたほどだ。成人後、しばらくの間は年上の女性に強く惹かれるようになったのも、きっとそれが原因だと思う。

（とにかく、先週の会で聞いた『もう半分』は、解離状態に陥った喜龍が支離滅裂なことを口走った結果。奇妙な符合はたまたまで……要するに、すべては偶然の産物だったんだ）

歩き続けながら、俺はそう結論づけた。

今、向かっている先はもちろん自宅。途中でタクシーを拾おうとしたが、こういう時に限って、なかなか通らない。それでも二台見かけ、手を挙げたが、無視されてしまった。

北銀座通りを北上すると、善福寺川《ぜんぷくじがわ》に架かる橋のあたりから急な上り坂になる。普段は何でもない勾配が、今日はひどくきつく感じられ、足を引きずりながら歩き続ける。

（『遅くなるかもしれない』とＬＩＮＥはしたが、きっと心配してるだろう。そもそも、家を出る時だって、『ちょっと買い物』なんて嘘をついちまったし……）

落語会なんて、今まで一度も行ったことがなかったから、変に思われるだろうと考え、正直に言えなかったのだ。

ようやく、自宅前までたどり着く。住所は上荻《かみおぎ》四丁目。青梅街道までは、あと二百メートルほどだ。

静かな住宅地の中に建つマンションの最上階。もちろん賃貸で、ハーフムーン開店と同時に契約した。２ＬＤＫで管理費含め月十四万円の家賃は痛いが、それでも、この近辺では格安なのだ。カードキーを使ってエントランスを抜け、エレベーターに乗る。三階で降りて、すぐ右手が我が家だ。

さすがにもう寝ているだろうと思い、そっとロックを解除し、ドアを開ける。二部屋あるうち奥は和室なので、手前を寝室にしていたが、足音を忍ばせながら歩き始めると、すぐにドアが開き、紗英が廊下へ出てきた。

「ずいぶん遅かったのねえ。ＬＩＮＥはもらったけど、体調がよくないのを知ってたから心配しちゃった」

身につけているのはグレーのネグリジェ。ロング丈で前開きボタンの地味なデザインだが、それでもなまめかしさを感じてしまう。

「ごめん、ごめん。池袋で買い物してたら、昔の知り合いにばったり会ってね。話が長くなったけど、大して飲んじゃいないし、歩いてるうちにほとんど抜けちまったよ」

実際には大量のアルコールを摂取し、まだかなり酔っていたが、体質で顔には出ない。

「えっ？　歩いて帰ってきたの。タクシーを使うと思ってた。連絡をくれれば車で迎えに行ったのに」

「いや。本当に大丈夫だって」

「それならいいけど……でも、今夜はもう寝《やす》んでね。起きていて、また飲んだりすると、肝臓に悪いから」

「そう年寄り扱いするなよ。はいはい。ご指導に従います」

おどけてお辞儀をし、トイレを済ませ、歯を磨く。

（ひどい厄日で、一時はどうなるかと思ったが、紗英の顔を見たら気持ちが落ち着いた。こんなことなら、もっと早く帰ればよかった）

うがいをして、六畳の寝室に入る。内装はシンプルで、ダブルベッドと小さなテーブル、観葉植物の鉢があるだけ。夫を早く寝かしつけたいらしく、照明はベッドサイドテーブルの上のスタンドだけになっていた。

ベッドに腰を下ろし、パジャマに着替え始める。上着のボタンをはめていると、すぐ脇に座った妻が「どうしようかなあ」とつぶやく。

「えっ……？　何のことだい」

「帰ってきたら、しようと思ってた話があるの。でも、明日にする」

「おい。よせよ。気になるじゃないか」

「今夜は、酔っているし……」

「もう、とっくに素面《しらふ》だって。だから、話して……ただ、そのう、悪い話だと、ちょっと……」

「ううん。とっても、いい話」

言葉を濁したのは不吉な予感がしたせいだが、紗英のうれしそうな顔を見て、胸をなで下ろす。

「実はね、今日はそれもあって、臨時休業にしてもらったの。午後から診てもらったんだけど、三カ月だって」

「三カ月……？　何が三カ月なんだ」

「聞き返さないでよ。鈍いなあ」

紗英は眉を寄せ、恥ずかしそうに笑った。

「赤ちゃんができたに決まってるじゃない。私たちの」

「俺たちの、赤ん坊が……」

つぶやいた瞬間、部屋の暗さが増し、耳元で喜龍の声が聞こえた。

『まことに悪運が強いと申しますか、新しい店はばかな繁盛でございます。そのあと、しばらく経ちますと、この年になって初めて、二人の間に子供ができた。〈ああ、よかった〉てんで、夫婦は大喜び。月満ちて生まれましたのが玉のような男の子、だと申し上げたいのですが……』

「どうしたの。何だか、あまりうれしくなさそうだけど」

「い、いや、そんなことはない。うれしいさ。せいぜい体を大事に……」

見ると、すぐ前に妻の心配そうな顔……それが少しずつ、柴原重吉の顔へと変わっていく。

「さ、紗英。頼む。悪いんだが、おろ……」

『堕ろしてくれ』と口に出かかったが、そんなこと、言えるはずがない。

(『正直清兵衛』では、殺された老人が男の子に生まれ変わり、親を殺して仇討ちをする。このままだと、俺もいつか……ああ！　とんでもないことになった)

胸の奥から正体不明の荒々しい感情が込み上げてきて、ほとんど錯乱状態に。俺はいきなり妻の肩をつかみ、ベッドへ押し倒した。

「えっ？　まさか……だ、だめ。初期は一番危ないの。安定期に入るまでは……」

（危ない……つまり、流産の危険があるのか。だったら、いっそ好都合だ）

ネグリジェを乱暴にまくり上げ、下着を引きちぎりながら取り去る。相手が戸惑っているせいか、全裸にむくまで一分もかからなかった。自分もパジャマのズボンを脱ぐと、酔っているのにもかかわらず、性器が若い頃のように高くそそり立っていた。

「……だめ。本当に、やめて」

邪悪な意図を気取られてしまったらしく、紗英はおびえた眼で俺を見つめ、力なく首を横に振る。こんな形で女を犯したことは過去に何度もあった。つい、その時の癖が出て、力一杯殴りつけようとしたが、途中ではっとなり、拳《こぶし》は枕を直撃する。

甲高い悲鳴が部屋に響く。俺は泣きわめく妻にはかまわず、強引に脚を広げて、体をつなぎ、荒々しく抽挿《ちゅうそう》を開始した。

15

日曜日の午後から天気は回復したが、月曜日は荒れ模様。雪にはならなかったものの、冷たい雨が降って、店はまた閑古鳥《かんこどり》が鳴いた。こんな晩にはボトルのほこりを払って整理したりとか、普段手の回らない仕事をすればいいのだが、今日はとてもそんな気になれない。

（やっぱりまずかったよな、あれは。絶対にやっちゃいけなかった）

テーブル席の椅子にだらんと腰かけ、俺はまたしても深いため息をついた。

（たとえ夫婦の間でも、合意がなければ強姦罪が成立すると聞いた。まさか訴えられたりはしないだろうが……）

行為が終わったあと、紗英はベッドに顔を伏せ、長時間、嗚咽《おえつ》を漏らしていた。俺はそのまま寝てしまったが……翌朝、リビングで顔を合わせた時には困った。一応、『酔っ払っていたものだから』と言い訳したが、激しい自己嫌悪に陥った。

結局、昨日は一日、夫婦の間に会話がなく、今朝になって、俺の方から『三日続けて休むわけにはいかないので店を開けるが、お前は家で休んでいろ』と言い、紗英はその提案を受け入れた。

（昨夜は、とにかくタイミングが悪すぎた。あんな日に、まさか妊娠したと告げられるなんて……おや？　客らしいな）

入口のドアが開き、レザージャケットからパンツ、ブーツまで黒ずくめという服装の女性が店へ入ってきた。

「こんばんは。嫌な雨ねえ。ようやくやんだみたいだけど、道路がビチャビチャだわ」

「これはこれは、姐《ねえ》さん。お世話になっております」

「ちょっと。『北野《きたの》さん』でも『琴音《ことね》さん』でもいいけど、その呼び方はやめて。ここは事務所じゃないのよ」

「申し訳ありません。ただ、ほかに誰かいれば注意しますから、ご心配には及びませんよ」

琴音姐さんは、俺が所属していた組の組長夫人。ヤクザの世界で『親父』と言えば組長だが、その妻は『おふくろ』でも『母さん』でもなく、『姐さん』だ。

年齢は四十二、三。女性としてはやや背が高く、丸顔に先の尖《とが》った鼻、吊り眼。きつい印象はあるが、なかなかの美貌だし、メイクも濃いため、五歳は若く見えた。髪を明るく染めている。

以前は銀座の裏通りでカラオケバーを経営していたが、現在は専業主婦。たまに知り合いの店を手伝っているらしい。

（こりゃあ、まずい時にまずい人が来ちまったなあ）

カウンターの席を勧め、おしぼりを差し出しながら、俺は心の中でぼやく。フロント企業である飲食店の中には組員とその関係者が上納金代わりに利用するところがあり、板橋で経営していたスナックがまさにその典型だったが、ハーフムーンは違う。客筋を考え、上納金をきちんと払う代わりに来店を遠慮してもらっていたが、この姐さんだけは例外だ。

（いやあ、あいつがいなくてよかった。もしいたら、厄介なことに……）

「ねえ、紗英ちゃんは？」

「え……あの、体調が悪くて、今夜は休みです。風邪気味なので、家で寝ておりまして」

「あら、そうなの。ＬＩＮＥしても既読にならないから来てみたのよ。残念ね」

ハンドバッグから煙草を取り出すのを見て、黙って灰皿を差し出す。本来は禁煙なのだが、たとえほかに客がいたとしても、この相手には注意できない。

琴音姐さんが残念がっている理由は、俺の妻が大のお気に入りだからだ。友人と呼ぶには立場が違いすぎるが、たまに連れ立って食事や買い物に出かけている。あけすけな人なので、自分の素性も明かし、その上でつき合っているが、俺が元組員であることだけは内緒にしてもらっていた。幸い、俺は指が十本揃っているし、背中に彫り物も背負《しょ》っていないので、紗英は俺が根っからのカタギだと信じている。

（……そうだ。昨夜の件、紗英に口止めしておいた方がいいな。まさか言わないだろうとは思う

が、何かの拍子にポロリと出ると困る）

「私一人で恐縮ですが、せっかくいらしたのですから、何かお作りしましょうか」

「ううん。気を遣わないで。あたし、薬呑んでるから」

　派手な色のネイルを施した指で煙草をくわえ、火をつけながら、姐さんが顔をしかめる。

「薬？　ねえさ……琴音さんも、どこか具合が悪いのですか」

「そもそも、ここへ寄ったのもクリニック帰りなの」

「クリニックって……こんな遅くに？」

「駅の反対側にある心療内科。診察時間が午後四時半から十時半までなのよ。昼間は何だかんだ忙しいでしょう。でも、別に気が変になったわけじゃない。睡眠薬《ミンザイ》をもらってるだけだから」

「ははあ。だったら、アルコールはまずいですね。じゃあ……シャーリーテンプルでも」

「そのまんまの方がいい。氷と一緒に」

　シャーリーテンプルはジンジャーエールにグレナデンシロップを加えて作るが、オーダーに従い、瓶からそのままロックグラスへ注いで出す。さすがは元プロだけあって、カクテルに関しては詳しい。

　しかし、琴音姐さんはすぐグラスには手を出さず、物憂い表情で煙草を吹かす。

「……何しろ、旦那が浮気者だから、気苦労が絶えなくて」

「そうですか。私はこのところお会いしてないので、よくわかりませんが」

「上手に逃げるじゃない。洋ちゃんだって、噂は聞いてるはずだけど……まあ、いいわ。腹が立つなら、あたしも負けずに遊んでやればいいだけだもの」

脇を向いて煙を吐き、俺に流し眼を送ってくる。まさか本気ではないだろうが、姐さんは時々、妙に思わせぶりなことを言う癖があった。

（……怖い、怖い。まあ、いい女には違いないが、この女《ひと》の亭主は若い頃、武闘派として名を売り、今でも池袋《ブクロ》や大塚《おおつか》界隈じゃ泣く子も黙る親分だ。手なんか出したら一巻の終わり。指を詰めるくらいじゃ、とても済まねえ）

それに加え、もう二十年以上前に亡くなっているものの、姐さんの実の父親もヤクザ者で、上野《うえの》に事務所を構え、一時はその近辺の盛り場でかなりの勢力を誇っていた。トップの死去により、組は解散してしまったが、そんな関係もあって、姐さんはその世界では一端《いっぱし》の顔。いろいろな意味で、触らぬ神に祟りなしである。

「あとさあ、うちの子がちょうど難しい年頃でしょ。息子ならよかったんだけど、娘だから……女同士って、面倒ね。眠れないのはそれもあるの。生《な》さぬ仲ってやつだから」

「なるほど。確かに、そこはご苦労があるでしょうね」

以前の親分は独身主義で、『極道に女房子《にょうぼうこ》はいらねえ』が口癖だったが、五十を前に考えを変え、最初の結婚をした。二人の間にできた一粒種が現在は中学生になっているが、実母である前の姐さんは九年前に病気で亡くなり、その四年後、琴音姐さんが親分の後妻に収まった。

「そのお気持ちはよくわかりますよ。私も女房の連れ子と暮らしたことがありますから」

「えっ？　そうなの。それは初めて聞いたわね」

「別に名誉なことでもないから、他人《ひと》に話したことはありません。男の子でしたが、同居したのは三歳の時から二年間。自分なりにかわいがってたつもりでも、当時はまだ盃を返していなかったので、それもあって、結局は元の亭主の元へ引き取られることに……あっ、いらっしゃいませ」

　誰かが入口のドアを開ける。客さえ来れば、姐さんの相手をしなくても済む。そう思い、安堵したのだが、現れたのはあまりにも意外な人物だった。

16

　入ってきたのは小柄な女性だが、ひどくみすぼらしい格好をしていた。よれよれのウィンドブレーカーにダウンベストを重ね着し、下はスウェットパンツ。黒い毛糸の帽子を被り、黒いキャリーケースを引いている。

「か、母さん……いや、美保子《みほこ》じゃないか」

「久しぶりだねえ、洋ちゃん。ずいぶん捜したよ」

　色白なのが自慢だったが、化粧《けしょう》っ気《け》のない肌は荒れ果て、しかも、真っ黒に日焼けしている。もっと若いはずだが、以前との落差が激しいせいで、俺には七十過ぎの老婆のように見えた。

「でも、どうして……なぜ、俺がここにいるのがわかったんだ」

「そんなこと、どうでもいいじゃないか」

　汚れた歯をむき出し、うれしそうに笑う。

「ああ、会えてよかった。あんたの顔を見て、ほっとしたよ」

（普段なら、躊躇《ちゅうちょ》なく叩き出してやるんだが……今はまずい。まずすぎる）

そっと視線を送ると、琴音姐さんはスマホを眺めながら煙草を吹かしていたが、たぶん俺たちの会話に聞き耳を立てているはずだ。

(何とかしないと……とりあえず、この場から遠ざける必要がある)

カウンターの外へ出て、美保子に歩み寄ると、酸っぱいような体臭とともにアルコールのにおいが鼻をついた。酒におぼれ、ホームレスか、それに近い生活を送っていたらしい。

強い嫌悪感が湧いたが、俺は無理に愛想笑いを浮かべると、

「あのね、今は営業中なんだ。あの通り、お客様もいらっしゃる」

「あたしなら気にしないで。これ、飲んじゃったら、すぐ引き上げるから」

「いいえ。そんな……どうぞ、ごゆっくり」

俺は振り返り、姐さんに向かって頭を下げた。脇の下に冷たい汗が流れ出す。

「それよりさあ、洋ちゃん。あんた、柴原さんの――」

「何だよ、急に。変なことを言い出すのはやめてくれ」

俺は狼狽した。いきなりその名前が出るなんて……最悪だとしか言いようがない。

「別に変じゃない。大事なことだよ。柴原さんの娘――」

「とにかく、どこかでゆっくり話をしようじゃないか。そうだ。とりあえず、これを……」

ズボンのポケットにコンパクトウォレットを入れておいたのが幸いだった。大急ぎで一万円を二枚抜き取り、相手に握らせると、

「いいかい。大通りに出て、左へ向かうと、三軒めにビジネスホテルがある。まだチェックインできるはずだから、部屋で休んでてくれ。ええと……そう。一時間以内には行けると思うから」

「悪いねえ。じゃあ、お言葉に甘えさせてもらうよ」

美保子は満面の笑みで金をしまい込むと、「待ってるからね」と言い、店から出ていった。急場をしのぎ、ほっとしかけた時、

「ごめんなさいね。おかしな時に来ちゃって」

耳元で声が聞こえ、危うく声を上げそうになる。見ると、すぐ脇に琴音姐さんが立っていた。

「今の女《ひと》……洋ちゃんのこれ？」

口元に皮肉な笑みを浮かべ、立てた右手の小指を俺の方へ向ける。

「そんな……ち、違いますよ。全然違うんです」

店の外へ連れ出して話をするべきだったが、後悔先に立たずだ。

「だから、そのう……親戚なんです。尾羽《おは》打《う》ち枯《か》らして頼られれば放ってもおけなくて」

「うふふふ。冗談よ。紗英ちゃんという恋女房があるんだもの。浮気なんてするはずないわよね。

ところで、お勘定は？」

「滅相《めっそう》もない。いただけるわけないじゃありませんか」

「あら、そう。悪いわね。ご馳走さまでした」

「ありがとうございます。本当に申し訳ありませんでした。落ち着かなくて……親父さんに、どうかよろしくお伝えくださ い」

あとを追って階段を下り、最敬礼で送る。

後ろ姿が見えなくなった時、一気に全身の力が抜けた。階段を踏みしめながら上がり、バーの入口へ。少し迷ったが、扉に吊られていた『OPEN』のプレートを裏返しにする。今夜は客が来

そうもないし、もし来ても、相手をする元気などなくなってしまった。

店内に入り、カウンターの中へ。たまらなく酒がほしかったが、福嘉にはもう行けないし、商友会の会合でなまじ顔を見知っているせいで、ほかの店にも寄りたくない。昨夜のことがあるので、家で飲むなんて論外だ。

スミノフのボトルを棚から取って、テーブル席へ移動し、ショットグラスに注いだ透明な液体を一気に飲み干す。手っ取り早く酔うには、これが一番だ。

（姐さんの手前、何とか取り繕ってはみたが、狼狽した姿を見せたから変に思われただろう。まあ、それは仕方ない。もしもおかしなことを口走られたら……それが怖くて、生きた心地がしなかったぜ）

ビジネスホテルにいる厄介者が気になったが、その対応なら明日でも間に合う。金は充分に渡してあるから、まさか戻ってもこないだろう。

次の一杯を注ぎ、ここからはゆっくり飲み始める。ショットグラスといってもテキーラ用で、容量は九〇ＣＣ。ウォッカで酔うと足を取られるのは知っていたが、こんな状態で量を控えるのはとても無理だ。

（とにかく、落語なんて聞きに行ったのが間違いの元だった。もう金輪際《こんりんざい》……あれ、これは……）

左胸に振動を感じ、ワイシャツのポケットからスマホを取り出す。届いたのはＬＩＮＥのメッセージで、開いてみると、紗英からだった。

『産婦人科に行ってきました。心配だったので診《み》てもらいましたが、赤ちゃんは無事でした。家を出ようかとも考えましたが、もう一度だけ、恩人であるあなたを信じることにします』

『ただ、もし今後似たようなことがあれば、その時には覚悟があります。叱られるかもしれませんが、愛するあなたよりも、子供を守る方が、私にとっては大切です』

（……危ない、ところだった）

グラスに残っていた酒を一気に干し、両手で顔を覆う。何か返信しなければと思ったが、適当な言葉が見つからない。

（もし紗英を失うようなことがあれば、俺は気が変になるかもしれない。覚悟……覚悟か。確かに、女はいざとなったら豹変する。あいつは家族の縁が薄いから、よけいだろうな）

さらに、もう一杯。このあたりから、急速に酔いが回ってきた。

（酔いつぶれても、倉庫に寝袋を置いてあるから、あれで一晩くらいは過ごせるさ。いっそ、今夜はあいつと顔を合わせない方がいいかもしれない）

半ばやけになり、次から次へとグラスを空ける。飲めば飲むほど頭が冴え、おぞましい記憶が蘇りそうになるので、それらを無理やり酒で抑えつける。

そんなことをくり返しているうちに、時間の感覚さえなくなってきて……扉の開く音で、ふと我に返る。ロックを忘れたため、酔った常連がプレートを見ずに入ってきたのだろう。

ふらつく足で、何とか立ち上がり、

「あの、申し訳ないのですが、今夜はもう……えっ、どうして……」

入口に立っていたのは琴音姐さんだった。

「あの、どうかされたのですか。タクシーがつかまらないとか……」

「そうじゃないの。洋ちゃんとしみじみ飲みたいなと思って。店を閉めたのなら、じゃま者は来ないでしょう」

「それはいいですけど……薬を呑んでたはずでは？」

「野暮《やぼ》は言いっこなし。あたしだって、酔いたい晩があるの。バーボンがいいな」

意味深な笑みを浮かべ、髪をかき上げる。俺は相手の意図が読めず、戸惑いながら、

「承知しました。でしたら、水と氷を……炭酸の方がよろしいですか」

「大丈夫。そこに座ってなさい。その代わり、ちょっと話があるのよ」

「話……何でしょうか」

改まった言い方に、少し身構える。姐さんはカウンターの上に載っていたハーパー十二年のボトルネックをつかむと、腰を振りながら俺に近づいてきて、

「あなた、口は堅い？」

「え、ええ、もちろん。喋るなと言われれば、決して他言はしません」

「それを聞いて安心した。今夜のことは……誰にも内緒」

琴音姐さんはハーパーのキャップを取り、先端を口に含む。それから、俺の前で身を屈めると、いきなり唇を押しあててきた。

何が起きたのかわからず、呆然としていると、次の瞬間、俺の口の中へ生温い液体が流れ込んできた。

(なぜ、こんなことを……おや？　今のは何だ)

バーボンと一緒に小さな破片が……不意だったので、俺はついそれを呑み込んでしまう。

「あの、今、何か口に――」

「何でもないわよ。きっと、気のせい。それよりも、ほらあ」

おどけた身振りで、ジャケットのファスナーを下げる。中に着ていたのは、ダークレッドのシャツ。

シャツのボタンを、姐さんが一つ一つ外し始めて……

17

……どこか薄暗い部屋に、たった一人で立っていた。

床に畳が敷かれているから、日本家屋なのだろう。広さは六畳ほど。床の間もあって、水墨画らしい掛け軸がかかっていた。

正面は障子。左手の襖の隙間から微かに明かりが漏れていたので、歩み寄り、覗いてみると、隣も似たような部屋だが、こちらは中央に布団が敷かれ、床の間の手前に置かれた行灯が淡い光を放っていた。

(ずいぶんとまた、時代遅れなものを……待てよ。ひょっとすると、ここは……)

その時、背後から声が聞こえてきた。

『次第に夜が更けてまいりまして、草木も眠る丑三つ刻。八つの鐘がゴオーンと鳴ります』

振り返ると、いつの間にか床の間が消え失せ、代わりに紫色の布を掛けた高座が……そこで、黒紋付を着た花山亭喜龍が落語を語っていた。

『すやすや寝ていた赤ん坊が急にむっくり起き出し、辺りの様子を窺っていたが、やがて立ち上がると、チョコチョコチョコと……』

隣の部屋から気配がしたので、再び視線を送ると、喜龍の言う通り、寝間着姿の赤ん坊が畳の上を這っていく。

『それから、行灯の脇に置かれていた油差しを取り上げ、近くにあった茶碗へ中の油を注いで……』

ペチャ、ペチャ、ペチャ……茶碗の油を、本当になめていた。

たまらずに襖を開け、部屋へ飛び込むと、次の瞬間、

『ええっ？　お、お前は……』

こちらを振り向いた顔は紛れもなく、自分の妻のものだった。

『お前、なぜ、ここに……』

俺を見て、紗英が笑う。しかし、その美しい笑顔が徐々に崩れ、黒ずみ、深いしわが寄っていき、最後には柴原重吉の……。

『一体、どうしたというんだ、紗英。紗英……』

「いいかげんにしなさいよ」

右頬に強い衝撃を受け、顔が勢いよく左を向く。その直後、まず視界に入ったのは、直立する黒い棒とその途中にある黒い輪だ。

（これは……カウンターチェアじゃないか）

棒は床に固定されている脚、輪は足置きだったのだ。顔の位置を戻すと、天井のシャンデリア

が見えたので、場所は自分の店に間違いない。

状況が理解できないまま、とりあえず起きようとしたが、まったく身動きが取れない。そこで初めて、自分があお向けの姿勢でバンザイさせられ、両手首を隣り合った椅子の脚に固定されていることに気づいた。

「やっと、目が覚めたみたいね。本当に手数がかかるわ」

すぐ鼻先まで誰かの顔が迫ってきたが、ライトの陰になっているため、その正体が見定められない。

「もう少し寝かせておいてあげてもよかったんだけど、うわ言にまで紗英、紗英って……聞いてるのもばかばかしいから、起こすことにしたのよ」

「ね、姐さん……でも、どうして？」

俺が尋ねると、琴音姐さんは軽く首を振り、屈めた腰を伸ばしたので、いかにも不快そうな表情がはっきりと見えた。

「どうしたもこうしたもないでしょ。あんなに気持ちよさそうに、あたしのお乳をペロペロなめておきながら」

煙草を吹かしながら、姐さんはさらに眉根を寄せる。

「こっちはパンティまで脱がされて、貞操の危機ってやつだった」

「えっ？　そんなこと、全然覚えて……い、いや、その……」

否定しかけた瞬間、意識を失う前の記憶が一気に押し寄せてきた。豊満な胸と細い腰、あらわになった股間まで……。

「まあ、危ういところで、首尾よくつぶれてくれたからよかったけどさ。薬の効きが悪いんで、焦っちゃった」

「薬？　じゃあ、やっぱり何か盛りやがったんだな。気のせいなんかじゃなかったんだ」

「その通り。相当酔ってたからイチコロだと思ったんだけど、医者が処方するミンザイだから、安全性優先なのね」

「一体、何のためにこんなまねを……早く解《ほど》いてくれ！」

手首を鉄の棒に固定しているのは荷造り用のビニール紐らしい。細くても丈夫なので、自力で脱出するのはまず不可能。もがけばもがくほど、容赦なく手首へ食い込んでくる。

「大きな声を出しちゃダメ。ご近所の手前があるでしょ。それと、偉そうな口を叩かないことね。とにかく、こうなったのは全部あんたが悪いんだから。内緒話にしておきゃ、よかったものを」

（……やっぱり聞かれていたのか。やはり、あわてず、外へ連れ出してから話すべきだった）

ひどく喉が渇き、ウオッカの酔いも残っている。水が飲みたくてたまらなかったが、その前に、まずは自由の身になりたい。

「ええと、名前が……美保子さんか。あの女《ひと》、洋ちゃんの前の奥さんだったのね」

「そ、それは……そのう……」

できれば隠しておきたい過去だったが、この状況では否定などできない。姐さんがすでに確たる証拠をつかんだ上で行動に出ているのは明らかだ。

俺が飯沼《いいぬま》美保子と最初の結婚をしたのは二十六歳の時。正式な組員になってから五年後で、当時、美保子は大塚のバーでホステスをしていた。組の縄張り内だったので、みかじめ料を受け取りに出向いているうちに口を利き合うようになって……いや、いまさら、そんなことを思い出しても始まらない。

当時三十一歳の美保子は場末のバーではあるが、ナンバーワンで、見る影もなくなった今とは違い、妖艶な魅力があった。だから、板橋に出したスナックも美人ママを売り物にして、『みほこ』と命名したのだ。

「まあ、生い立ちのせいで、あんたが母親の愛情に飢えていたのは知ってたけどね。『子守り代わりに家へ入れたのに、いつの間にか深い仲になっちゃって』と愚痴をこぼされた」

「……あいつから、話を聞いたんですね」

「ふふふ。何よ、いまさら。決まってるじゃない」

姐さんが鼻でわらい、俺の顔にわざと煙を吹きかける。

「ホテルの近所の飲み屋へ連れ出して酒をふるまったら、三十分もしないうちに向こうからペラペラ喋り出した。アルコール中毒って、恐ろしいと思ったわ。あんまり話がおもしろいので、途中からこっそりスマホに録音し、肝心なところは全部残してあるの」

「そんなことまで……今、何時なんですか」

「午前二時過ぎよ。あんたがあたしのオッパイをいじってたのは二時間前のこと。それはそうと、彼女の息子って、あんたと一緒の名前なんですってね。偶然にしてもおもしろいわ。まあ、確かに、ありふれた名前ではあるけど」

厳密に言えば音が同じなだけで、字は違う。同棲を始めた当時三歳だった一人息子の名前は飯沼陽介《ようすけ》。父親は堅気《かたぎ》のサラリーマンで、美保子の男癖の悪さが原因で別れたらしい。

正式に籍を入れる前にままごとのような同居生活を二年送ったのだが、俺との結婚を機に陽介は父親の実家へ引き取られていった。両親が合意の上でそうしたのだ。

「それにしても、あんたのマザコンは相当重症よね。三歳の子供と口を揃えて『母さん』と呼んだのは、冗談半分の甘えとして、まだわかるけど、息子がいなくなって以降もその呼び方を続け、あげくの果てに、二年半ぶりに会った相手に向かって『母さん』だなんて……事実を知って、さすがに引いちゃった」

琴音姐さんがすっと視界から消える。短くなった煙草を消しに行ったらしい。やがて、戻ってくると、

「さて、そろそろ本題に入りましょう。洋ちゃん、あんた、三年前の今頃、柴原重吉さんて人を殺したわね」

「それは……あの、申し訳ありません。どうか、見逃してください。お願いします」

否定したいのは山々だったが、この状況では到底無理だ。お慈悲にすがる以外、道はない。

「一応、念を押すわよ。『見逃す』と言ったのは、間違いなく重吉さんを手にかけたという意味ね」

「……はい。おっしゃる通りです」

うなずいた姐さんの顔がまた視界から消える。そして、その直後、

「これで事実がはっきりしたわ。さあ、出てきてちょうだい！」

18

（出てくる？　美保子が……姐さんと意気投合して、グルになったというのか）

しかし、次の瞬間、俺は息を呑み、大きく眼を見開いた。

「紗英……紗英じゃないか。お前、いつからそこにいたんだ」

「あんたが眠ってる間に呼んだの」

俺の問いに答えたのは琴音姐さんだった。そして、次の一本を口にくわえ、ライターで火をつける。

「その姿勢なら、カウンターの内側にいれば見えっこないからね。だけど、よくできた奥様じゃないの。あたしが訳を話しても信じないんだから。美保子さんの証言の録音を聞かせてもダメ。『自分の眼と耳で確かめるまでは』って言うから、手間はかかるけど、こうすることにしたの」

（……しまった！　自ら墓穴を掘っちまったか）

けれども、いまさらどうにもならない。

紗英は無表情のまま、しばらく、俺をじっと見下ろしていたが、

「あなたが、お父さんを殺したのですね」

コンピューターの合成音のように、何の感情も汲み取れない声だった。

そう。紗英は柴原重吉の一人娘。店に入ってきた美保子が俺の顔を見たとたん、柴原の名字を口にしたのも、それが理由だ。『あんた、柴原さんの娘さんと再婚したそうね』と言おうとした。

だからこそ俺は狼狽し、また、脇で聞いていた姐さんが不審を抱くきっかけにもなったのだ。

店ではよく「古女房です」と自称していたが、あれはあくまでも男性客が粉をかけてくるのを予防するための方便で、紗英が俺と入籍したのは去年の五月。彼女の美貌にほれ込んだ俺が金を積んで売春組織から救い出し、自分のものにした。だから、メッセージでも俺を『恩人』と呼んでいたのだ。

「質問に答えてください。私の父親を殺しましたか」

「勘弁してくれ。ほかにどうしようもなかったんだ。それに……」

卑怯《ひきょう》かもしれないが、ここまで追い込まれると、責任転嫁くらいしか言い逃れる方法を思いつかなかった。

「実行に移したのは確かに俺だが、背中を強く押したのは美保子なんだ。お前も、名前は知ってるだろう。前の女房さ」

「その点ならば、どうかご心配なく」

俺の言葉に反応したのは、またしても琴音だ。

「あんただけ地獄へ堕ちたのでは寂しいだろうから、あの女にも一緒に行ってもらう。自分でも弁解してたけど、殺人をそそのかしたのは旦那の身を案じるあまりの行動だったのは確かかね。よほど質の悪い借金だったみたいだから。でも、そんなのはあんたたちの勝手な都合。情状酌量の余地なんてないわ」

『地獄へ堕ちる』と聞き、俺は震え上がった。二人は間違いなく、本気だ。

「……ゆ、許してくれ。まだ死にたくない。何でもするから、命だけは助けてくれ」

「許せるわけないじゃない！　なぜそんなずうずうしいことが言えるの」

　突如、紗英が態度を豹変させる。

『菩薩が夜叉』は噺の中の亭主の嘆きだが、まさにそのまま。普段とは別人のような鋭い視線に射抜かれ、完全に言葉を失ってしまう。

「お父さんを殺しただけでも許せないのに、寄ってたかって私をだまして、あんな……あの二年間は生き地獄だった。おまけに、やっと苦しみから解放されたと思ったら、救い主が本物の悪魔だったなんて！」

　高ぶる感情を抑えきれなくなったらしく、脇にあった椅子の背もたれを拳《こぶし》で殴りつける。それから、俺を睨み据えて、

「昨夜、私を力ずくで犯したけど、あれがあなたの本性だったのね。よくわかった」

（とんでもないことに……何かうまい手を探すといっても、こうなった以上、『愛している』なんて言ったところで効きめはない。それ以外に何か……あっ！　そうだ）

「なあ、紗英……お前、妊娠してるんだろう」

　バンザイをした姿勢のまま、俺は全身でもがきながら懸命に妻に訴えた。

「腹を立てるのはもっともだが、俺が死ねば、生まれてくる子の親が……子供には父親が必要だ。そうじゃないか」

「……ええ。その通りよ。だけど、私からその大切な父親を奪ったのは誰なの」

「ううっ。そ、それは……」

　完全な藪蛇《やぶへび》だが、そこで口を閉じるわけにはいかなかった。

「だけど、考えてもみてくれよ。柴原重吉は、ほら、お前にとって……」

「言いたいことはわかってる」

口ごもった俺を見て、紗英が今夜初めて薄く笑った。

「確かに、お父さんとは血がつながっていない。だけど、貧しい中、一生懸命、私を育ててくれた。その愛情は間違いなく本物だった。私はそう信じてるの」

(それは、違う！　とんでもない勘違いだ)

喉まで出かかった言葉を、俺はようやく呑み込んだ。

(確かに実子ではなく、逃げた女房の連れ子だが、重吉がお前を育てたのは単なる打算に過ぎない。幼い時から器量よしだったから、手元に置いておけば、将来、金になる。そう睨んだからだ。その証拠に、重吉は博打の元手ほしさにお前を叩き売ったじゃねえか)

しかし、そのことを口に出せば、今の紗英はさらに逆上するだろう。事態を悪化させないためには別の手を考えるしかなかった。

(もし紗英が重吉の実子だったら、さすがにこの俺も金を積んで救い出し、女房にしようなどとは思わなかった。いくら美形でも、自分が殺した男の血が流れていたのでは、安心してそばに置いておけない。

ただ、たとえ血がつながってなくても、一緒に暮らしていると顔が似てくるなんてよく言うが……昨夜、紗英が重吉に見えたのは確かなんだ)

「まあねえ、今の話を聞いてて思ったんだけど……」

琴音が煙を胸へ吸い込み、小首を傾げてから吐き出す。

「もし陽介さんて息子が今も健在だったら、あんたたち二人の始末をどうするか、こんなに簡単には決められなかったかもね。さっきもさんざん愚痴を聞かされたけど、事故で亡くなったんでしょ。気の毒に、まだ二十歳の若さでさ」

陽介は三年前の三月、バイクを運転中、トラックと接触して死んだ。バイクのスピード違反が原因の、ごく単純な事故だったが、問題はそれが柴原重吉の命を奪ってから、わずか一カ月後に起きた点だった。

普段は気丈な美保子がひどく落ち込み、ほとんど錯乱して、『あのおじいさんの祟りだ』と言い始めた。酒に溺れるようになったのも、それからだ。

最初のうちは懸命に慰めていた俺もやがて途方に暮れ、また、美保子自身が息子の死の原因を作った……少なくとも彼女がそう信じる男と一緒に暮らすのを嫌がるようになった。

ちょうどその頃、俺は紗英の美しさに心を奪われていたので、一石二鳥だと思って、十月に美保子とは別れた。そして、翌年四月に現在の店を出し、その一年後、当時二十二歳の紗英と再婚したというわけだ。

美保子と離婚する際、財産分与などはしなかったが、事故の相手方から受け取った賠償金をすべて渡したから、これであと腐れはないと踏んだのだが、彼女は三年間でその金をすべて遣い尽くし、現在の姿になり果てた。

「さて、そろそろ始めましょうか」

琴音が二本めの煙草を灰皿に押しつけ、そう宣言する。

「……な、何をしようというんだ？」

「ちょっとした儀式よ。さあ、紗英ちゃん」

「はい。洋介さん、私一人でも、子供は立派に育て上げてみせるわ。だから、安心して」

そう言うと、紗英が俺の左手をつかみ、小指の根元に輪ゴムを巻き始める。

「これは……エンコ詰めか。指を詰める気なんだな」

未知の体験で、もちろん恐ろしさはあったが、俺は同時に安堵もしていた。

（紗英のさっきの言葉を聞いて、もう最期だと観念したが……指一本くらいは仕方がない。命を取られないだけでも、めっけもんだ）

けれども、琴音は俺のすぐ脇にしゃがみ込むと、

「確かにエンコ詰めだけどね、それはあくまでも第一段階よ」

いきなり、心臓をわしづかみにされる。

「だ、第一、段階……？」

「だから、こういう筋書きなの。今夜、あんたは酔った勢いで、私を無理やり犯す。私も飲んでいたから抵抗できなかった。そして、素面《しらふ》になってから事実を知って蒼《あお》くなり、けじめとして自ら小指を詰め、許しを請おうとしたんだけど、私がそれを突っぱねた。つまり、死に指にしたってわけ。

で、万策尽きて、あんたは自殺する。トイレにこもり、塩素ガスを吸ってね。さっき調べたら、『混ぜるな危険』の洗剤がちゃんと二種類揃ってた。うってつけだわ」

「ば、ばかな……そんなことをして、警察にばれないと思うのか。手首に紐の跡がくっきり残るんだぞ」

「何言ってるの。警察になんて知らせるわけないじゃない。面倒のないよう、うちの旦那に頼んで、産廃の処理場へでも運んでもらうわ。あの人は手首まで見やしない。さあ、もうお喋りは終わり」

琴音がタオルで俺にさるぐつわをする。顔を左右交互にそむけ、何とか阻止しようとしたが、結局、されるがままになってしまった。

きつくゴムを巻かれたせいで、左手の小指の感覚はすでにほとんどない。

紗英が包丁と金槌を携え、俺のそばにやってくる。

「これが終わったら、末期《まつご》の水の代わりにお酒をご馳走するわ。自ら命を絶つ時、アルコールの助けを借りるのは自然でしょう。何にするかも決めてあるの。コープスリバイバー」

淡々とした口調で語りかけながら、指を詰める準備を進める。

「人を殺すのに『死者の復活』じゃ合わないと思うでしょうけど、カクテル言葉がぴったりなのよ。『死んでもあなたと』……洋介さんとはこれからもずっと一緒よ。生まれてくる子供には、間違いなく、あなたの血が流れているんだもの」

（死んでも、あなたと？　そういえば、コープスリバイバーを注文した客がカクテル言葉の一部をつぶやくのを紗英が聞いて、店へ彼女を呼ぶつもりだと見抜いたことがあった。俺は元気をつけるための一杯だと思ったが、あれは、愛の告白をする場にふさわしいという意味で……ばかな！　今はそれどころじゃない）

気が動転しているせいで、よけいなことばかり考えてしまう。

手首をリングに固定していた紐を紗英が切ると、すかさず琴音が全体重をかけ、両手で左腕を床に押さえつける。俺にできる唯一の抵抗は脂汗《あぶらあせ》を流しながら懸命にもがくことだったが、そんなものは何の役にも立たなかった。

紗英が俺の左手を伏せて、第二関節に刃をあてがう。もし架空の筋書きに沿って、俺が自発的にエンコ詰めを行うとしても、事の重大さを鑑みて、第一ではなく、第二関節を選ぶだろう。おそらく、姐さんからのアドバイスだ。

(手を伏せていては指がうまく落ちない。掌を天井へ向けないと……どっちみち、殺されるなら同じだが……)

パニックに陥りながら、そんなことを考える。

紗英が金槌を振り上げる。さすがに、俺は顔を背けた。

次の瞬間、左手に途方もない激痛が走り、息ができなくなる。ややあってから、恐る恐る視線を向けると、振り下ろす際、肝心の刃の位置がずれてしまい、第一関節の上だけがかろうじて消えていた。

落とされた指先はどこかへ飛んだらしく、見あたらない。傷口には白い骨が……と思った時、真っ赤な血がドクドク床へ流れ出した。

「……あら、ごめんなさい。やり損なっちゃった」

そうつぶやいた紗英はうめいている俺を見つめ、恥ずかしそうに笑い、

「もう半分、ください」

第二話　後生ハ安楽

毎日毎日、ウナギ一匹二円、スッポンは八円と引き換えに川へ逃がしてやる。ウナギ屋の方では福の神が舞い込んだと、大喜び。あのご隠居だけで月々に何円ずつ儲かるってんで、もう、すっかり算盤《そろばん》を弾いております。

周りの同業者からもうらやましがられるほどでしたが……どうしたことか、しばらくすると、ばったり来なくなってしまいました。

「どうしちまったんだろうなあ、あのご隠居は。姿を見せなくなっちまったぜ」

「お前《まい》さんが悪いんだよ。脇で見てても嫌《や》になっちゃうくらいでさ。最初《はな》は大きなウナギを二円で売ってたけど、『生きていれば同《おんな》じだ』なんて言って、ドジョウ一匹二円で売ったじゃないか。ばかばかしくなって、よそを歩いてるんだよ」

「いや、そんなこたねえだろう。年のせいで、出歩けなくなったのかなあ」

「だけど、来てくれないと困るねえ。ほら、うちはこの間、太郎《たろう》が生まれたじゃないか。いろいろとお金《あし》がかかるんだよ。ご隠居さんの分の売り上げをあてにして、産着《うぶぎ》だの、お節句の人形だの、買っちゃったんだから」

「えっ？　そいつは、いくら何でも早手回しすぎて……おっ、噂をすれば影だ。おいでなすった」

「おや。本当に……だけど、ずいぶんやせちゃって、歩きっぷりも何だかおかしいよ。眼も虚《うつ》ろだし。きっと、どこか具合が悪いんだね」

「こりゃ、大変だ。もう長《なげ》えことねえなら、今のうちにもらえるだけ、もらっておかねえとな。おっかあ、ウナギ出せよ」

「ウナギなんぞ、ありゃしないよ。お前さん、今日は買い出しに行かなかったろう」

「えっ？　あ、そうか。何でもいいから、生きてるものを……ほら、ドジョウがあったじゃねえか」

「今朝のおつけの実にしたよ」

「だったら、金魚がいたろ」

「お隣りの猫がくわえてっちゃった」

「何だって？　弱っちまったなあ」

1

「……あのう、ちょっと、すみません」

串焼きでチューハイを二杯飲み、酔いが回ってきたところで、不意に声をかけられた。

右隣に誰か腰を下ろしたのは知っていたが、混み合ってきたせいもあり、ほとんど意識していなかった。時刻は午後六時半過ぎ。すでに、店内はほぼ満席状態だ。

「え……あ、はい。何でしょう」

二人がいるのはL字カウンターの短い方の辺で、定員が二名。改めて見ると、相手はグレーのスーツ姿の中年男で、天然パーマの髪を七三に分け、銀縁の眼鏡をかけていた。

「もし人違いでしたら、お詫び申し上げますが……十五、六年前、関落研の精鋭寄席に出演されたことがありませんか」

「カンラク、ケン……ああ、はい。夏の精鋭落語会ですね。でしたら、大学三年生の時、確かに出ました」

「やはり、そうでしたか！　いやあ、奇遇ですなあ」

男が眼を輝かせる。『関落研』は関東大学落語研究連盟の略。長らく耳にしなかった単語なので、聞いてもすぐにはわからなかった。

「まさか、こんなところでお目にかかろうとは……大将！　グラスをもう一つ」

声に反応して、店主のタケちゃんがビールグラスを持ってきてくれる。本名は知らないが、常連がみんなそう呼ぶので、私も時々、そのまねをするようになっていた。

「さあ。どうぞ、お一つ。再会を祝して乾杯といこうじゃありませんか」

サッポロの赤星の瓶を差し出してくるので、とりあえず、酌を受けてから、

「再会を祝すのは結構ですが、あなたは……ひょっとして、連盟の関係者の方ですか」

「あ、ああ。これは失礼しました。あの時、私は客席にいたので、厳密に言えば会ってはいませんが……もしお嫌でなければ、乾杯していただけませんか」

「はい。もちろん、喜んで」

グラスを合わせながら、こっそり苦笑する。

（どうも変だと思ったよ。もし当時の関係者なら、現在三十六の俺と同年輩のはずだが、どう見ても、向こうが年上……四十代半ばを過ぎてるんじゃないかな）

西荻窪駅北口から徒歩五分ほどの福嘉は焼き鳥が看板の店だが、その他の肴も豊富で、しかも値段が安い。四年前から通う職場は駅の南側なので、半年前まで存在も知らなかったが、たまたま入ってみて気に入り、週に一、二度立ち寄るようになった。

「いやあ、勇気を出してお声がけしてよかったです」

乾杯を終えた男は喜色満面で追加のビールを注文する。

「八月のあの会には、各大学の落語研究会《オチケン》から文字通り精鋭たちが集結するので、毎年楽しみにしていますが、中でもあなたの高座は印象的でした。出し物が『鮫講釈《さめごうしゃく》』でしたね」

「その通りですが……よく覚えていらっしゃいますねえ」

「そりゃ、忘れません。たしか、芸名が……『稲荷亭丸太橋《いなりていまるたばし》』」

「ええっ？　これは驚きました。そこまで本気で注目してくださっていた方がいたとは」

学生落語の芸名にはおかしなものが多いが、私の場合、本名が田丸慎一《たまるしんいち》なので、名字をもじって『丸太橋』。『稲荷亭』は大学の所在地である北区王子《おうじ》に由来している。

「それはもちろん、記憶に残ったのはあなたの高座が素人離れしていたからです」

男は細い眼をさらに細め、再びビール瓶を差し出しながら、

「あの時の『鮫講釈』を伺って、『この人は将来、きっとプロになる』と確信したのですが、その後、寄席で顔をお見かけしないので、残念に思っていました。それが、今日、ここでお目にかかれるとは……さあ、どうぞ、もう一杯。ぐっと空けてください」

2

大学時代、オチケンに所属していたのは事実だが、もともと落語が好きだったわけではない。それどころか、入会するまで、一切関心がなかった。

五歳上に兄が一人いて、二人とも中学、高校と野球部だったが、才能に恵まれていたのは兄の方で、ピッチャーとして夏の都予選ベスト4の原動力になり、推薦で有名私大へ入学。卒業後は先輩の引きもあって、メガバンクへの就職を果たした。

私はというと、何とかレギュラーの座を勝ち取ったものの、成績は振るわず、チームも一回戦

負け。諦めきれず、大学の野球部で再起を期したが、なぜか監督からひどく毛嫌いされ、嫌気が差して、半年後に退部してしまった。

（それで、すっかり気が抜け、フラフラしている時、同じ学科の福田《ふくだ》が声をかけてきたんだ。『暇やったら、落語でも聞かへんか』って）

福田信也《しんや》は大阪府の出身。向こうにしてみれば単なる集客活動の一環だったのだろうが、新たな目標を探していた私はその誘いに過剰に反応し、入会を決めたのだ。

熱心に練習に励んだかいあって、めきめき腕を上げ、関落研の会にも出演できたのだが……振り返ってみると、野球という生きがいを奪われた心の隙間を埋めるため、もがいていたのだと思う。今でも落語は好きだが、以前のような情熱は失われてしまった。

「しかし、惜しいなあ。もちろん、アマチュアのレベルの話ではありますが、あの『鮫講釈』は絶品でしたよ」

男は私の高座を大げさにほめちぎる。十六年前の話でも、悪い気はしなかった。

「その上、あなた……ええと、お名前が……ああ、田丸さんですか。私は斎藤と申します。あの時、感じたのですが、田丸さんの高座には何といっても華《はな》がありましたよ。すらりと背が高く、風貌も精悍《せいかん》なので、高座の袖から出てきただけで、おやっと思いました」

「いや、そんな……私なんかにヨイショしたって、祝儀は出ませんよ」

笑いながら首を振ったが、外見で目立っていたのは確かだろう。オチケンの男子部員にはやはりオタク系が多いので、身長百七十八センチ、筋肉質の体は異色の存在だった。風貌が精悍かどうかは知らないが、大学時代、フィギュアスケートの高橋大輔《たかはしだいすけ》選手に似ているとよく言われたもので、それが仲間内でのあだ名にもなっていた。

（あの頃は女子高生の追っかけが何人もいて……ふふふ。モテ期ってやつだな。これ幸いとそのうちの何人かに手を出したのはいいが、母親と二人がかりで『責任を取れ』なんて詰め寄ってきたりして、大変だった）

久しぶりにそんなことを思い出していると、

「とにかく、あなたのような逸材を逃したのは、落語界にとって多大なる損失でした」

男はそう言って、大げさに嘆息する。

「それで、今はどのようなお仕事を？」

「いや、まあ、ただの公務員……都の学校事務職員をしています。駅の向こう側の中学校に勤務しているので、たまにこの店にも寄るんですよ」

「すると、現在は落語をお演りになってない？　例えば、天狗連《てんぐれん》などでも」

「いいえ。全然。もし今、何か演ってみろと言われたら、『寿限無』だってあやしいです」

『天狗連』はアマチュアの落語愛好団体を指すが、会を覗いてみたこともなかった。

「しかし、有為な人材をみすみす……お勤めになっている中学校にオチケンはないのですか」

「もちろん、ありませんよ」

「そうですか。せめて後進の指導役でと思ったのですが……実に残念です」

「そこまで見込んでくださったのは光栄ですが、大学と違って、中学・高校にはめったにオチケンがないし、仮にあったとしても、私はじむ……」

『事務職員だから』と言いかけ、かろうじて呑み込む。

（落語は嫌いじゃないが、中学生相手に教えようと思ったことは一度もない。それに引き替え、野球の方は……）

「いやあ、本当に奇遇でした。あなたの前ですが、ここは近辺でも隠れた名店でしてね」

苦い過去を思い出しかけた時、斎藤が急に話題を転じた。

「今日はないらしいが、私はこの店に時々入る北海道直送のカニが大好物なんです」

「北海道の……それは、いつか食べてみたいですね。ちなみに、この界隈《かいわい》でほかにどこかお薦めの店はありますか」

「お薦めの店……そうだ。駅へ行く途中を右へ入ったところに『ハーフムーン』というバーがあって、そこは雰囲気もいいし、スモークの盛り合わせなどが出色《しゅっしょく》の出来です。その上、女性バーテンダーがなかなかの美形でしてね」

「へえ。知りませんでした。今度、ぜひ行ってみます」

「ところで、田丸さん、ご家族は？」

「え……ええ。妻と息子が一人」

同居している家族はその二人。ほかに、千葉《ちば》市の実家に母と兄夫婦がいて、父親は銚子《ちょうし》市内の老人ホームに入居している。

「なるほど。で、奥様はどのようなお仕事を？」

だんだん、質問されるのが煩わしくなってきた。これでは、まるで身元調査だ。

「家内は小学校の教員をしていますが……あっ、そうだ。そろそろ行かないと、まずい。家内から買い物を頼まれていたもので……タケちゃん、俺の分の勘定を」

偽の口実を作り、そう声をかけたのだが、次の瞬間、はっと息を呑む。普段は愛嬌たっぷりの店主が横眼でじろりと私を睨んだからだ。

ややあってから、飲食代の記された伝票がカウンターに置かれたが、その時もまったくの無言。普段とは違う態度に、思わず首を傾げた時、

「それは残念。今宵《こよい》はたっぷり落語談義ができると思ったのに。ご用事ならばやむを得ませんが……実は、丸太橋師匠にお買い求めいただきたいものがあるのです。落語会のチケットですが」

「落語会の？　なるほど。そうでしたか」

どうやら、下心があって、接近してきたらしい。昔の口演をほめてくれたのもお世辞だったかとがっかりしたが、まあ、チケットくらいなら目くじらを立てる必要はない。

「ただ、私は寄席にもすっかりごぶさたで……一応お尋ねしますが、どなたの会なんです」

「花山亭喜龍師匠です」

「ええっ？　そんな、まさか……」

さすがに、自分の耳を疑った。

「喜龍師匠って、四、五年前に亡くなった喜円師匠の弟子の……本当に、あの方が出演されるのですか。お体を悪くして、高座に上がるのは難しいはずですが」

「よくご存じですね。確かに、寄席や一般の落語会への出演は控えていますが、ご自身の独演会はお続けになっています。ちょうど明日、その会があるもので……それはそうと、田丸さん、なぜ喜龍師匠のことを？　子供の頃、テレビか何かでご覧になりましたか」

「いいえ。何度か、お目にかかったことがあって……そもそも、斎藤さんがお聞きになった『鮫

講釈』も、喜龍師匠からご指導いただいた噺だったんです」

3

（喜龍師匠が落語を……俺たちには『もう高座に上がる気はない』なんて言ってたけど、まあ、心境の変化というやつだろうな）

翌日の午後二時少し前、私は板橋区内の旧中山道の北側に広がる住宅地を歩いていた。

ゆるやかな下り坂の両側には商店と民家が混在していたが、前者については昼間なのに営業していないところも多かった。

（チケットが一万円というのは驚きだったが、昔の義理があるから、結局は買うことにした。師匠が表舞台から去って、二十五年以上。名前を知る者も限られているだろうし、三、四千円で売ったのでは採算が取れないのかもしれないな）

どんよりとした曇り空の下、歩を進めながら、最初の出会いを思い出す。あれは、私が三年生になって間もない頃だった。

（話をもってきたのは福田で、『大学の近くに噺家さんが住んではって、眼が悪いので寄席には出てはらへんけど、頼んだら、安い報酬でコーチを引き受けてくれそうなんや』。それを聞き、小躍りして喜んだっけ）

まだ歴史の浅い大学で、オチケンの人数も十人ほど。プロの指導を受けたいという希望は前々からあったが、実現は難しいと思っていたので、喜円門下だと聞き、一も二もなく賛成した。

『牡丹灯籠』『乳房榎《ちぶさえのき》』『江島屋《えじまや》騒動』など、この師匠の怪談噺は絶品揃い。その弟子ならば間違いないと考えたのだ。

　しばらくして、福田に手を引かれ、サングラスをかけた喜龍師匠が部室に現れた。緊張して迎えた一同を前にしての挨拶は、今でもよく覚えている。

『ぜひ会の顧問にというありがたいお話でしたが、私なんかより、もっと適任者がいるはずです。ただ、それなりにアドバイスはできると思うので、臨時のコーチ役ならばということでお引き受けしました』

（謙虚で気さくな人柄で、みんなに慕われていた。指導といっても、俺たちがテープで覚えた噺を手直しする程度だが、たまに演じてくれた噺のサワリは現役バリバリの芸だった）

　喜龍師匠は約三カ月間、週に一回足を運んできてくれたが、その間に、私が指導を受けた噺の一つが『鮫講釈』。立川談志《たてかわだんし》師匠の聞き覚えだった。

『鮫講釈』は別名を『桑名船《くわなぶね》』といい、伊勢参《いせまい》りの道中、船の中で悪いサメに見込まれ、海へ飛び込むはめになった旅回りの講釈師が今生《こんじょう》名残りの一席を語る場面がクライマックスだ。

　さまざまな演目のサワリを貼《は》り雑《ま》ぜにした総合講釈という触れ込みで、膝を扇子でバタバタ叩きながら、『そのうち早くも一言坂《ひとことざか》の頂《いただき》に駒の四足《しそく》押しとどめ、小手《こて》をかざして眺むれば、先陣の大将大岡越前守《おおおかえちぜんのかみ》この体《てい》をば見届け、合点《がてん》なりと葦毛《あしげ》の駒に金覆輪《きんぷくりん》の鞍《くら》置いて打ちまたがり……』と、たったこれだけの中に『三方ヶ原《みかたがはら》軍記』『大岡政談』『源平盛衰記』が含まれているのだからすごい。

　晴れ舞台となった精鋭落語会はコンクールではないので、正式な順位はつかなかったが、入場者に対するアンケート評価では十四名中三位という結果で、大いに面目を施した。

（まあ、あれが自分の落語人生の絶頂だったが……落語に関してはあれで充分。悔いが残っているのは野球の方だ）

また、苦い思いが込み上げてくる。監督ともめて退部した直後、私は退学もしくは休学の手続きをして、別の大学を受け直そうとしたが、両親に反対され、断念せざるを得なかった。

実家は、総武本線東千葉《ひがしちば》駅近くで祖父の代から続く理髪店。店を経営する両親は勉強の苦手な私を三代めに仕立て上げようとして、一時は成功しかけたが、最終的に計画は頓挫《とんざ》した。自分たちの言うことを聞かないせいがれのわがままのせいで、入学金や授業料を二度も払うなんて真《ま》っ平《ぴら》ごめん。そう思ったのだろう。

（親父とおふくろの気持ちはわかるが、あれが息子の人生に悪影響を与えたな。現在抱えてる家庭内の問題だって、煎じつめれば、あの時、夢を諦めたせい。結局は親が悪いんだ）

小学校教諭である妻の名前は珠美《たまみ》で、一つ年下。一人息子の慎太郎《しんたろう》は四歳だが、家庭内はお世辞にも円満とは言えない。

（まあ、そんなことになってしまったのも……ん？　どうやら、あれらしいぞ）

三階建てのビルの一階に『鳳来亭』という看板が掲げられていた。独演会はこのビルの地下で開かれる。

『近くまで行かれたら、看板を見落とさないようご注意ください』

昨日、福嘉で、斎藤はそう言い、私に薄い紙に刷られたチケットを手渡して、

『先週の会をご紹介した方から、会場がわかりづらかったと苦情を受けましたので、特に申し上

げておきます』

4

鳳来亭といっても寄席ではなく、すでに閉店した中華料理店で、入口脇には独演会開催を知らせる貼り紙があり、斜め下向きの矢印が添えられていた。

指示に従い、階段を下ると、こちらも閉店済みのスナック。一応説明は受けていたが、それでも、中に入り、会場を見回した時にはぎょっとした。

内装がすべて除去された部屋の奥に、なぜか紫色の高座があり、その向こうには籐の衝立。並んでいたパイプ椅子は五脚のみで、そのどれもがまだ無人の状態だった。

腕時計で時刻を確認すると、午後二時三分前。

（やっぱり、長年のブランクのせいで、観客動員は厳しいか。だけど万一、客が俺一人だけだったら……そいつはシャレにならねえぞ）

斎藤の言葉をまた思い出す。『喜龍師匠の独演会は毎週土曜の開催ですが、怪談噺と滑稽噺が大体交互。明日は滑稽噺の会なので、どうか大いに笑ってください』。

（……まいったなあ。怪談や人情噺ならいいが、普通の落語は困る。どんな秀逸なクスグリでも、たった一人じゃ笑えない）

ちなみに、『クスグリ』は『ギャグ』のこと。オチケン内ではプロをまねて、楽屋内で使われる符牒が飛び交っていた。

部屋の隅に石油ストーブが置かれていたが、家庭用らしく、少し寒い。照明は天井から吊られた和室用の蛍光灯が二つ。照度が足りないので、今まで気づかなかったが、衝立に何やら貼り紙があった。近寄ってみると、『都合により、開演が少し遅れます。まことに申し訳ございません』。

（まあ、大枚払って手に入れたチケットだから、待つしかないが……）

とりあえず、真ん中の椅子に腰を下ろし、もう一度時計を確認すると、デジタル表示は『14：03』『SA　3』。

（二月三日……今日は節分か。そういえば、豆まきをする約束だったな）

息子の慎太郎が楽しみにしている年中行事だが、そういう絵に描いたような家庭の団欒《だんらん》が、今の自分にとっては針のむしろなのだ。

私は、妻には言えない秘密を抱えていた。

秘密といっても、結婚から七年。ほんのわずかな回数の風俗遊びを除けば浮気は一度もしていないし、ギャンブルで借金を作ったわけでもない。しかし、ある事実を半年以上、妻に隠してきたせいで、のっぴきならない事態に追い込まれていた。

（初心を貫くというのは、やっぱり大事なんだな。本当に、後悔ばかりだ）

ため息をつき、腕組みする。高校球児のなれの果てによくあるケースで、私も最初は教員を志望した。中学か高校の野球部の監督になり、全国大会出場を果たせば脚光を浴びられるし、自己満足にも浸れる。文武両道で実績を挙げた兄貴を何とか見返してやりたいという気持ちが強かったのだが、大学の部活を辞めた時点で、いったんは野球が嫌になり、教職課程の単位も全部捨ててしまった。

けれども、周囲の安定志向に引きずられて、公務員を目指し始め、職種を絞っていくうちに、『中学か高校の学校事務職員なら、野球部の活動に関われるかもしれない』。そう考えるようになったのだ。

結局一浪して、何とか東京都の採用試験に合格したが、初任から五年間は小学校勤務だった。学校事務の仕事は教員の給与計算や予算の管理、諸経費の徴収、各種調査などさまざまだが、実際に働いてみて驚いたのは子供たちと接触する機会があまりにも少ない点だった。せいぜい事務室掃除の監督と証明書の発行くらい。私はまず、その事実に落胆した。

八年前、ようやく念願の中学校へ異動。最初は休日にちょっと野球部のコーチをする程度だったが、その二年後、東京都でも部活動指導員制度が始まったので、早速任命してもらい、練習試合などにも単独引率できるようになった。

(教諭の正顧問に花を持たせて、サインまでは出さなかったが、選手の起用などについては、事実上、俺が決めていた。同じ野球経験者とはいっても、こっちの方が数段技量が上だったからな。生徒たちにも慕われ、ますます指導にのめり込んでいった。

四年前、今の中学校へ来てからも状況は同じ。もしも去年の夏、あ、あ、あんな事件さえ起きなければ、きっと今でも……)

正面奥の衝立がグラリと動き、驚いて、身構える。

(地震? いや、違う。あの向こうに誰か……そうか。あそこが楽屋だったんだ)

時刻を確認すると、午後二時二十三分。追憶に浸っているうち、いつの間にか、時が流れていたらしい。師匠の出囃子が『竹に雀《たけす》』なのは知っていたので、期待して待っていると、しばらくして、予想とは違う旋律が聞こえてきた。

（これ、どこかで聞いた気がするが……あっ、わかった）

その時、衝立の陰から、黒紺の着物に細い角帯を締めた若者が現れた。

曲の名前は『前座の上がり』。寄席で前座が高座へ上がる際に流れる出囃子だから、聞き覚えがあって当然だ。

（なるほど。仮にも真打ちの独演会だから、いきなり本人が出てくるはずはないか）

ただ、びっくりしたのは現れた前座さんが途方もない美青年だったことだ。たぶん、身長は私と同じか、少し低いくらいだろう。面長で肌が白く、品のある端正な顔立ち。憂いを含んだ優しい眼をしていた。やや奇異な感じがしたのが髪形で、丸刈りや角刈りが多い中、もみ上げを耳の下まで伸ばしている。

やがて、高座に上がった彼は居住まいを正し、丁寧にお辞儀。そして、ゆっくり顔を上げると、

「ご来場いただき、ありがとうございます。開演が遅れ、まことに申し訳ございません」

挨拶を聞いて、仰天した。耳へ飛び込んできたのは明らかに女の声で、つまり、『彼』ではなく、『彼女』。女性落語家の場合、幅の広い帯を胸高《むなだか》に締める例も多いのだが、男物を着ていたため、勘違いをしてしまった。

「花山亭喜龍の弟子でございまして、ひらがなで『きょう』に龍虎の『龍』……『きょう龍』と申します」

（きょう龍……ははあ。恐竜のシャレか）

普通、落語会の会場では、高座の隅に出演者名を記したメクリが置かれるが、ここにはないの

で、口で説明したのだろう。また、前座はとにかく関係者に名前を覚えてもらうのが先決なので、奇抜な命名が珍しくなかった。

（まあ、協会を抜けたとはいえ、喜龍師匠は真打ちのままなのだから、弟子の一人や二人いたっておかしくないが……それにしても、こんな美人とはなあ。びっくりした）

　年齢は二十代前半くらいに見えるが、あまり自信はなかった。

「どうか一席、おつき合いのほど、よろしくお願い申し上げます」

　客は依然として私一人だが、差し向かいの落語は演りづらいらしく、少し眼を逸らしながら喋っている。

「ええ、床屋さんというご商売がございまして……ただ今は理髪店、あるいはバーバー。バーバーに行ったらジージーが出てきたなんて、ことがよくあります」

　口調はまだ素人っぽく、間合いも不自然だった。おそらく、入門後、まだ間もないのだろう。

「江戸の昔には、髪結床《かみゆいどこ》、と申しまして、二間障子《にけんしょうじ》にエビの絵が描いてあるから『海老床』、天《てん》狗《ぐ》の絵が描いてあるから『天狗床』なんて、名前がついておりました」

（……ははあ、なるほど。開口一番は『浮世床《うきよどこ》』か）

　一時はどっぷり落語に浸り込んでいただけに、マクラの最初を聞けば何の演目かは大体見当がつく。『浮世床』は暇な若い者が床屋に集まって、将棋を指したり、講談本を読んでいる男をからかったりする他愛ない噺だ。てっきり、そうに違いないと思ったのだが、

「ええ、大変に無精な床屋さんがおりました。店の中はほこりだらけで、クモの巣が張っている。ごみも、たまり放題という有様でして……」

（うわっ！　違った。『無精床《ぶしょうどこ》』だ。やめてくれ。そんな噺、聞きたくない！）

　予想外の展開に仰天し、私は心の中でそう叫んだ。

「……あれ？　こりゃ、ひでえ頭だなあ。大きくてやりやすいと思ったら、地《じ》がブクブクしてらあ。いいか。こういうのを、コンニャク頭といってな、めったにねえドジな頭で、やりにくいんだ」

「何だい、親方。他人《ひと》の頭をコンニャクだの、ドジだのって……」

「お前さんもいちいち、うるさいね。人間、辛抱ができねえようじゃ、出世は無理だ」

「まいったなあ。まるで、髪結床に、説教されに来たみてえだ」

「だから、もう少しの辛抱だって、言ってるじゃねえか。

　おい、奴《やっこ》。ちゃんと、こっちを見ろ。いいか。お前《めえ》はカミソリを立てるから、いけねえんだ。

　こんなふうに寝かせて、すーっと……どこ見てるんだよ。

　何を？　表に角兵衛獅子《かくべえじし》が来ました……何が来たって、いいじゃねえか。この、ばか野郎。俺の手元を見ろってんだ。聞こえねえのか。こっちを、見やがれ！」

「イテテテ。ああ、痛《いて》え。親方。小僧さんに小言を言って、俺の頭を殴るのは、ひでえじゃ、ねえか」

「いえね、あの野郎、張り倒してやろうと思ったけど、手が届かねえから……お前さんの頭で、間に合わせた」

「冗談言うなよ。痛くって、たまらねえ……あれえ。血が、流れてきたぜ。親方、一体何で殴ったんだい」

「だから、カミソリの柄で……いや、間違えて、刃の方でやっちまったな」

「ええっ⁉　とほほほほ。情けねえことになっちまった。どれくらい、切ったんだ」

「何《なあに》、泣くこたあねえ。縫う、ほどじゃねえから」

5

（……まいったなあ。こりゃ、一種の拷問だぞ）

膝の上に載せた両手の拳《こぶし》を握りしめる。あと一人でもいいからほかに客がいれば、間違いなく逃げ出していただろう。

正面では、花山亭きょう龍の『無精床』がまだ続いていた。時刻を確認すると、午後三時八分。すでに四十分以上、経過している。

「『……うるせえな。こんちは、こんちはって。一遍言えばわかるんだ。何か、用かい』

『あのう、すぐに、やってもらいたいんだけど、ねえ』

『やるって、どこへ？』

『そんな、運送屋じゃあるめえし』」

（黒門町《くろもんちょう》の道灌《どうかん》小僧は有名だけど……無精床娘は聞いたことがなかった）

『黒門町』は先代の桂文楽《かつらぶんらく》師匠を指すが、まだ『道灌』しか教わっていない前座時代、大雪の晩に大量の休演が出たため、仕方なく、高座に三回上がって同じ噺を演り、『道灌小僧』と呼ばれたという逸話がある。

　私もオチケン時代、名人・文楽のまねをして、高座に上がる前には必ず掌《てのひら》に『人』という字を三回書き、口にあてがっていた。この動作の意味は『人を呑む』。人前であがらないためのおまじないである。

「『だからねえ、頭をこさえてもらいてえんだよ』

『えっ？　そりゃ、無理だ。うちは人形作りじゃねえから、頭なんぞ、作れっこねえ』

『そうじゃ、ねえってば。髪を結い直して、いい男にして、もらいてえんだよ』

『いい男にするのは、難しいな。そのご面相《めんそう》じゃあ』」

　実はこれ、まだ出だしの部分なのだ。『無精床』はすでに二度、サゲまで到達している。

（こうなると、聞いてる方もつらいが、演ってる本人はさらに地獄だろう。いよいよ、本気で泣き出しそうだ）

　少し前、『縫うほどじゃねえから』というサゲを言い終えたあとで、きょう龍は唇を噛んで十秒ほど押し黙った。それから、消え入りそうな声で『申し訳ございません』と言い、またマクラへ戻ったのだ。

　事情は容易に推察できた。喜龍師匠がまだ会場に到着していないのだ。演目を変えたくても、前座がまだ教わってもいない噺を演るのは絶対的なタブー。師匠から稽古をつけてもらい、『アゲ』と呼ばれる口演許可をもらわなければ、高座にはかけられない。

「『お前さん、客じゃあねえのかい。銭を払うんだろう』

『そりゃ、払いますよ』

『そんなら、何も余計なことを、言わなきゃ、いい。黙って座れば、こっちは仕事にかかるんだ。昔っから、お喋りに利口者《りこうもん》がいた例《ためし》はねえ』

『何だか、小言を食いに来たみてえだな』」

どんな落語好きにも苦手な一席というのがあるものだ。過去に聞いた例では『菊江《きくえ》の仏壇』『藁人形《わらにんぎょう》』『たちきり』などなど。後味が悪かったり、どこにも救いがなかったりする噺が一般的だが、個人的な事情が影響していることも多い。私の場合は『無精床』で、もし寄席で出くわしたら、即座にロビーへ出てしまうくらい嫌いだった。

（まあ、この状況では我慢するしかないが……でも、そろそろ限界だな。この噺を聞くと、どうしたって、あの日のことを思い出しちまう）

現在、銚子市内の老人ホームに入っている父は十五の時から鍛え上げた腕のいい理容師で、愛嬌もあり、客の評判もよかった。

ところが、五十代半ばから急に無口になり、意味もなく怒り出すことが増えた。のちにアルツハイマー型認知症と診断されるが、まだこの時点では原因がわからなかった。

やがて、集中力の低下に加え、手足の強張《こわば》りや震えなどの症状が表れた。理容師にとっては致命的な事態だが、適切な治療が受けられないまま仕事を続け、発病から二年後、事件は起きた。父が客の耳たぶをハサミで切り落としてしまったのだ。

（あれは、高三の夏の予選が終わり、しばらくして……八月の上旬くらいだったな）

都大会の初戦敗退で意気消沈した私は両親に言われるまま、卒業後、理容学校へ進み、店を継ごうとしていた。とにかく勉強が嫌いだったので、そんな人生もいいかなと、その時は思ったのだ。

そこで、母から勧められ、夏休み中に店へ出て、レジや掃除、タオル交換などをしていたのだが、ちょうどその最中の出来事だった。被害者は小学生の男児で、突然火がついたように泣き出し、左耳から垂れた血でカットケープが真っ赤になった。

病気の特徴として、意識が明瞭な時間帯と不明瞭な時間帯とが交互に現れる。耳を切った時はもちろん後者だったわけだが、夢から覚めた父はいきなりおふくろを怒鳴《どな》り始めた。眼の前の現実が呑み込めず、パニックに陥ったらしい。

『こんなに泣いてるじゃないか。何で泣かせてるんだ。早く、泣くのをやめさせろ！』

耳から血をだらだら流している子供を放置して、ハサミを振り回しながら大声でわめき散らす有様は、まさに地獄絵図。『無精床』を聞く度にあの時の記憶が蘇り、胸が苦しくなってしまう。

幸い、金銭的な補償は保険で済ませることができたが、それ以降、父は店に出なくなり、私はハサミやカミソリを持つことが怖くなって、志望を変更。その後、実家の理髪店は母が独りで切り盛りしていたが、結局、八年前に廃業した。

口から吐息を漏らし、顔を上げると、花山亭きょう龍の高座は相変わらずの一本調子で、

「『じゃあ、親方、そこのヤカンを、取ってくれ』

『何だい。弁当でも……使うのか』

『床屋へ、誰が弁当を、もってくるんだよ。頭を湿《しめ》すんだ』

『そいつは、いけねえ。昔から頭寒足熱《ずかんそくねつ》、というから……水で湿しねえ』」

すでに息も絶え絶えといった有様で、眉間に深くしわが寄り、額や首筋に玉の汗が浮いている。

ただ、めったにいないほどの美形だけに、汗まみれの熱演を眺めていると、おかしな興奮を覚えるのも事実だ。

（男と同じ格好だから、よけいにそそられるんだろうな。一度でいいから、こんないい女と……

おや？　あれは何だ）

汗が眼に入るらしく、きょう龍が左手の甲で額を拭ったため、前腕部があらわになった。見ると、手首にはっきりと三本、真横に線が走っている。

（あれは、自傷行為の跡……ははあ。リストカットシンドロームか）

そんな人間が落語家を志《こころざ》すのを奇異に感じるかもしれないが、私は何となくうなずける気がした。オチケン時代を振り返ると、極楽トンボも多い一方、近頃では『コミュ障』などと呼ばれるようになった、対人関係が苦手な者も散見された。そういった連中は変身願望が異常に強く、それが落語へと向かわせるのだ。

（どうやら、この弟子も何かワケアリらしいな）

そう考えながら、高座を眺めていると、

「『俺の前にあるって……この桶《おけ》の水かい。ずいぶん汚ねえ……ううっ』」

突如、うなり声を発し、絶句してしまう。どうやら、奥の衝立を向こう側から誰かが叩いたらしい。

（え？　じゃあ、もしかすると、まだ着いてないわけじゃなくて……）

「ええ、噺の半ばではございますが、おあとと交替させていただきます」

安堵の表情を浮かべたきょう龍が深く一礼し、高座を下りて楽屋へ入る。

やがて、聞き覚えのある喜龍師匠の出囃子が流れ始めた。

6

『竹に雀』は曲芸や太神楽《だいかぐら》でも使われる軽快な曲だが、それが終わっても一向に動きがない。二回めの後半になって、やっと衝立の陰から、薄茶色の着物に羽織、紺献上《こんけんじょう》の帯という姿の喜龍師匠が現れた。

十六年ぶりの再会だったが、想像以上の激変ぶりで、正直、困惑した。まだ還暦そこそこのはずだが、豊かだった髪は消え失せ、肌も土色に変わり、やせ衰えた顔はまるでミイラのよう。最低でも、十くらいは上に見えた。

もしかして別人ではと疑うほどだったが、危なっかしい足取りで高座へ上がり、笑顔で一礼した時、口元のあたりに昔の面影が残っているなと感じ、懐かしさが込み上げてきた。

「お運びをいただきまして、ありがたく御礼《おんれい》申し上げます。年のせいですか、体の具合がもう一つでして、長らくお待たせをしてしまい、まことに申し訳ございませんでした」

声も別人のようにしわがれていたが、その語り口には確かに覚えがあった。開演が遅れた理由は遅刻などではなく、体調不良だったらしい。

「本日は滑稽噺の会でございますので、何を演ろうか迷いましたが、やはり、お耳になじんだお噺を聞いていただこうと思います。

ええ、昔はあちこちの橋のたもとに『放し亀売り』がおりまして、亀の子を吊し、客待ちをしている。こいつを川へ放してやると功徳《くどく》になるというわけで、広重《ひろしげ》の『名所江戸百景《めいしょえどひゃっけい》』にも描かれております」

（これは、『後生《ごしょう》うなぎ』かな。できれば、そうでない方がいいけど……）

そんなふうに思っているうち、本題に入って、「ここにおりますご隠居さん。息子さんに家督を譲り、念仏三昧でございまして、この方は虫も殺しません」。それを聞き、『ああ、やっぱり』と軽い落胆を覚える。

「こういう人でございますから、毎日のように寺へお参りに通っておりまして、南無阿弥陀仏《なむあみだぶ》、南無阿弥陀仏とお念仏を唱えながら川《かわ》っ縁《ぺり》を歩いておりますと、一軒のウナギ屋がありました。親方が大きなウナギを割《さ》き台《だい》の上に載せまして、今にも頭へキリを通そうとしている。

それを見たこの隠居、大あわてで駆け寄りますと、

『これ！　何をするんだ、お前《まい》は』

『何もしやしませんよ。こいつを割《さ》いて焼くんです』

『割いて、焼く？　そのウナギが一体どんな悪いことをしたんだね』

『別にウナギは悪くありませんけど、お客様のご注文で蒲焼きをこしらえるもんで』」

がっかりした理由は『後生うなぎ』が軽く、短い噺であるためだ。もともとは上方落語で、演じ方にもよるが、マクラを除けばせいぜい十二、三分。ちなみに、『後生』とは『のちの世に生まれ変わること』である。

普通、独演会と銘打てば二席は演るが、体調が悪いそうなので、今日に限っては一席でお開きということも考えられる。であれば、もっと大きなネタを演ってほしかった。

口演は次第に熱を帯びてきたが、若い頃に比べると、衰えは隠せない。ユーチューブに残っていた三十代の映像はすべて見たが、『巌流島《がんりゅうじま》』『甲府《こうふ》い』『もう半分』……どれもすばらしかった。信心深いご隠居は二円の金を払って、台の上で割かれる寸前だったウナギの命を救い、ザルに入れて、川へと向かう。

「『お前もあんなやつにつかまるから、こんなめに遭うんだ。いいか。あたしが助けてやるから、よく覚えておくんだぞ。もう、つかまるんじゃないよ』

そう言うと、前の川へボチャーン……『南無阿弥陀仏、南無阿弥陀仏。ああ、いい功徳をした』ってんで、いい気持ちで家へ帰ります」

以前はサングラスをかけていたので、眼を見たのは今日が初めてだが、黒眼に白く靄がかかっていたし、マクラの間も、たった一人の客である私の方を見ることはなかった。

（動画では何の異状もなかったから、真打ち昇進後に中途失明したんだろうけど……一体何があったんだろうな）

喜龍師匠は自分の過去について語らなかったが、一度だけ、半ば強引にコンパへ誘い、酔いの回った師匠が私に小声でこんなことを言った。

『十八で喜円師匠に入門したんだけど、それまでは若気の至りで、ずいぶん悪いこともしてねえ。真打ち披露の時、寄席の楽屋へ当時の知り合いが大挙して押しかけてきて、勘違いした席亭《せきてい》がパトカー呼んじまったよ』

（失明した理由はとてもきけなかったが……しかし、ここまでやせてしまった上に眼が見えないとなると、言っては悪いが、ちょっと異様な風貌になるな。会場が少し暗いせいもあるが、ミイ

ラというより骸骨だ）

さて、ご隠居はあくる日もウナギ屋に来て、また二円払ってウナギを川へ放す。その翌日になると、今度は首を落とされかけていたスッポンを逃がしてやり、八円の代金。

これが連日続き、ウナギ屋はいい客がついたと大喜びしていたが、しばらくすると、ぱったり姿を見せなくなった。

『どうしちまったんだろうなあ、あのご隠居は』と、ここから夫婦の会話になり、女房が『お前さんが悪い』と、ウナギの代わりにドジョウを二円で売った亭主を非難する。

あまりクスグリの多くない噺だが、この件《くだり》は秀逸で、社交辞令抜きで笑ってしまった。

『だけど、来てくれないと困るねえ。ほら、うちはこの間、太郎が生まれたじゃないか』

（えっ、何だ？　『後生うなぎ』にこんな台詞《せりふ》はなかったはずだが……）

独自の演出かもしれないが、だとしても、かなりの違和感を覚えた。

（それは、まあ、江戸や明治の時代にも『太郎』のつく名前はたくさんあった。『金太郎《きんたろう》』に『亀太郎《かめたろう》』『松太郎《まつたろう》』。ただ、これらを省略する場合には必ず最初の字を使う。金坊《きんぼう》に亀坊《かめぼう》、松公《まつこう》てな具合だが……）

その時、四歳の息子の顔が脳裏に浮かんだ。自分の名から一字採《と》り、慎太郎と命名したが、妻はこれが気に入らなかったようで、『慎ちゃん』はもちろん、フルネームもめったに口にせず、かたくなに『太郎ちゃん』と呼び続けている。

（まあ、名前については、俺も悪かったんだ。父親が命名するのが当然だと思い込んで、あいつの意向をちゃんと確認しないまま、届を出したりしたからなあ）

　高座では、いよいよ『後生うなぎ』の大詰め。久々に現れたご隠居は病み上がりという設定だが、普通は『やせた』と言う程度で、それ以上は触れない。ところが、喜龍師匠は『歩きっぷりがおかしい』『眼が虚ろ』などと、ウナギ屋の女房に詳しく説明させた。聞き慣れた噺ではあるが、こういう形《かた》は初めてだった。

「『おい！　もう来ちまうよ。せっかくの銭儲けなのに、生きてるものが何もなくちゃ、しょうがねえじゃねえか。ええと、ネズミは？』

『ネズミなんぞ、急につかまりゃしないさ』

『何かねえかい。生きて動いてさえいりゃいいんだが……あっ、そうだ！　太郎がいた。ほら、赤ん坊が』

『太郎をどうしようってのさ』

『着てるものを脱がして、すぐに連れてこい。早く……よし、来た。銭儲けだから、ちょいとの間、我慢してくれよ』」

　夫婦のやり取りを聞いて、顔をしかめる。子供の名前も落語としては異色だが、この場面で『太郎』『太郎』と連呼するのも何か不自然だ。

（おかしいな。まるで、俺のせがれの名前が太郎だと知ってるみたいに……）

　苦笑しかけて、はっと息を呑み、左右に並ぶ無人の椅子を代わる代わる見つめる。

（まさかとは思うが、この会は本来、たった一人の客に向けて落語を演じる場なのでは……ほかに誰もいないのは、そのせいかもしれないぞ）

　背筋に悪寒を感じた。荒唐無稽な妄想だとしか言いようがないが、なぜかリアリティを感じてしまう。

「さあ、亭主は裸の赤ん坊を割き台の上に載せますと、メウチを構え、片方の眼へ突き立てようとする」

この時、急に軽い吐き気を覚えた。

（ウナギ屋の目打ちって、T字形の柄のついた、千枚通しに似た道具だよな。さっきは『キリ』と言ったのに、なぜ今度は……）

言葉の魔力のせいか、自分の息子が台の上に載せられ、鋭い先端を眼に突き立てられる場面を想像し、胃が下からぐいと持ち上げられる。眼の不自由な師匠が語っているだけに、なおさら耐えがたかった。

この場から逃走したいという衝動に駆られたが、懸命に我慢する。もし客が皆無になれば、高座の上の語りは落語ではなく、単なる独り言。師匠に恥をかかせるのは本意ではなかった。

（……もうすぐサゲだ。逃げるなら、そのあとの方がいい）

「けれども、ご隠居さん、今日はどうしたことか、顔を背けたまま素通りしようとする。それを見たウナギ屋は大あわてで、

『さあ、赤ん坊に目打ちをしますよ。こいつを眼へブスリと突き刺します！』

声が大きいので、さすがに気づきます。よろよろと近寄ってまいりますと、

『おい。何をやってるんだ、お前は』

『へい。いらっしゃい。お客様のご注文で、蒲焼きにするところなんで』

『カバヤキって……そりゃ、一体どんなものだい』

『はい？　蒲焼きをご存じねえとは……弱ったなあ。だから、この赤ん坊を包丁で割いて、タレをつけて焼くんですよ』

『ほう。そいつが蒲焼きかい。そんなものがあるんだねえ』」

（ますます変だぞ、この隠居は。まるで、認知症にでもなったような……）

その時、血のついたハサミを握り、呆然とたたずむ親父の姿が眼の前に浮かんできた。

（だめだ。吐き気が……いや、あとちょっとだ。サゲがついたら、すぐに消えてしまおう）

両手を後ろへ回し、パイプをつかんで、椅子に自分の体を固定する。

「『とにかく、これから割かれるのを見過ごすわけにはいかないよ。そいつはいくらなんだね』

『へい。何しろ、スッポンが八円ですからねえ。百円頂戴いたします』

『ひゃ、百円……⁉　ずいぶん、高いんだね。でも、金のことなんか言っていられません。あげるから、赤ん坊をおよこし。

ほらほら。太郎ちゃんといったな。あんな鬼か蛇《じゃ》みたいなやつの子に、二度と生まれちゃいけないよ』

てえと、前の川へボチャーン。

『南無阿弥陀仏、南無阿弥陀仏……ああ。いい功徳をした』」

何とか耐え抜き、ほっとしながら拍手をする。喜龍師匠はすぐにはお辞儀をせず、噺の余韻を楽しんでいるように見えた。

視線を衝立へ向けたのは、きょう龍が出てきたら困ると考えたせいだ。まさか呼び止められはしないだろうが、なるべくなら、帰るところを見られたくない。

(喜龍師匠はどうせ見えないんだから、このまま消えちまおう)

椅子から腰を上げ、出口の方へ歩み出そうとした、まさにその瞬間だった。

「おい。何してる」

ぎょっとして振り向くと、両手を大きく広げ、険しい表情で私を睨む師匠と眼が合った。

「何をしてると、きいてるんだ。聞こえないのか！」

(……本当は見えていたのか。もう一席演る気でいたのに、たった一人の客が帰ろうとすれば、腹が立つのは当然だ)

「い、いえ……あの……すみません」

「赤ん坊を川へ放った？　そりゃ、放りましたよ」

「川へ……放る？」

「大枚払って買い取ったんだから、どうしようが、あたしの勝手だ。とやかく言われる筋合いはない」

その時、ようやく状況が呑み込めた。『後生うなぎ』はまだ終わっていない。両手を広げているのはウナギ屋の主人の行く手を阻むためで、もちろん、彼は息子の命を救おうとしているのだ。噺の中で二人がもみ合い、隠居の肩が激しく揺れる。自分を押し退《お の》けて進もうとする主人を制止し、顔をしかめながら、

「何だね。取り乱して、みっともない。なぜ泣くんだ。百円と値をつけて、売り渡したのはそっちじゃないか。

だめだめ。行かせないよ。えっ、太郎が死んじまうって？　どれ。どうなったのか……うふふ

ふふ。うつぶせのまんま浮いてるよ。浮いてる……浮いてる。これで、きっと、後生は安楽」

7

夜の道を歩きながら、喜龍師匠の声がずっと耳から離れなかった。

『うつぶせのまんま浮いてるよ。浮いてる……浮いてる』

あの時、師匠は後ろを振り返っていた。やがて、向き直ると、私の顔を正面から見つめ、短く含み笑いをしてから、『これで、きっと、後生は安楽』という『後生うなぎ』の新たなサゲを口にしたのだ。

(だって、あれは祖父《じい》ちゃんの……あの台詞を聞いた時、全身の震えが止まらなくなった)

田丸理髪店の初代であった祖父は私が小学五年生の時、現役のまま脳溢血で急死したが、浄土真宗の熱心な信者で、休日には幼い私をよく法話の会へ連れていった。そして、事あるごとに、『いいかい。善根《ぜんこん》を積まなければいけないよ。阿弥陀様におすがりするのはいいが、甘えちゃだめだ』と諭し、私が何かいいことをする度に『これで、後生は安楽』と言って、ほめてくれたのだ。

(しかし、赤ん坊を川で溺死させておいて、安楽も何もあったものでは……)

そこで、ふとあることに気づき、歩道で足を止める。

(もしかすると、あの時、隠居は『安楽死だ』と言いたかったのかもしれない。赤ん坊が極楽へ往生したから、めでたいと……)

本来、『安楽』は仏の世界を意味し、極楽浄土の別名が安楽国。これは、法話の会で得た知識だ。そう考えれば隠居の言葉も一応意味が通るが、だからといって、あれを聞いた瞬間の恐怖が減ずることはなく、かえって不気味さが増した。

時刻は午後九時半過ぎ。今、歩いているのは足立区北千住《きたせんじゅ》の大踏切《おおふみきり》通りだ。東武線とＪＲ線の大きな踏切が二つ並んでいるのが名前の由来で、北千住の街を東西に横断し、両側には古くからの商店・住宅と新築マンションとが混在している。

改作版『後生うなぎ』のサゲを言い終えた喜龍師匠は一礼し、高座をあとにした。

一人では危ないと思ったらしく、衝立の陰から現れたきょう龍が手を添えていたが、床へ下り立つ直前、私は小さな叫び声を発し、会場から逃げ出した。恐怖のあまり、ほとんど錯乱状態に陥っていたのだ。もしかすると、もう一席予定されていたのかもしれないが、客がいなくなった以上、会は終演にせざるを得なかっただろう。

薄暗い階段を駆け上がり、地上に出た私は、夢遊病者のような足取りで来た道を引き返し、まずは新板橋駅前の古びた中華料理店へ飛び込んだ。そして、注文した日本酒を二合、一気にあおって、ようやく人心地《ひとごこち》ついた。

そのあと、三軒はしごしてから電車に乗ったので、こんな時刻になってしまったのだ。

（それにしても……喜龍師匠はなぜあんな奇妙奇天烈《きみょうきてれつ》な演出を選んだのだろう）

ため息をついて、また歩き出す。『後生うなぎ』は確かに滑稽噺に含まれるが、サゲが残酷だという批判が古くからあり、太平洋戦争前には禁演落語に指定されたし、現在でもその点に配慮して、赤ん坊の代わりにウナギ屋の女房を川へ放り込む演じ方もある。

（ブラックユーモアを極限まで追求しようという意図があったのかもしれない。まあ、確かにそういう方向性もあるな。例えば、今日の会で、きょう龍が演っていた『無精床』だって……）

『縫うほどじゃねえから』というのがあの噺の本来のサゲだが、別の形としては、親方がカミソリを動かしていると、一匹の犬がやってきて、追い払っても動かない。不審に思った客が訳を聞いてみると、『この間、うっかり客の耳を落としたら、この犬が食っちまった。よほどうまかったと見えて、客がいると、やってくるんだ。かわいそうだから、片っぽ食わしてやってくれ』。

（五代目古今亭志ん生師匠などはこっちだが、よく考えてみれば、グロテスクそのもの。だから、喜龍師匠もそれと同じような線を狙って……いや、違う。『後生うなぎ』の通常のサゲのあとにつけ足された部分には、本物の認知症患者が乗り移ったかのようなすごみがあった。あそこは、明らかに滑稽噺の枠をはみ出している。まあ、とにかく、弟子に顔を覚えられたはずだから、もう二度と独演会へは行けないな。あんな醜態をさらしてしまっては、ばつが悪すぎる）

通りの両側にはサクラの街路樹があり、来月になれば、ここに花のトンネルが出現するが、家が近づくにつれ、次第に心が重くなってきた。

家庭不和のそもそもの原因となった去年夏の事件だが、それ自体はよくあることだった。

八月上旬の土曜日、猛暑の中での練習中、二年生部員の一人が来て、『体調が悪いので、早退させてください』と言った。

自分の現役時代とは違って、今はこういう申し出があれば顧問は無条件で生徒を帰宅させる。もちろん、私もそうしてきたのだが、たまたまその一週間前、同じ生徒が部活をサボり、ゲームセンターで遊んでいたところを、校外補導中の生徒指導部の教員が見つけた。ポジションはショートで、才能もあり、新チームの要《かなめ》として期待をかけていた生徒だったので、『許可してもいいが、もし頑張れるなら頑張ってみたらどうだ』と返してしまった。

運の悪いことに、その日、正顧問と副顧問の教諭二人は夏期休暇で不在。十五分ほど休憩してから再度練習に加わったその生徒がシートノックの最中に昏倒し、救急車で病院へ搬送された。

原因は熱中症だが、筋肉の痙攣《けいれん》や意識障害が見られ、一時はかなり危険な状態だった。幸い、二日間の入院治療で快復したが、私の対応が問題とされ、部活動指導員を辞めざるを得なくなったのだ。

（あの時の俺の対応には、何ら手落ちはなかった。決して早退を許可しなかったわけじゃないし、日陰で休ませたあと、本人に体調を確認してから練習に参加させた。その際、きちんと体温測定までしたんだ。

後遺症もなかったわけだから、それでいいはずなのに、母親からのクレームにバカ校長がビビり、保身に走りやがった）

その後、あくまでも身の潔白を主張する私に手を焼いた校長が、懐柔策を提示してきた。それは事故の件を一切表沙汰にしない代わりに、家庭の事情を理由に部活動指導員を辞めるというものので、私が反論しかけると、校長は『田丸君は来春、異動になる可能性が高い。もし私に任せてくれれば、異動先でも野球部の指導員になれるよう根回しするよ』。

迷った末に、私は条件を呑み、八月いっぱいで辞任した。

（部員全員が泣いて、校長室に直訴してくれたけど、俺の力ではどうすることもできなかった。あの時、包み隠さず、珠美に打ち明けていればよかったのかもしれない。ただ、その場合、今ま

でと同じ生活は続けられなかっただろう。家のことは、何もかもあいつに任せきりだったからな)

　現在の職場では、年度末や年度初めを除き、ほぼ定時に仕事を上がっている。ＪＲ中央線と山手線、常磐線を乗り継ぎ、通勤に四十五分ほどかかるが、寄り道さえしなければ、六時過ぎには家に着いてしまう。

　もしそんな生活が始まれば、慎太郎の保育園のお迎えは私になるだろうし、買い物や夕飯の支度だって、手伝わないわけにはいかなくなる。その後、異動し、新たな勤務先でも部活動指導員をやりたいなどと言い出せば、妻は猛反対するだろう。そうなるくらいなら、たった半年の間なので、隠し通した方がいいと思ってしまったのだ。

(生徒のためと口では言っているが、本当は自分のため。部活指導は好きな者にとっては麻薬みたいなもので、いったん味を覚えると、簡単にはやめられない。そのせいで、多少犠牲になっても、妻や子は我慢すべき……まあ、そんな本音を正直に漏らせば、離婚されかねないけどな)

　しかし、いざ部活動から離れてみると、それまで帰宅していた時刻まで時をやり過ごすのは予想以上に大変だった。現在の学校には夜間照明施設があり、野球部保護者会が電気代を負担しているので、冬期間も日没後の練習が可能。部活指導をやめたことを妻に気づかせないため、毎日コンビニに寄ったり、駅のベンチでスマホゲームをしたり、あるいは、つき合いを口実に福嘉で一人飲みをしたりして、何とか時間をつぶしてきた。

　新人戦終了以降は日曜日が休みになり、いくらか楽になったが、それでも、土曜日は練習に行くふりをしなければならない。後ろめたさは募るばかりだった。

（だが、そんな日々ももうすぐ終わる。校長が請け合ったのだから、間違いなく、野球の指導ができる中学校へ異動になるはず。そうすれば、すべては元通り。珠美に嘘をつく必要もなくなる）

私は自分にそう言い聞かせながら、暗い夜道を歩き続けた。

8

信号を過ぎ、すでに閉店した洋服店の手前を左へ折れる。通りはあと少しで行き止まりになり、その向こうは日ノ出《ひで》町緑地、さらに先には荒川《あらかわ》が流れている。

細い道を進み、右側に立つ三階建てマンションの最上階が私の自宅だ。築三十年を超えた物件で、マンションといってもワンフロアに二世帯のみ。もちろんセキュリティ設備もないが、この近辺で2DK家賃八万七千円は掘り出し物だった。

（『大学時代の知り合いに会って、飲むことになった』。一応、そうLINEはしたが、慎太郎との豆まきの約束を破ったから、珠美のやつ、怒っているだろうな）

顔をしかめながら、内階段を上がる。

（昔はああじゃなかった。野球部のコーチを始める時にも、『輝いているあなたがまた見られるわ』なんて言ってくれたのに……まあ、あの時はまだ子供がいなかったけどな）

妻の珠美は同じ高校の一年後輩で、私が二年生の時、マネージャーとして野球部に入部してきた。ただし、つき合うようになったきっかけは、九年前に開催された部のOB会だ。

当時、私は荒川区内の小学校の事務室にいて、珠美が勤務する小学校は豊島区。話が合うのは当然だし、実は卒業前、私は彼女から告白されていたのだ。高校時代にも結構モテていたので、その時には『ごめんなさい』の一言で片づけてしまったが、結婚を真剣に考える年齢になり、再会してみると、公務員同士の共働きは収入面でなかなか魅力的だ。

そんなわけで交際がスタートし、翌年の秋に入籍した。現在の住居を選んだ理由も通勤の利便性を優先したためだが、その後、妻は同じ区内で異動できたのに対し、私の新たな勤務先は遠方と明暗が分かれた。

新婚時代には、私もある程度家事を手伝っていたが、部活動指導員を始めて以降は一切やらなくなった。まあ、その頃は、それでも何とかなっていたのだ。

しかし、長男の誕生ですっかり状況が変わってしまった。子育てに非協力的な私に、妻は不満を募らせている。かろうじて爆発を免れているのは、指導員を引き受ける際に相談し、彼女が賛成したという事実があるためだ。

三階に着いて、部屋の前でキーホルダーを取り出す。時刻が遅いのでチャイムは鳴らさなかったのだが、ロックを解除していると、小さな足音が近づいてきて、

「パパ、おかえり！」

ドアを開けると、上《あ》がり框《がまち》に慎太郎が立っていた。私の帰りを常に待ち兼ねていて、玄関で気配がすると、たとえ宅配便でも、『パパだ』と言って走り出すらしい。

「何だ。こんな遅い時間まで起きていたのか。また、そんな格好をして……」

慎太郎が着ていたのはステゴサウルスを模したダークグリーンのベビーパジャマ。背中に並ぶ

角がライトグリーンで、部屋履きには黒い爪がついている。去年のハロウィン前にネット購入したのだが、すっかり気に入り、一日中脱がずにいることも多かった。

両手で抱き上げると、顔をクシャクシャにして笑う。色白なのは母親似、顔立ちが濃いのは父親似だろうか。性格は明るく、ひょうきんで、人見知りをまったくしなかった。

「パパ、まめまき、もうおわっちゃったよ」

「ああ、そうか。ごめんごめん。パパ、お友達と会って、お話ししてたんだ。今度、必ず埋め合わせするからな」

「うめあわせって、なに」

「ん？ そうだなあ。じゃあ、明日、公園で野球ごっこしようか。大谷《おおたに》選手みたいに、カキーンてホームランが打てるように、パパがこつを教えてやるぞ」

「うん。ホームラン、うちたい。やる、やる！」

私の影響もあって、慎太郎は大谷翔平《しょうへい》選手の大ファンなのだ。親の欲目かもしれないが、見たところ、野球センスはなかなかのもの。大リーグは無理でも、甲子園出場ならあり得る。そう思って、将来を楽しみにしていた。

「お帰りなさい」

短い廊下の右側にあるダイニングルームから、妻の珠美が現れた。

「ああ、ただいま。いやあ、落語会のあと、板橋の駅前で同じゼミの先輩にばったり会ってね。強引に誘われたから、断れなくて……」

わざとらしい言い訳だったが、それを聞いた珠美は返事もせずに眼を逸らし、

「太郎、パパの顔を見たんだから、『おやすみなさい』を言って、早く寝るのよ」

「うん。わかった。じゃあ、パパ、おやすみなさい」

床へ下ろされた慎太郎が母親に手を引かれ、右手のドアへと消える。ベッドルームは廊下の突きあたりだが、妻と子は和室で就寝するため、ダブルベッドは私が独占していた。

最後に妻とセックスしたのはいつだったろう。考えてみたが、思い出せなかった。

ダイニングに入って椅子にかけ、冷蔵庫から取り出したスポーツドリンクを飲んでいると、寝かしつけを終えた珠美がやってきて、私の向かいに腰を下ろした。

「ねえ。ちょっと、話があるんだけど」

「……ああ、わかった」

身構えながらボトルをテーブルに置く。口角《こうかく》が下がっているのは奥歯に力が入っているせいで、不機嫌な証拠だ。

小柄な体に小さな顔、くりっとした二重の眼。年より若く見られるのを自慢にしてきたが、そういった風貌の宿命なのか、三十代後半に入り、一気に老けた気がする。仕事中、髪は結んでいると聞いたが、家ではそのまま肩に垂らしていた。

「前々から言おうと思ってたんだけど……私、今、五年生の担任でしょう」

珠美が硬い表情で話を切り出す。

「来年度は、いよいよ六年生。五月に修学旅行があるんだけど、その係を任されたの。一泊二日だけど、こういう時代だから、何から何まで気を遣って、準備が大変なのよ」

「なるほど。まあ、保護者が何だかんだ、うるさいからな。うちの中学も同じさ」

「もちろん、そのあとも仕事が目白押し。だからね、とりあえず来年度だけでもいいから、部活指導員を誰かほかの人に代わってもらえないかな」

『ついに来たか』と思ったが、返す言葉がすぐには見つからない。仕方なく、沈黙すると、

「マイナーな競技ならともかく、野球の指導ができる人は大勢いると思うの。あなたにせめて買い物と保育園のお迎えだけでもやってもらえれば、すごく助かる。あと、できれば、毎週土曜のスイミングスクールの送り迎えも」

「よくわかったよ。君ばかりに負担をかけて、申し訳なかった」

妻に向かって頭を下げながら、私はどうすれば被害を最小限に食い止められるか、そればかりを考えていた。今の生活を大きく変えるのだけは、絶対にごめんだ。

「ただ、野球部のコーチだけはやめさせないでくれ。部活指導員を続けながら、なるべく家のことを手伝うようにするから」

「……あなたは、口ばっかり」

珠美が私を睨む。

「何だって……?」

「似たようなやり取りはこれまでに何度もあったけど、あなたは全然変わらなかった。ほんのわずかの間、見え透いたアリバイ工作をするだけ。

私はもう我慢の限界なの。同じ公務員なのに、家事も育児もワンオペだなんて、どう考えてもおかしい。これ以上は――」

「よせよ。自分だけが苦労してるような言い方は。ワンオペというなら、俺だってワンオペだ」

とにかく、反論しなければ。そう思った。でないと、あとで面倒なことになる。

「……それ、どういう意味？」

珠美が眉をひそめる。

「だから、俺の帰宅が遅いのは部活のせいばかりじゃないと言ってるんだ。お前の職場には事務補助のパート職員がいるが、うちは何から何まで俺一人でやっている。ワンオペそのものだろう」

意外と知られていないが、公立学校の事務職員は相当な大規模校でない限り、複数配置されない。事務補助の会計年度任用職員がいるのは、むしろ例外だ。

「まあ、確かに、そっちの仕事も大変でしょうけど……でも、教員と事務職員はやっぱり違うと思う。子供たちを直接扱う責任は重いから――」

「お前は自分の亭主を見下したいだけなんだ！」

気づいた時には、言葉が口から飛び出していた。言い返すための単なる口実だったはずなのに、こうなると、もう止まらない。

「そりゃ、先生様は聖職さ。事務職員で悪かったな。だったら、教員と結婚すればよかったじゃねえか」

「……どうして、そうなるの！」

珠美が両手でテーブルを叩き、倒れたペットボトルから液体が床へ滴り落ちる。

妻はそれにはかまわず、唇を引き結ぶと、「もう、勝手にして」と捨て台詞を吐き、奥の和室へと去っていった。

9

（なぜあそこで、いきなりキレてしまったんだろう。あれはどう考えても失敗だった）

カウンターの中ほどの席で、水割りのグラスを抱え、私は三日前の自分の行動を改めて後悔していた。

（攻撃的になったのは、半年近く妻を欺いてきたという負い目のせいだ。そして、大学時代、簡単に教職を諦めてしまった自分自身への怒りもあった。労働環境は確かに悪いが、教員が学校現場での主役であることは間違いない）

実際、事務職員をしていると、教員から一段低く見られる場合が多く、私自身、そのことに対して強い不満を抱いていた。

（この仕事に就くまで、先生方……いや、先公たちがここまでルーズな連中だとは夢にも思わなかった。書類の提出期限は守らないし、催促すれば『今、忙しいから』の一言で済まそうとする。まったく、何様のつもりなんだ。

金についてもだらしなくて、年度途中に予算外の経費を請求されるのなんて日常茶飯事。この間は、そんな不満がつい女房へ向いちまったんだ）

もちろん、それは単なる八つあたりで、妻が怒るのも無理はなかった。

一昨日の日曜、珠美は慎太郎を連れ、千葉市内にある自分の実家へ行った。野球ごっこの約束は反故《ほご》にせざるを得なかったが、夕方、早めに酒を飲んで寝てしまえば妻と顔を合わせずに済み、その点はありがたかった。

　昨夜はたまたま、珠美が大学時代の友人と会う約束を前々からしていたので、保育園へ息子を迎えに行き、作り置きしてあった夕食を二人で食べた。今朝も妻と会話らしい会話はしていない。その後、どうやって謝ればいいかを職場でずっと考えていたが、とりあえず、もう少し冷却期間が必要と判断して、飲んで帰ることにしたのだ。

　午後九時少し前。今いるのは斎藤から教えてもらったハーフムーンというバーだが、試しに入ってみて、すぐ気に入った。

　なるほど。店内が落ち着いた雰囲気だし、スモークの盛り合わせも美味。さらに、女性バーテンダーは『なかなか』ではなく、飛びきりの美人だった。まだ二十代前半だと思うが、凛《りん》として気品のある顔立ちをしている。

「何か、お作りしましょうか」

　私の前のグラスが空になったのを目敏《めざと》く見つけ、彼女が声をかけてくる。まだ時刻が早いせいか、ほかに客は誰もいなかった。

「そうですね。じゃあ、ブラックラベルを今度は炭酸で割ってください」

　立地を考えればジョニ黒一杯千二百円は少し高いが、店の雰囲気込みなら妥当だと思ったし、飲むのに必要な小遣いには不自由していなかった。

　我が家では夫婦の財布は別々が原則。しかし、家賃をはじめ、保育料、公共料金などは私の通帳から落としているので、本来であれば苦しいはずだが、幸いなことに、五年前、証券会社に勤める知り合いから勧められ、株投資を始めていた。

当時、二万円そこそこだった日経平均株価が、現在では三万六千円超え。欲さえかかなければ遊ぶ金には不自由しない。ただし、この件は妻の珠美には秘密だ。

「お待たせいたしました」

木製のカウンターにハイボールのタンブラーが置かれる。それを一口味わってから、

「あのう、ちょっと伺いたいのですが」

入店時から気になっていたことを、質問してみることにした。

「はい。何でしょう」

「ボトル棚の隅にある色紙ですけど、あれ、紙切りの『藤娘《ふじむすめ》』ですよね」

「はい。よくご存じですね」

女性バーテンダーはそちらを軽く振り返って、

「この間、お客様が持ってきてくださったので、飾ってあるんです」

紙切りとは、客の求めに応じてハサミで紙を切り、形を作る寄席の芸で、完成した作品は注文した当人に渡される。日本人形や舞踊の演目などで知られる藤娘は、その年の干支《えと》や舞妓さん、宝船などと並び、リクエストの定番だ。

「そうでしたか。こんなしゃれたバーにも寄席好きの常連さんがいらっしゃるのですね」

「というか、おなじみさんの一人が落語家で、その方から頂戴しました」

「へえ。ちなみに、芸名は？」

話の接ぎ穂が見つかったと思い、勢い込んで尋ねると、相手は小首を傾げながら、

「お教えしても問題はないでしょうが、プライベートでいらしているもので」

「……ああ、なるほど。よくわかりました」

普通ならすぐに教えるところだが、客のプライバシーを守ろうとする姿勢は評価できた。

「お客様、落語がお好きなんですか」

「え……あ、はい。好きですね」

私は即答し、少し迷ってから、

「大学時代、落語研究会に入ってたものですから」

「あら、そうですか。そんなふうには見えませんけどねえ」

バーテンダーが白い歯を見せる。これが一般的な反応で、どうやら私の顔はオチケンに似つかわしくないらしい。

共通の話題ができたせいか、相手は急に打ち解けた表情になって、

「うちにもいろいろなお客様が見えるので、中にはお笑い関係の仕事をされている方もいらしゃいますけど、見ていると、両極端ですね」

「ええと、両極端というと……」

「明るく社交的なタイプもいれば、素顔がとてもシャイな方も……もちろんお会いしたことはありませんが、亡くなった志村《しむら》けんさんは後者だったと伺いました」

「ああ。そういえば、『コントは得意だけど、トークは苦手だ』なんて、インタビューで話していたな」

「これは今から二十年以上前に亡くなったコメディアンの例ですが、その方は、とにかく、大変なあがり症。人前に出ると、緊張して喋れない。ところが、たとえ服装は同じでも、鼻の頭をち

ょっと黒く塗れば、いくらでもおかしなことがやれたのだそうです」

「なるほど。やっぱり、そこがプロなんでしょうね」

美人との会話が楽しくないはずはない。私はすっかりいい気分になってしまった。

「でも、そんな昔の話をよくご存じですね。まだ、お若いのに」

「主人が私よりもずっと年上なものですから、自然にそうなったのかもしれません」

「じゃあ、もしかして、その方がこのお店のマスターですか」

「はい。今日はおりませんけど……体調を崩してしまい、店に出てないんです。あの、ちょっと、失礼します」

女性バーテンダーがボトル棚の陰へ姿を消す。その奥に倉庫か何かがあるらしい。

(さっき、常連の落語家がいると聞いて……ふっと喜龍師匠の顔が頭に浮かんだ)

ウインナーのスモークをフォークで突き刺しながら、私は苦笑した。

(そんなわけないのにな。師匠がこの店で飲んでいる姿なんて、想像も……)

口へ運びかけたウインナーを、つい床へ落としてしまう。そのままにしておいても問題ないとは思ったが、美人バーテンダーの目を気にして、拾っておくことにした。

椅子から下りると、落とし物はすぐに見つかったので、つまみ上げてカウンターに載せ、改めて座り直そうとして、ふと首を傾げた。

(……何なんだ、あれは?)

床のある一点へ視線が吸い寄せられる。この店のカウンターはアンティーク風に手作りされたもののようだが、無垢材を使用しているため、あちこちに自然な節や変形が見られた。一番下部にも小さなへこみが存在したが、そこに半分に切ったウインナーソーセージが横向きにはまっていた。

自分のようなうっかり者がほかにもいたと思い、手を伸ばしかけて、はっと息を呑む。

天井のライトの位置の関係で、カウンターの真下へもある程度の量の光が届いていたが、その物体は妙にどす黒く、よく見ると指紋に似た模様がついていた。

（指の第一関節から先……ばかな。そんなものが床に落ちているはずがない）

とにかく拾おうとして、再び腰を屈めた時、入口のドアが開き、誰かが店へ入ってきたが、その姿を見て仰天した。新たな客は何と、喜龍師匠の弟子の花山亭きょう龍だったのだ。

10

私はあわてて気をつけの姿勢になり、彼女に正対した。

まさか知らんぷりもできないと思ったからだ。わずか三日前に、四十分以上も差し向かいの状態でいた落語会の客を、演者は間違いなく、見覚えているはず。

（ただ、何と声をかければいいか……それにしても、プライベートの時はずいぶん感じが違うなあ）

ファーのついたベージュのショートコートに黒のロングブーツ。シルバーレザーのポーチを携えている。前回は化粧をしていなかったが、今日はアイラインを太めに引き、真っ赤なリップをつけている。ただ、顔立ちは間違いなく本人だし、髪形も一緒。女性にはまれな長身なので、他人の空似という可能性は考えられなかった。

店に入ってきたきょう龍は、立っている私を表情を変えずに見つめる。このまま黙ってるわけにはいかないと思ったので、

「あのう、土曜日の会、お疲れさまでした。いいものを聞かせていただきましたよ」

私の挨拶を聞いた相手は口元をゆるめ、軽く会釈をする。

「それは、どうも。ご贔屓《ひいき》いただき、ありがとうございます」

「あのあと、喜龍師匠のおかげんはいかがでしたか。体調が悪いと伺いましたけれど」

「ええと……そうですね」

きょう龍は私から眼を逸らし、部屋の奥へ視線を投げると、

「立ち話も何ですから、よろしければ向こうのテーブル席で」

「あ、ああ、はい。承知しました」

広くはない店だが、カウンター八席のほかに、四人掛けのテーブルが二つある。彼女が促した先は、そのうち左手の方だ。

バーテンダーが戻らないので、自分でグラスとコースターを持って移動する。床に落ちていたウインナーのことなんか、もうどうでもよくなった。

きょう龍はカウンターの隅にあった灰皿を手に取り、椅子に座って、煙草をくわえた。店内は禁煙のはずだが、よほど通いつめてでもいるのか、ごく当然という態度だった。

そして、長い脚を組みながら、ライターで火をつける。並外れた美形だけに、何だか、映画の一場面を見ているような気がした。

長く煙を吐いてから、きょう龍は私を見つめ、

「先ほど落語会においでいただいたお礼を申しましたけど……実は先週の土曜、私は日本にいませんでした」

「えっ？　日本に、いない……」

「ええ。友達と韓国の釜山《プサン》へ行ってたんです。あなたがもう一人の私にお会いになったのは、たぶん、二時か三時頃でしょう。ちょうどその時刻は、ロッテホテルのカジノでバカラをやってました。負けちゃいましたけどね」

(何を言ってるんだ、こいつ。まるで意味が……待てよ。あれは……)

煙草を口元へ運ぶ際、左手首のあたりが見えたが、三日前にはあれほどはっきりしていたリストカットの跡が見あたらない。

私の視線に気づいたらしく、向かいの女性が笑いながらコートの袖口をまくる。

「確かに、傷がないが……じゃあ、君は一体、誰なんだ？」

女はポーチからスマホを抜き取り、煙草を挟んだ指先で操作してから、手渡してきた。

画面を見ると、ギャルメイクをしたピンクヘアの若い娘が二人、おどけたポーズでピースサインをしていた。

(ええっ？　だって、これ、顔がまるっきり同じ……そうか。双子だ)

「それ、十年くらい前に撮ってもらったの」

相手の口調ががらりと変わった。声はよく似ているが、こうなると、印象は完全に別人。私は戸惑いながら、スマホを持ち主へ返す。

「その頃はまだ高校生でね、読者モデルとして結構売れてたの。ストスナが雑誌に載ったのがきっかけで、仕事をするようになって」

『ストスナ』はストリートスナップの略。街で見かける若者の服装や着こなしを撮影したスナップ写真のことだ。十年ほど前に高校生なら、現在の年齢は二十代後半ということになる。

「時々、あなたみたいに間違える人が出るから、おもしろくって……だから、髪形も同じにしてるのよ。戸籍上は私の方が姉で、名前がセイコ。妹はキョウコ。だから、あんな名前で高座に上がってるわけ」

「キョウコだから……ああ、なるほど。そういうことだったのか」

前座名に本名の一字が使われることは珍しくない。命名の本当の由来はこれだったのだ。

漢字を尋ねると、西子と京子。名づけ親である二人の祖父が山口県出身で、大内《おおうち》氏の城下町として栄えた山口市の異称『西の京』をもとに名づけたのだという。

「一卵性双生児だから遺伝子は同じはずなんだけど、なぜか性格が全然違う。私は物怖《ものお》じなんて絶対しないけど、京子は引っ込み思案であがり症。モデルとして活動中も、取材を受けたりする時は私が独りで喋ってたわ」

煙をくゆらせながら、西子が言った。

「妹が落語家になったのは一昨年の夏だけど、教えられた時には本当に驚いた。私たちが二十歳の時、事情があって、モデルの仕事が続けられなくなっちゃって、それ以来、妹はずっと引きこもり。それが、いきなり、『落語会に出演するから聞きに来てくれ』だもの。

二人きりの姉妹だから、まさか無視もできないでしょう。だから、行ったわよ。八丁堀《はっちょうぼり》なんて駅、それまで聞いたこともなかったけどね」

「えっ？　八丁堀って……」

　ＪＲ京葉《けいよう》線と地下鉄日比谷《ひびや》線の駅で、実家へ行き来する度に通るし、何度か降りたこともあった。

「そこで、落語会が開かれたんですか。ええと、板橋ではなくて」

「板橋？　ははあ。だから、『土曜日の会』なんて言ってたのか。それについては、妹から……何だか暑いわね、ここ」

　天井を見上げながらコートのベルトを外し、前をはだける。中に着ていたのはクルーネックの白セーターだが、露出した肌がピンク色に染まり、はっとするほど胸のふくらみが大きかった。

「妹から聞いたことがあるけど、チケットがぼったくり価格なんでしょう。私が行ったのはそんなんじゃなくて、毎月第二金曜……だったと思うな。カレー屋さんの二階で亀松《かめまつ》さんて人がやってる会」

「ああ、なるほど。勉強会の前座というわけか」

　万年亭《まんねんてい》亀松という二つ目は、名前だけ知っていた。花山亭喜円師匠の晩年の弟子で、四年前、師匠が亡くなったのち、万年亭亀蔵《かめぞう》門下へ移籍した。きょう龍からみると、芸の上で叔父・姪の関係にあたり、その関係で仕事をもらっているのだろう。

「ねえ。京子の落語、下手じゃなかった？」

「えっ……？」

　いきなり、そうきかれ、言葉に詰まってしまう。

「まあ、まだ修業中だから……将来有望だとは思ったけどね」

「ふふふ。無理しなくてもいいよ。でも、それはね、調子が悪い日にあたったせい。実はあの女《ひと》、本当は落語が結構うまいの。キャリアはまだ一年ちょっとだけど、あがり症もちゃんとおまじないで克服できたしね。ただし、日によって、調子が狂う時もある。絶好調の時の『もう半分』を聞いたけど、すごく怖くて、逃げ出したくなっちゃった」

にわかには信じられなかった。『もう半分』は名作落語の一つで、喜龍師匠が得意にしていたことも知っているが、前座が演るような噺ではないし、この間の『無精床』を聞いた限りでは、演れるとも思わない。ただ、そんな点を議論してみても始まらないので、私は黙っていた。

西子は煙草を吹かし、値踏みするような眼で私を見て、

「それにしても、一万円もするチケットを買うなんて、よほどお金があり余ってるんだね」

「いや、別に余ってなんかいないさ」

「ねえ。京子を見て、『こんな女を抱きたい』とは思わなかった？」

「ええっ？　い、いや、まさか……」

図星だっただけに、狼狽してしまった。西子はそんな私を笑いながら眺め、また、何やらスマホをいじっていたが、

「はい。これは京子じゃなくて、私」

意味もわからないまま受け取り、次の瞬間、小さなうなり声を発する。

横長の画面で再生されていたのは男女の性行為を撮影した動画で、場所はおそらくホテルの一室。ソファに座った男性の膝の上で、こちらを向いた西子が大きく脚を広げ、恍惚《こうこつ》とした表情で

腰を振っていた。

身につけているのは浴衣《ゆかた》だが、完全に前をはだけているので、豊かな胸はもちろん、背後から太いものに貫かれている陰部まで、すべてがあらわ。音声はオフになっていたが、喉の奥から絞り出されるあえぎ声が聞こえてくる気がした。

「どうやら、お気に召したみたいね」

画面に釘づけ状態の私を見て、西子が言った。そして、こちらへ顔を近づけると、

「お望みなら、その動画と同じことをさせてあげる。妹の代役で申し訳ないけど」

耳にまとわりつく声で、そうささやく。

「だけど、そんな……まだ、会ったばかりだというのに」

「もちろん、タダじゃ嫌。そうね。あなたはちょっと好みだから、泊まりなら五万円、一時間で済ませるなら二万円かな。高くないでしょう」

魅力的な申し出だったが、同時に、話がうますぎるとも感じた。

(二人連れでラブホテルに入り、シャワーを浴びていると、強面《こわもて》の男が押し入ってきて……そんなありふれた手口でも、もし引っかかれば公務員としての信用失墜行為になりかねない)

「大丈夫。美人局《つつもたせ》なんて企んでないから」

また心を見透かされてしまった。女は私の隣へ席を移動してくると、肩へしなだれかかり、

「ラブホテルなんて使わなければいい。駅へ行く途中にビジネスホテルがあって、デイユースもやってるの。そこなら、安心。もしあなたさえよければ、今夜にでも……」

女が顔を近づけてくる。あまりにも性急すぎると思い、いったんは制止したが、

（……いや、待て。遊ぶ金ならたんまりあるし、とりあえず、三月末までは時間もある。誘いに乗らない手はないぞ）

度胸を決め、西子を抱き寄せて唇を合わせる。舌と舌を絡め、甘い蜜を味わいながら、

（だけど、なぜタイミングよく、バーテンダーが消えたんだろう。まるで売春に協力しているみたいだが……）

11

（……こんな世界が、あったんだなあ）

荒い息を吐きながら、心の中でそうつぶやく。

（四十近くなるまで知らなかったなんて、人生の不幸……いや、もしかすると、この年で知ってしまったのが究極の不幸かもしれない）

ビジネスホテルのツインルーム。窓際に置かれたベッドの上で、私と西子はうつぶせの姿勢で重なっていた。

（それにしても……何てきれいで、滑らかな肌なんだろう）

上体をやや起こし、汗ばんだ背中をなでてみる。体はまだつながったまま。快感の余韻が深く、離れるのがもったいなかった。

（もちろん口には出せないが、珠美なんかとは段違い。年の差を割り引いても、まるで別物だな）

テーブルランプのみの照明で、室内は薄暗いが、それでも、肌の白さが際立っていたし、ホクロもまったく見あたらない。手触りは本物の絹のようで、最初、お互いに服を脱がし合って、全身をまさぐり始めた時、強い衝撃を受けた。

二月八日、木曜日。時刻は午後七時過ぎ。西子とは、今週の火曜から連日、逢瀬《おうせ》を重ねていた。集合はいつも午後六時。向こうが先にチェックインした部屋に、こちらがあとから入るのだが、ドアが開かれると、まだ体が室内に入らないうちに熱いキスが始まり、その後はひたすら行為に没入する。自分で言うのも変だが、アダルトビデオの撮影さながらの濃密さだった。

昨日などは一度絶頂を迎えたあと、つい眠ってしまい、午後八時頃、西子に揺り起こされた。そのため、帰宅が十時過ぎになってしまったが、風邪気味の珠美は先に寝ていて、何とか事なきを得た。

西子は性に対して極めて貪欲で、白い肌を紅潮させ、美しい顔をゆがめながら、『もっと。もっと激しく』とせがんでくる。すると、こちらも信じられないくらいに興奮し、クライマックスでは異常と思われるほどの快感が得られた。

（これで二万円なら安いもんだ。ソープランドなんて、ばかばかしくて、行ってられない）

けれども、まったく不満がないわけではなかった。西子は体位に強いこだわりがあり、両肘《りょうひじ》と顔をシーツへ密着させての後背位《バック》か、手を背後に回して組んだ状態での対面座位、または女性上位しか受け入れようとしない。もっといろいろ試してみたいというのが本音だった。

（でも、まあ、あまり夢中にならず、いざという時、あと腐れがないよう注意しないとな。とにかく、個人情報を明かすのだけは避けるべきだ）

この点に関しては、これまでにも細心の注意を払ってきた。スマホの番号も教えず、連絡方法はすべてLINEとLINE電話。もし関係を切りたくなったら、メンバーリストから削除すれば万事終了だ。アカウント名は『ダイスケ』と『SEIKO』。私の方は昔のあだ名だし、向こうだって、本名かどうかあやしい。ちなみに、アイコンは私が野球のボールで、西子が黒猫だった。

（体の相性もいいようだし、しばらくは関係を続けたいな。深入りしないよう、気をつけながら）

西子はシーツに顔を押しあて、寝息を立てているように見えた。そこで、そっと体を離し、スキンを外しにかかると、さっと起き上がった彼女がペニスをくわえてくれた。

そして、きれいに始末してから、にっこり笑い、

「それ、つけなくても大丈夫よ」

「……あ、ああ、これか」

掌の中の物をティッシュで包み、ゴミ箱へ捨てる。

「安全日かもしれないけど、一応、つけてた方が安心だからね」

「そうじゃなくて、私、子供が産めない体質なの」

「え……ふうん。そうだったのか」

私にとってはありがたい情報だったが、詳細を尋ねるのは控えた。

「お子さん、いるんでしょう。ダイスケさんは」

「うん。四歳の男の子が一人」

「かわいくって、たまらないでしょうね」

「そりゃ、まあね」

「……赤ちゃん、ほしいなあ」

何か気休めをと考えたが、不妊の理由を尋ねる気にもなれず、口をつぐむしかなかった。

ベッドサイドテーブルへ手を伸ばし、ミネラルウォーターのボトルを取る。含んだ水を口移しで飲ませてやると、西子は「おいしい」と笑ってから、軽く首を傾げ、

「それにしても……不思議」

「ん？　何が、だい」

「ダイスケって、私の父さんの名前なの。ほら、プロ野球にいたでしょう。あの選手と同じ字」

「え……ああ、松坂大輔《まつざかだいすけ》か。確かに、不思議な巡り合わせだね」

相槌を打ちながら、もし自分の偽名の漢字を尋ねられたら、どう答えようかと思案していたが、西子は遠くを見るような眼になると、

「十代で父親になったから、周りのお父さんたちに比べると、段違いに若くてイケメンで……だけど、それが災いしたのね。女癖がすごく悪かったの。そのせいで、幼稚園くらいの時に離婚してしまって、私はお母さん、京子はお父さんと暮らすことになった。二人とも貧乏だったから、両方育てるのは無理だったのね。小学四年生の時、お父さんが亡くなって、それ以降は残された家族三人が一緒になったけど」

「なるほど。お父さんは仕事は何をされてたんだい」

「バーテンダーだけど、店をコロコロ変えてばかりで、あまり役には立たなかったみたい。本当

の職業はホステスさんとかのヒモね。確かにもてたし、本人も女好きだったから、女性の出入りは激しかった。結局は、それで……」

ふと言い淀むと、西子は小さなため息をつく。それから、やや上目使いになって、

「時間、まだあるよね」

「まあ、大丈夫だけど、まさか、いい年したおじさんに三回戦のおねだりかい」

「うふふふ。まだ若いくせに……ねえ、ほしいの。いいでしょう」

私のペニスをやさしく手でしごき始める。そんな仕種やこびるような視線がたまらなく愛しかった。

「だったら、頑張るけど……今度はぜひ、君の顔を見ながらイキたいな」

思いきって提案すると、相手は眼を伏せ、しばらく考えていたが、

「わかった。ダイスケさんがその方がよければ……」

ベッドにあお向けに横たわり、座位の時と同様、両手を背中で組んで、両眼を閉じる。男性を受け入れる姿勢としてはひどく不自然な気がしたが、相手がそれでよければ、苦情を言う理由はない。

脚を広げ、そのまま前戯なしで挿入しようとしたが、思い直し、スキンを装着する。さっきの話が嘘で、あとで『妊娠した』などと言われるとまずい。そう思ったのだ。

両脚を肩に担ぎ上げ、腰を動かし始めると、西子はすぐに熱中し始めた。その表情だけで、背筋がぞくぞくするほど快感を覚えたのだが、ふと視線を逸らした瞬間、「えっ、何?」というつぶやきが聞こえた。

見ると、西子はおびえたように眼を見開き、私の顔を凝視している。

「どうか、したの」

「あ、あの、やめてください」

「え……まあ、いいじゃないか。一度くらい、正常位でやらせてくれよ」

少し迷ったが、相手の意向を尊重するには、味わっている快感が大きすぎた。むしろ、早く夢中にさせてやろうとはやり、深く突き入れると、小さな悲鳴を発し、人形のように整った顔がゆがむ。

けれども、続けているうちに、組んでいた西子の両腕が解け、私の背中へ回されてきた。

(やった！　とうとう、この女を征服……い、いや、これは困ったぞ)

西子が喜びのあまり、私の背中へ強く爪を立てたのだ。妻の珠美とベッドをともにすることはないが、入浴や着替えの際に見とがめられるとまずい。

そこで、反射的に相手の左手首をつかんだのだが、はっと息を呑み、その手を放してしまう。

(これは……そうか。だから、あれほど体位にこだわっていたんだ)

まったく思いも寄らない真相が、眼の前に現れた瞬間だった。

12

翌日の昼休み。妻が作った弁当を食べ終えた私は、スマホでニュースを眺めていた。

勤務している中学校の事務室にはドアが三つあり、それぞれの向こう側は玄関ロビーと校長室、印刷室。このうち、最後のドアが問題で、印刷室は事務室と職員室の両方に通じているが、なぜかトラブルが発生すると、私のところへやってくる者が多い。暇をもて余しているのならいいが、文字通りのワンオペなので、迷惑なこと、この上なかった。

今週はそもそも月初めで、前月の出張や休暇を整理する業務があって忙しいのに、火曜日あたりから印刷機の調子が悪く、その対応に振り回された。もちろん業者を呼び、修理してもらったが、正常な状態には戻らず、中にはあたかも私の責任のように非難する者までいた。たとえ喧嘩になっても負ける気はしなかったが、あとが面倒なので、我慢するしかない。

(どうせ、この学校にいるのもあと少しだ。適当に受け流しているうちに辞令が出る)

ニュースのヘッドラインを見ると、トップは相変わらず自民党の裏金問題だが、それよりも『史上最高値も視野に　日経平均三万七千円台に』が目を惹《ひ》いた。

(そうそう。金持ち、喧嘩せず。俺は株で稼いでいるし、その金を有効に遣って、あんな極上の愛人まで手に入れたんだ)

ほくそ笑みながらブラウザを閉じる。時刻は午後零時三十六分。学校事務職員の昼休憩は正午から四十五分までだから、あとわずかしか残っていない。

(株の含み益がふくらむ一方で、当面、金の心配はいらないが、さすがに三日連続は頑張りすぎた。もう若くないからな)

マグカップから、温くなったコーヒーをすする。

(まあ、とにかく、変わってるよなあ。あの京子って女も)

そう。私が情事を重ねてきた相手は『西子』ではなく、『京子』だったのだ。

真相が明らかになったのは、昨夜。ベッドの上に組み敷き、初めての正常位で激しく腰を突いている最中、向こうが私の背中に爪を立ててきた。傷跡を妻に見られると面倒なので、左手をつかみ、制止しようとしたが……その時、手首に幅広の絆創膏《ばんそうこう》のようなものが貼られているのに気づいた。

その後、絶頂に達した彼女が寝息を立てていたので、こっそり確認すると、肌色のテープの下に紛れもなく線が三本。やはり、思った通りだった。

帰りの電車の中で検索すると、商品名は『ファンデーションテープ』。傷や火傷《やけど》の跡を隠すためのもので、リストカット常習者もよく使用するらしい。

（三本の線の位置や並び方がまるっきり同じ。落語会の会場でじっくり観察したから、それは確かだ）

回転チェアの背もたれに体重を預け、軽く腕組みをする。

（西子と京子が本当に双子で、偶然、同じ場所に同じようなリスカの跡が……そんなこと、現実にはあり得ない。花山亭きょう龍こと京子が架空の姉になりすましている。そうみるべきだ）

その場合、彼女から見せられた例の写真は合成ということになるが、今時、あれくらいは子供でも作れる。

（そもそも、ハーフムーンでの再会が偶然にしてはできすぎていたんだが、裏で斎藤が糸を引いていたのなら何の不思議もない。落語会のチケットを俺に売ったのも、あのバーを紹介したのも、全部あいつなんだからな）

斎藤の役割はいわば女衒《ぜげん》で、誰かに女性を紹介し、何らかの利益を得ているのだろう。おそらくは、売春の対価のキックバック。そう考えれば、あの時、女性バーテンダーがタイミングよく姿を消したのも納得がいく。たぶん、店も一枚嚙んでいるのだ。

（自傷行為の一つとして、リストカッターがセックスに依存することはよくあるらしい。あれほどの美人で、しかも若いのだから、売春組織にとっては最高の逸材だ。

ただし、京子はきっと心の中で、そんな自分自身を嫌悪していたんだろうな。だから、免罪符代わりにあんな作り話を……）

ちょうどその時、左手の中でスマホが振動した。

何だろうと思って、確認すると、ＬＩＮＥメッセージの着信で、送ってきたアカウントは『珠美』。

最初、待ち受け画面に表示されたのは『仕事中、すみません。ちょっと伺いたいことが』。例の一件以降、ずっと冷戦状態が続いていたが、何か連絡する必要が生じたのだろう。

軽い気持ちでアプリを起動し、トークルームで該当のアイコンをタップしたのだが……読み進めるにつれ、私は顔から血の気が引いていくのを意識した。

13

『仕事中、すみません。ちょっと伺いたいことがあります。午前中、時間休を取って区役所へ行った時、松永《まつなが》君のお母さんにばったり会ったのですが、挨拶のあと、〈息子が、慎一先生がコーチから外れて悲しいと泣いていました。みんな、がっかりしていています〉と言われ、何のことかわかりませんでした』

松永悠真《ゆうま》は勤務校の二年二組の生徒で、野球部員だが、小学五・六年生の時の担任が妻の珠美だった。位置的に離れているので、妻の教え子が入学してくることはめったにないが、松永家の場合は元の借家が雑司《ぞうし》が谷《や》で、一昨年の春、学区内にマンションを購入し、一家転住してきた。今日はたまたま母親が何かの用事で豊島区役所へ出向いたらしい。

『事情を尋ねたところ、詳しく教えてくれました。去年の夏、指導上の問題があり、あなたは部活指導員を外されたそうですね。それ以降、ずっと私をだましていたのですか。毎日遅くまで、一体何をしていたのでしょう。まさか、全部が残業だったはずはありません。裏切られた気持ちです』

（……まずいことになった。もう、ごまかしようがないぞ）

灰色の天井を仰ぎ、顔をしかめる。妻からのメッセージの中で『指導上の問題』『部活指導員を外された』は多少事実と違うが、瑣末《さまつ》な点を反論してみても始まらない。

（あの時、何もかも正直に打ち明ければよかったんだ。『転勤先で、また指導員をやりたいから協力してくれ。それまではできる限り、俺が家事を引き受ける』。そう言えば、理解を示してくれたかもしれない。あいつだって、元野球部なわけだし……）

せめて、一週間前、妻の頼みを聞き入れておけばよかった。しきりに後悔の念が湧いたが、もう取り返しがつかない。

さんざん悩んだ末に『帰ってから説明します』と返信する。今は、それが精一杯だった。

（まあ、いいさ。こうなった以上、ひたすら低姿勢で許しを請うしかない）

私は何とか状況を楽観しようと努めた。

(あいつだって、まさか『離婚する』とは言わないはず……いや、待て。そうとは限らないぞ)

突然、背中がビクンと跳ね上がる。

(もう一つ、隠し事があったんだ。京子との秘密の関係……もしそっちまでバレたら、間違いなく離婚を言い渡される。あいつは、そういうやつだ)

夫婦関係が冷えきった状態でも、弁当は普段通りのものを毎日欠かさず用意する。妻の珠美はそういう生真面目《きまじめ》な性格だけに、癇《かん》に障ると、頑《かたく》なになる。私の二重の裏切りを許すはずはない。

公務員なので、母子家庭になっても何とかやっていけるだろうし、実家の両親もまだ若いので、育児を手助けすることは充分に可能だ。

(ああ、何てことだ。離婚時に父親が親権を取るのは、たとえ妻の側に問題があっても難しいと聞いた。俺の不倫が原因では絶望的だし、珠美は今回の件で激怒するに決まっているから、下手をすればもう一生、慎太郎に会えなくなる)

考えただけで胸が張り裂けそうだった。家庭の崩壊だけは絶対に避けなければならない。

(だとすれば、採るべき道は一つ。どうせ遊びだったんだから、今すぐ京子との関係を切ってしまおう。LINEで連絡がつかないようにすれば、あと腐れはないはず……)

その時、校長室に通じるドアが開き、部屋の主《ぬし》が姿を現した。そして、私の方を見て、

「田丸先生、ちょっと、おいで願えますか」

「え……あ、はい。わかりました」

時計を見ると、午後零時四十二分。勤務時間開始はあと三分後だが、面倒なので従うことにし

た。ちなみに、小中学校では、たいてい事務職員のことも『先生』と呼ぶ。

(人事の内示にしては、まだちょっと早いな。たぶん、異動候補の学校から問い合わせでも来たんだろう。何も、こんな時に呼ばなくてもいいのに……)

内心ぼやきながら席を立ち、開きっ放しのドアの前で「失礼します」と言って、中へ。

入口が廊下側と事務室側と二カ所あり、後者から入ると、正面の壁際に部活動関係の賞状やトロフィーが飾られ、その上に歴代校長の額が並んでいる。部屋の中央には少人数での会議ができるよう応接セットが配置され、右手の窓際に学校長の席があった。

「ああ。どうぞ、お座りください」

促され、ソファに腰を下ろすと、クリアファイルを手にした校長が向かい側に座る。すだれ頭の小男で、不健康な肌の色に銀縁眼鏡。定年退職まであと二年なので、露骨に自己保身に走り、重箱の隅をつつくようなまねばかりするので、正直、うんざりしていた。

見ると、校長が携えているクリアファイルには白い封筒が入っていた。

(今時、郵便で問い合わせとは、ずいぶんアナログな学校だなあ)

ぼんやり、そんなことを考えていると、

「つかぬことを伺いますが、田丸先生の奥様はどのような髪形をされていますか」

「はい？　髪形って……」

まったく意味がわからず、質の悪い冗談だとしか思えなかった。

「それは、プライバシーに関することなので、お答えする必要などないと――」

「必要があるから、お尋ねしてるんです！」

突然、校長が声を荒らげた。反発心が湧いたが、相手の手の内がわからない以上、無闇にキレるのは得策ではない。

「髪形は……ストレートで肩くらいまでの長さ。職場では後ろで結んでいるらしいです」

「なるほど。ちなみに、身長はどれくらいですか」

「家内の、身長……？」

不吉な胸騒ぎを感じたのは、校長がクリアファイルから封筒を取り出し、表裏が見えたせいだ。宛名は『中学校長様』で、差出人はなし。

「ええと、正確には知りませんが……百五十七、八センチだと思います」

「百五十……だとしたら、これはどなたなんでしょうね。背の高さが先生と同じくらいですし、奥様とは髪形も違うようですが」

封筒から抜き取った写真を校長が差し出してくる。視線を落とし、驚愕した。

撮影されていたのは、グレーのカーペットが敷かれた廊下の奥、部屋の入口のところで抱擁する一組の男女。男は私で、顔まではっきり写っている。そして、後ろ姿ではあるが、ベージュのショートコートを着た髪の短い女は京子に間違いなかった。

（どうして、こんなものが……もしかすると、俺ははめられたのか）

全身の血が逆流し始める。何が目的かは不明だが、自分を陥れようとする何者かの悪意をひしひしと感じた。

「勤務時間外のようなので、本来であれば、とやかく申し上げるべきではありませんが」

写真左下に表示された日時は、一昨日の午後六時九分になっていた。

「こんな写真が私宛てに送りつけられてきたとなると、話は別です。公務員の不倫が懲戒事由に該当しないからといって、静観はできない」

普段、逆らうことの多い部下への意趣返しのつもりなのだろう。校長は勝ち誇ったように、顎《あご》をぐいと上げ、

「さあ、どういう事情でこういうことになったのか、きちんと説明していただきましょうか」

14

（絶対に、斎藤の仕業だ。あいつがすべての黒幕に違いない）

駅の北口を出て、北銀座通りを小走りに進みながら、私は唇を噛んだ。

（写真自体にも驚いたが、それがなぜ校長宛てに送られてきたのかがわからなかった。俺の勤務先を京子が知っているはずはないが、思い返してみると、斎藤にはつい漏らしてしまっていた。あの一枚を撮影したのもおそらくは斎藤で、あらかじめ同じフロアの部屋を取り、廊下の隅あたりで待ち構えていて……ああ、何て迂闊《うかつ》だったんだ！）

同じ日の午後五時半過ぎ。すでに辺りは暗く、風を含んだ雪がちらついていた。

本来なら、今日は家路を急ぐべきところだが、その前に福嘉に寄り、斎藤の正体を探る必要があった。やつとの接点はあの店だけ。そこの店主ならば、何らかの情報を握っている可能性が高い。まさか電話では問いただせないので、退勤時刻ちょうどに職場を飛び出した。

校長からの尋問は執拗《しつよう》だったが、とにかく、『写真の女性は電話でホテルへ呼び寄せた風俗嬢

で、本番行為もしていないし、会ったのは昨日が初めて』。そんな説明で押し通した。さんざん嫌味を言われたが、そもそも懲戒の対象となる行為ではないので、向こうも最後は引き下がらざるを得なかった。

(ただし、またあんな類いの郵便が送られてきたり、校内におかしな噂が広がったりすれば、問題が再燃する。そうならないためにも、斎藤の正体をつかんでおかなければ)

やっと、目指す赤提灯までたどり着き、急いで暖簾を潜ると、

「へい。いらっしゃい!」

タケちゃんが、今日は愛想よく迎えてくれた。幸い、店内にはまだ客の姿がない。

「寒いねえ。また何センチか積もるって予報ですよ。今年は暖冬のくせに、雪だけは妙に多くて――」

「頼む! 俺の言うことを聞いてくれ」

世間話に興じようとする主人を、両手を挙げ、制止する。

「尋ねたいことがあるんだ。あの、ちょうど一週間前、俺と話をしていた男を覚えてますよね。一緒に飲みながら、あそこの席でさ」

カウンターの隅を指差すと、商売用の笑顔が一瞬で凍りつく。

「ほら、天然パーマで眼鏡をかけた……あいつ、この店の常連でしょう。何か知ってることがあれば教えてください。名字は斎藤というらしいけど、フルネームとか職業、住んでる場所――」

「疫病神の素姓なんて、知るもんか!」

今度は、私が言葉を遮られる番だった。しかも、怒りを込めた強い口調で。

「あいつのせいで、俺はこの店を畳む……いや、首をくくるかどうかの瀬戸際なんだ」

憤怒《ふんぬ》の形相《ぎょうそう》から一転、タケちゃんの眼に強いおびえの色が浮かぶ。

「疫病神……？」

「どうも穏やかじゃないが……あいつは、何者なんです？」

この問いに対し、タケちゃんはしばらく考えていたが、やがてカウンターを出て、入口の引き戸を内側から施錠する。

そして、私を奥の小上がりへと誘い、一番隅に並んで立つよう指示した。その場所は、表からは完全な死角になっていて、よほどやつを恐れていることが伝わってきた。

「……あいつの、本当の名前は斎藤じゃない」

「斎藤じゃ、ない？　だったら、何て……」

「一応、俺は知ってるが、それさえ本名かどうかはあやしい。その都度、『田中《たなか》』だの『佐藤《さとう》』だの、適当に名乗ってやがる。あの野郎の正体はな、闇金の取り立て人だ」

「ヤミキン……？　はは あ。そういう類いの人間なのか」

法律で定められた登録を受けず、出資法に違反する高い利息で貸し出しを行うモグリの業者だ。

「コロナの最盛期、うちみたいな店は営業してても赤字を垂れ流すだけなんで、思い切って三月《みつき》ほど閉めたんだ。その時、休業支援金を握ってギャンブル通いを始めたのが間違いのもとさ。やったのは競輪と麻雀。最初、遊び程度の時には勝ってたんだが、いつの間にか、深みにはまって借金の山。まともな金融業者はどこも相手にしてくれなくなったが、種銭《たねせん》さえあれば何とか取り戻せる。そう思ってる時、あいつが来て、『利率は少しお高いですが、もしそれでよければ、すぐにでも』なんてもちかけてきやがったんだ」

「なるほど。まあ、そういう金に手を出したのはまずかったけど、闇金は非合法だから、たとえ催促されても、警察か弁護士に相談すれば返済せずに済むという話を――」

「あんたはやつらの怖さを知らないから、そんなことが言えるんだ！」

タケちゃんが大きく首を横に振る。そして、急にささやき声になると、

「あいつは大きな声を出さないし、物腰も丁寧だが、心底恐ろしい。闇金の融資は無担保だとよく言うが、それは嘘で、担保は借り手の個人情報。つまり、金を借りる前に住所や仕事はもちろん、家族関係まで丸裸にされる。もし返済が滞れば、その情報をもとに、ここではとても言えないようなことまでしでかすんだ。独り者なら開き直る手だってあるが、俺には女房も子供もいるんだぜ。仕方なく、利息だけは払い続けてるが……やつが店にいる間は常にビクビクしてるから、どうしてもほかの客に対して無愛想になっちまう」

その言葉を聞いて、疑問が氷解する。確かに、斎藤……いや、天パ男が店にいる時のタケちゃんの態度は異常だった。

「正直言うと、あんたのことも気になってたんだ。何しろ、やつと関わった常連は判で押したように店に現れなくなるからな」

「えっ？　それは、河岸《かし》を変えて、違う店で飲むようになるという意味ですか」

「たぶん、そうだろうと思ってたんだが……朝ちゃんみたいな例もある」

「朝ちゃんって、誰です？」

「名字が朝原で、駅の近くにあるハーフムーンてバーのマスターさ。あんたは知らないだろうけ

ど」

「え、ええ、まあ。確かに、知りません」

話題の主から教えてもらって行ったとは、とても恐ろしくて口に出せなかった。

「とにかく、その朝ちゃんが近頃店に出てないと聞いて、体でも悪いのかと思って、昨日、寄ってみたんだ。そうしたら、行方知れずだというじゃないか。奥さんも途方に暮れていて、警察へ届を出したそうだ。そ、その時に、な」

タケちゃんの声が微かに震えを帯びる。

「喉のところまで出かかって、言えずに帰ってきたんだが……朝ちゃんは姿を消す前に二度、あんたが座ったのと同じ席で、例の男と飲んでたんだ」

「ええっ？　それ、本当なんですか」

「嘘なんて、つかない。そうしたら、昨夜《ゆうべ》……夢に見たんだよ」

口元が大きくゆがみ、今にも泣き出しそうな顔になる。

「朝ちゃんが俺を呼ぶんだ。穴の底から……深い深い穴なんだ。血まみれの顔で、『苦しい。助けてくれ、タケちゃん。苦しいよ』って……」

ハーフムーンでの記憶が蘇ってくる。木製カウンターの底部のへこみから覗いた奇妙な物体。それが地の底から助けを求め、ようやくこちらの世界へ突き出した朝原の指先のように感じられた。

喉元を見えない手で絞められ、うまく呼吸ができない。そのために、しばらく相槌も打てずにいると、

「ねえ、あんた。成り行きでこんな話までしちまったけど、今後、何が起きても、あの男については知らないふりした方がいいぜ。もし下手に喋って、家族にまで災いが及んだりしたら……」

「あ、あの、ちょっと、申し訳ありません」

ワイシャツの胸ポケットでスマホが震動する。確認すると、妻からの電話の着信。帰宅を催促する気らしい。ずいぶんせっかちだなと舌打ちしたが、さすがに今日は無視できなかった。

仕方なく、いったん表へ出て、

「……はい。もしもし」

『あっ、あなた。太郎を……慎太郎を一体どこへ連れ出したの？　捜したんだけど、全然見あたらない！』

ひどく取り乱していて、内容がよくわからない。

「少し落ち着け。一体、どうしたというんだ」

『だから、慎太郎がいなくなっちゃったの。あなた、知ってるはずよね』

「何をばかなことを言ってるんだ。職場にいる俺にわかるわけないだろう」

『ええっ？　そんな……だって、あなたじゃないとすると……』

ふくらんでいた風船がしぼむように、口調が弱々しいものへと変わる。

「それよりも、見失った場所はどこなんだ」

『どこって……自分の家。寝入ってしまって、ふと眼を覚ましたら、煙みたいに消えちゃってた。玄関にはちゃんとかぎをかけていたのに』

「そんなばかな……どこかに隠れてるに決まってる。でなければ、自分でロックを解除して廊下へ――」

『それが、家中捜しても見つからないし、ドアもロックされてたの。だから、あなたが連れ出したに違いないと思って……だって、それ以外に……ううっ』

妻がすすり泣く声が聞こえてきた。

「おい。しっかりしろ！　ドラマや映画じゃあるまいし、密室から人間が消えるなんて……」

その時、耳元で蘇った声があった。

『赤ちゃん、ほしいなあ』

……全身が一気に総毛立つのを意識した。

15

（……なぜ、こんなことになってしまったんだろう？）

東西線《とうざい》の車内で、私はしきりに、そう自問していた。時刻は午後六時二十五分。少しでも早く目的地に到着したいという思いから、ほぼ一分置きに、左手に握ったスマホで確認し続けている。西船橋《にしふなばし》行きの電車はついさっき、九段下《くだんした》駅を出たところ。私が乗っているのは先頭の車両だ。

（今日の昼から突然、雪崩《なだれ》を打って……こうまで重なると、無傷では済まない。仕事と家庭の両方を失う恐れがあるが、それも身から出た錆《さび》だと思って諦めよう。

だが、慎太郎だけは何としても救い出さなければ。父親である俺のせいで、あいつの身に災いが及ぶようなことがあってはならない）

福嘉で受けた電話では、最初、妻が何を言っているのか理解できなかった。完全な密室からの人間消失なんて、悪い冗談だとしか思えない。しかし、自宅で起きた事件は紛れもない現実で、珠美の話をまとめると、次のようになる。

今日の昼休み、保育園から電話が入り、『慎太郎君が発熱したので引き取りに来てほしい』と言われた。仕事が立て込んでいたが、何とか午後二時から時間休を取り、迎えに行って、自宅近くの小児科で診察を受けたところ、診断はただの風邪。園ではぐったりしていた息子もだいぶ元気が出てきたので、薬をもらってマンションに戻り、遊びたがるのを無理に寝かしつけた。

これが三時半頃の出来事で、その後、洗濯と夕飯の準備をしていたが、疲労がたまっていたせいで、妻は布団に添い寝しながら、いつの間にか眠ってしまった。

そして、目を覚ましてみると、隣で寝ていたはずの息子がいない。部屋中、捜しても見あたらないし、玄関ドアはロックされた状態のまま。そこで、パニックになり、私に電話をかけたのだそうだ。

(俺が慎太郎をこっそり連れ出した。その時の状況を考えれば、珠美がそう考えたのも無理はない)

吊り革につかまりながら、心の中でつぶやく。

(自分のキーはバッグに入っていたし、合鍵を所持しているのは俺だけ。ドアチェーンはかけられていなかった。この前の夫婦喧嘩が尾を引いていたから、別居か離婚を前提にしての行動だと邪推したらしいが……真相は違う。誘拐犯はあ﹅の﹅女だったんだ)

一昨日、いつものホテルで行為を終えたあと、私は眠気に襲われ、一時間近く寝入ってしまった。その間に部屋から抜け出し、合鍵を作ったに違いない。また、バッグの中の財布には運転免許証が入っていたから、自宅の住所や部屋番号はそこから入手することが可能だ。

何よりも、妻からの電話の最中に、当の本人からの犯行声明が舞い込んだのだから、疑う余地などなかった。

周囲を気にしながらＬＩＮＥを起動し、クローバーのアイコンをタップする。

まず眼に飛び込んできたのが、例のパジャマ姿の慎太郎だ。帰宅後、遊びたいと言って妻を困らせたそうだから、たぶん、ねだって、着せてもらったのだろう。フローリングの床の上にあぐらをかき、笑顔でピースサインをしている。

この画像が送られてきたのが午後五時四十六分。同じ時刻にメッセージを二つ受信した。

『息子さん、本当にいい子ですね。必ず無事にお返ししますから、私の指示通りに行動してください』

『まずは、西荻窪駅十七時五十七分発の中央線上り電車に乗ってください。現在、別の地点にいる場合には、改めて指示します』

そこで、改行が二回あり、最後に『京子』。さらに、理由は不明だが、アイコンが黒猫からクローバー、それも四つ葉のクローバーに変更されていた。

頭が激しく混乱したが、命令に背くことなどできない。荷物になるので、貴重品を抜いたバッグを店に預けて、駅まで走り、指定された電車に何とか飛び乗った。

それ以降のやり取りは、次の通り。

『五十七分発千葉行きに乗ったぞ』

『中野《なかの》で東西線に乗り換えて、茅場町《かやばちょう》駅を目指してください』

『東西線に乗った』

『茅場町駅に着いたら、三番出口から地上へ出てください』

LINE電話をかけ、何が目的なのか問いただそうかとも考えたが、最愛の息子を人質に取られている以上、相手を刺激する行動は慎まなければならない。

警察への通報をためらったのも、それが理由だが……自己保身を図る気持ちがなかったと言えば嘘になる。もし事情をきかれれば、不倫の事実を告げないわけにはいかない。すべてが明るみに出るのが怖かったのだ。

（すでに珠美が一一〇番してしまった可能性もあるが、それは仕方ない。あんな出任せを信じろという方が無理なんだ）

妻からの電話を切る口実は『すぐにかけ直すから、いったん切るぞ』。頭の中が真っ白になってしまい、そう言うしかなかったのだが、通話を終えた直後、例の写真とメッセージが届いた。

そこから時間との競争が始まり、妻へ連絡できたのは電車に乗ってからだったが、時間稼ぎをする以外に手がなかったため、送信したメッセージは我ながら支離滅裂な内容になってしまった。

『確認したところ、部屋の鍵を紛失していました。昼休みに外出した際、盗まれてしまったらしい。心あたりがあるので、すぐにあたってみます。警察へは俺が連絡するから』

その後、妻からの着信はすべて無視しているので、しびれを切らし、直接警察へ通報した可能性は充分に考えられる。

（たぶん、慎太郎はロックが解除される音で目を覚まし、俺が帰ってきたと思って、玄関へ出たのだろう。そこをそのまま連れ去られてしまった。『パパはあっちにいるよ』とか言われて……)

その時の息子の気持ちを考えると、切なさが募ってくる。

(人見知りをしない性格が裏目に出たわけだが……それにしても、最初に来たメッセージの最後は何なんだ?)

スクロールして、視線を落とす。問題は末尾の二文字、『京子』だ。

(左手首に同じ傷跡があるのだから、京子が西子になりすましていたのは間違いない。双子だなんて、真っ赤な嘘だ)

この場合、戸籍上の名前などはどうでもいい。落語家・花山亭きょう龍こと『京子』が、姉の『西子』の名をかたり、売春をもちかけてきたという事実が重要なのだ。

(それがなぜ、いまさら妹を自称するんだ?　本来の自分とは別人を装うことで、売春の免罪符代わりにしているのだと思っていたが、そうでないとすると……)

その時、ふっと、ある単語が頭に浮かんできた。すなわち、『多重人格』。

正式には『解離性同一性障害』と呼ばれ、一人の人間の中に複数の人格が共存し、それらが代わる代わる現れるという神経症だ。人格の交替は本人にも制御不能で、性格はもちろん、性別や年齢まで異なることがあり、別人格が登場している間の記憶は連続しない。

(だけど、まさか……まあ、そういう症状が存在するのは確かだとしても、自分が現実に出会う可能性は極めて低い。おかしなことばかり考えるのは、うろたえている証拠だ)

眼を閉じ、吊り革を力を込めて握り直す。

ちょうど、その時、車内放送が流れ、電車は茅場町駅へと滑り込んだ。

16

到着は三番ホーム。茅場町駅の構内図はあらかじめ確認しておいたので、一気にホームの端まで走り、階段を駆け上がる。

改札を抜けて、すぐ右手にある階段をさらに上がれば、そこが目指す三番出口だ。

息を切らせながら地上へ出ると、本格的な雪になっていた。傘を持ってこなかったが、もちろん買う暇などないので、ダウンジャケットに付属したフードを被る。

スマホを取り出すと、すでに新たなメッセージが届いていた。

『永代通りを門前仲町《もんぜんなかちょう》方面へ進んでください』

眼の前の広い道路が永代通り。それはわかるが、方角の見当がつかない。とりあえず、『了解』とだけ返信して、地図アプリを起動。指示された北西方向へ早足で進み始めた。

（待ち合わせ場所を簡単に教えないのは、たぶん警察を恐れているせいだ。もし教えたら、すぐさまパトカーが急行してくると思っているのだろう）

すでに、雪は道路に積もり始めている。一月下旬にも都内で積雪が見られたが、一シーズンに二度というのは珍しい。こんな寒さの中、風邪で熱のある息子が犯人に連れ回されていると思うと、胸が張り裂けそうだった。

首都高の案内標識の手前に小さな川があった。橋を渡って、さらに前進する。

最終目的地がわからないままでは不安でたまらないので、質問しようかと考えた時、次のメッセージが着信した。

『橋の真ん中で待っています。茅場町方面からだと、道の右側です』

あわてて辺りを見渡す。通りの左右には隙間なくビルが林立しているが、商店などは少ないため、行き交う人の数はそれほど多くない。

(橋って……さっきの、あれか？　橋の上には誰もいなかったぞ)

振り返って確認したが、やはり人影は見えない。

(じゃあ、ここから門仲《もんなか》へ行く途中にあるのかな。少し様子を見てから返信しよう)

さらに足を速めると、大きな交差点の手前で夜空が急に広くなる。そして、信号の先で道が大きく左へカーブし、正面に光り輝く橋が現れた。

(あれは……永代通りにあるんだから、考えるまでもないか)

隅田川《すみだがわ》に架かる橋々で、夜間、ライトアップが実施されているのは知っていたし、ほかの場所なら通ったこともあるが、永代橋は初めてだ。

雪が舞う中、青い光を放つ巨大な半円の美しさに一瞬目を奪われたが、今は鑑賞するどころではない。橋の上で自分の子供が川風にさらされている。そんな姿を想像しただけで、いても立ってもいられなかった。

(落ち着け！　動揺したら、こちらの負けだ)

小走りに進みながら、私は何度も自分にそう言い聞かせる。

(息子の顔を見ても、焦るのは禁物だ。無理に取り戻そうとして、もし逆上したあの女が慎太郎を川へ投げ落としたりしたら……ううっ！)

突然、足がもつれ、危うく転倒しかける。何とか踏みとどまったものの、その直後、激しいめまいに襲われた。

思わず眼を閉じると、闇の中に喜龍の高座の一場面が蘇った。

サゲの間際。川へ放られた赤ん坊を何とか救おうとする父親を、隠居は狂気をはらんだ眼で制して、悪魔じみた笑みを浮かべる……。

(ひょっとすると、あの噺になぞらえて、この場所を指定したのでは……橋の上から落ちていく慎太郎を俺に見せるために)

誘拐犯の底知れぬ悪意を感じた。こんなことになるのなら、警察へ通報すべきだったと後悔したが、いまさら、もう遅い。

とにかく、歩き出したけれど、まるで酔ってでもいるかのように、足取りがおぼつかなかった。

永代橋に差しかかる。欄干部分もライトアップされていたが、色は端の方がオレンジで、アーチの起点あたりからブルーに変わる。

時刻は午後七時過ぎ。行き来する車は多くても、通行人がほとんどいないのは、間違いなく、雪のせいだ。歩道はすでに真っ白で、足跡が点々と残っていた。

左手に高層ビル群、その向こうには東京スカイツリー。橋から発せられた光が川面に映り、ゆらゆらと揺れていた。

そのうち、前方にぽつんと黒い人影が……場所は、確かに橋の中央付近だ。

シルエットで確認すると、上背《うわぜい》があり、レインコートのようなものを着て、透明なビニール傘をさしている。しかし、懸命に目を凝らしても、息子の姿は見つからなかった。

（まさか、もう川の中へ……いや、そんなはずはない。気が急《せ》くのはやむを得ないが、何とか、表面上だけでも冷静なふりをしなければ）

やがて、人影が大きくなると、奇妙な違和感を覚え始める。

（あれはコートじゃなくて、角袖《かくそで》だ。履いているのは草履《ぞうり》か雪駄《せった》らしいぞ）

角袖はいわば和装コートで、着物と同じく、袖が四角いので、そう呼ばれている。また、雪駄は竹の皮を編み、底に動物の革を張った草履のことだ。

（ということは、角袖の中は着物。つまり、あそこにいるのは、俺が知っている西子ではなく、やっぱり、きょう龍……京子なんだ）

一人の人間の中に複数の人格が共存している。電車の中で、私が思いついた推論は、どうやら的を射ていたらしい。

（厄介な女と関わってしまったが……そんなことより、問題は慎太郎が無事かどうかだ。相手を刺激しないよう気をつけながら、真っ先にその点を問いたださないと）

人影の少し手前で立ち止まる。雪は降り続いていて、左手に持った傘にはすでにかなりの量が積もっていた。今日はテープを貼っていないので、手首の傷がはっきり見える。

「お疲れさまでした」

挨拶の言葉からは、何の感情も汲み取ることができない。ブルーライトに照らされているのは、化粧《けしょう》っ気《け》のない顔。

「慎太郎はどこにいるんだ？」

「連れてきて、お渡しするつもりでしたけど、やめました。この雪ですから」

淡々とした口調で、京子が答えた。

「息子さんは、ちゃんと暖かいところでぐっすり眠ってます」

「そうか。それなら、まあ……」

言われてみれば当然の措置で、ほんの少しだけ、ほっとした。おそらく、写真にも映っていた彼女の自宅に寝かしているのだろう。

京子が傘を差しかけてきたが、私はそれを身振りで断り、

「とりあえず、要求を聞こうか」

「別に、何もありません」

人形のように整ったその顔には何の感情も浮かんでいない。

「要求が、ない？　だったら、なぜ誘拐なんかしたんだ」

すると、相手は小首を傾げ、少し黙ってから、

「……知らない間に、条件が整っていましたから」

「えっ？　それは、どういう意味だ」

「まず、マンションの部屋の合鍵を作ったのは、私ではない。あなたの免許証をコピーしたのも。何が目的だったのかは知りませんが、西子は子供好きなので、たぶん、単純に息子さんに会って、抱っこしたかったんでしょうね」

「いくら何でも、そんな理由で……」

言いかけた時、耳元で声が聞こえた。

『赤ちゃん、ほしいなあ』

（つまり、誘拐は二人の……いや、二つの人格の共犯だったと言いたいのか。片方が発案し、準備を進めていたから、もう片方である自分はその計画に乗っただけなのだ、と）

あまりにも無責任な言い分に腹が立ったが、人質を握られているので、大声を出すわけにもいかない。どう対応すべきか、迷っているうちに、

「普通の人には想像もできないでしょうけど、この病気って、すごく面倒なんです。だって、どこで交替するか、自分たちでは決められませんから」

「まあ、そうだという話は、聞いたことがあるな」

「だから、私が落語家になりたいと言い出した時、西子は反対しました。高座に上がる時、万一、自分にお鉢が回ってきたら困る。それが理由でしたが……結局、その不安は何度も現実のものになりました。

先週の板橋の落語会が、まさにその典型ですね。まあ、喜龍師匠は私たちが抱えている疾患を理解してくれているので、破門になったりはしませんけど」

説明を聞いて、なるほどと思った。あの時、口演していたのは花山亭きょう龍ではなく、ずぶの素人の西子だったのだ。

「つらい病気だということはよくわかったけど……話を戻してもいいかな。誘拐の目的は何か。そして、どうすれば、息子を返してもらえるんだね」

「私、アイコンを変更しましたけど、お気づきになってますよね」

「え……ああ、ＬＩＮＥのアイコンか」

またもやはぐらかされた気がしたが、じっと我慢して会話を続ける。

「確かに、猫からクローバーに変わってたけど」

「正確に言うと、黒猫から四つ葉のクローバーです。田丸さん、四つ葉のクローバーの花言葉をご存じですか」

「いや。あいにく、その手のことには疎《うと》いんだ」

「普通のクローバーは『愛』とか『信頼』ですが、四つ葉のクローバーの場合は『復讐』」

「復讐……？　い、いや、そんなはずは……」

悪い冗談だとしか思えなかった。京子は真っすぐ私を見つめている。

「だって、君に会うのは初めて……いや、落語会を入れれば二度めだが、どっちにしろ、恨みを買った覚えなどないぞ」

「いいえ。それは間違いです」

京子が首を横に振る。表情がやや険しくなった気がした。

「田丸さんに会うのは、これで三度めですから。そして、二度めの時……昨日ですけど、あなたは私を力ずくで犯しました」

「何だって⁉　ば、ばかなことを言わないでくれ」

予想もしていなかった告発に、さすがに狼狽した。

「力ずくで犯してなんかいない。確かに昨日、抱いたのは認めるが、あれは西子のはず……」

そこで、突然絶句してしまう。耳元に聞こえてきたのは『やめてください』というつぶやきと、小さな悲鳴……。

「じゃあ、もしかすると、セックスの最中に人格が入れ替わったのか。そのせいで、私は心ならずも君を犯してしまったと……」

「絶対に許せないと思いました。だって、私、初めてだったんですよ」

その言葉を聞いた時、全身がガタガタと震え出した。私からみれば理不尽極まる恨みだが、だからこそ、恐ろしかったのだ。

「あの……もし、本当だったら、心からお詫びするが……」

「慎太郎君に会わせてあげましょうか」

京子が突然、意外なことを言い出す。

「えっ？　そうかい。それはありがたいな。息子のいる場所へ案内してくれるんだ」

「そんな手間はいりません。今すぐ、ここで……」

雪はまだ降っていたが、京子はなぜかビニール傘を畳み、ネームバンドできちんと留める。それから、黒い尻尾《しっぽ》のストラップがついたスマホを取り出した。

（誰か共犯……人格じゃなくて、人間の共犯者がいたのか。そいつにテレビ電話をかけて、俺に慎太郎と話をさせるつもりなんだな）

「……はい。どうぞ」

操作を終えた京子がスマホを差し出す。それを受け取り、横長の画面に視線を落とした瞬間、私は思わず「あっ！」と声を上げた。

（こ、これは……まさか、そんな……）

震える両手でスマホを握りしめる。

撮影場所はバスルーム。半分ほど水が張られたバスタブに、全裸の子供の上半身がうつぶせに浮いている。静止画ではなく、動画で、水面が微かに揺れていた。決して信じたくはなかったが、顔など見なくても、それは紛れもなく自分の愛する息子の映像。その事実は明らかだった。

「それ、水じゃなくて……お湯だから」

少し笑いを含んだ口調で、京子が言った。

「さっき、言ったでしょう。暖かい場所でぐっすり眠ってるって」

慎太郎の顔は完全に湯に浸っていた。この状態では、呼吸などできるはずがない。しかも、そのままの状態が延々と続いても、慎太郎の全身は微動だにせず……あまりのおぞましい光景に、スマホを持った右手が大きく震え出した。

「息子さん、もう天国に着いてるかもね。極楽……いや、安楽国かしら」

「き、貴様、自分が何をしたか、わかってるのか⁉」

深い悲しみが憎悪へと変わり、感情が爆発する。

「慎太郎を返せ。今すぐ、返してくれ！」

犯人につかみかかろうとした時、相手は傘を取り上げ、石突《いしづき》の先端で私の顔を突いてきた。それは何とかかわしたが、すると、今度は横にした傘を両手で私の喉にあてがい、力任せに押してきたのだ。

橋の欄干の高さはせいぜい一・二、三メートルしかないので、このままでは反対側へ落ちてしまう。手近な縦棒をつかみ、何とかこらえたが、体が大きくのけ反ったせいで、暗い夜空と輝くスカイツリーが一瞬、視野をかすめた。

（こ、こいつ……俺まで殺すつもりなのか）

身長がほぼ同じなので、相手の顔が鼻先にあったが、眼を怒らせ、歯を食いしばり、普段とは別人としか思えなかった。

何とか押し返そうと、左手で傘をつかんだ時、向こうが体勢を崩したのか、二人の体が入れ替わる。

そこからもみ合いになって、相手の肩が揺れ、口元がゆがみ……その顔が、『後生うなぎ』で隠居を演じる喜龍の顔と重なった。

『だめだめ。行かせないよ。えっ、太郎が死んじまうって？』

耳元で、喜龍の声が聞こえた。

『うつぶせのまんま浮いてるよ。浮いてる……浮いてる』

バスタブに浮いた慎太郎の姿が脳裏に蘇り、全身の血が沸騰する。

そこで、ちょうど手に入った傘の棒を喉にあて、強く押した瞬間、相手の体がふわりと浮き上がり、あっという間に向こう側へ消えていった。

17

あわてて、欄干から身を乗り出すと、角袖を着た人影は傘と一緒に青く光る水面《みなも》へ落ちていく。

水しぶきとともに姿を消したあと、一度だけ浮かび上がったのが見えたが、ほとんどもがきもせず、水中へ没してしまった。その後、いくら注視しても、静かに波紋が広がるだけ……。

（とんでもないことになった。突き落とすつもりなんてなかったのに、ものの弾みで……）

落ちた位置はちょうど川の真ん中付近。極寒期だけに、よほど泳ぎがうまくても、岸までたどり着くのは難しい。すぐ近くに船でもいればいいが、そんなものは見あたらなかった。

急いで、辺りを見渡す。降り続く雪のせいで、前方、後方とも人影は皆無。行き交う車はあるが、渋滞はしていないので、目撃者がいない可能性もあった。

ふと、歩道を見ると、脱ぎ散らかした雪駄とスマホ。それらが目に入った瞬間、考えるより先に体が動いた。雪駄を川へ放り、スマホをジャケットのポケットへ押し込むと、さっき来た道を大急ぎで引き返す。

(……慎太郎が、死んだ。俺のせいで、慎太郎が死んでしまった)

走りながら、考えていたのはそのことだけ。大変なことをしたという意識はあったが、この結末は相手にすべて責任があるので、一一九番通報をしようなどとは思わなかった。

永代橋の西端にある信号で、迷わず左に折れる。立ち並ぶマンションの群れの中を右へ左へと駆け回り、細い路地に入って、やっと普通の速度で歩き出す。

(あの女の自業自得だから、後悔なんかしないが……ただ、あれは何だったんだ?)

ここまで、冷静に振り返る余裕がなかったが、全身が欄干を越え、落下する瞬間、京子は不可解な表情を浮かべた。

私の顔を見て、微笑んだのだ。青い光を浴びたその顔が目に焼きついている。

(叫び声は上げなかったが、唇が動いていた。あと、気のせいかもしれないが、俺の方を向いて、軽く手を振ったような……まさか、そんなはずないよな。気のせいに決まっている)

左手には小さな公園。ちょうどその角にあった街灯の下で、歩を止める。雪の夜なので、人気《ひとけ》はまるでなかった。

ダウンジャケットのポケットから彼女のスマホを取り出したのは、始末のつけ方を思案するためだった。歩道へ落ちた衝撃で、液晶にひびが入っていた。

（川へ捨ててしまう手もあったが、いざとなれば、警察は川ざらいくらいするだろう。完璧に破壊して、どこかに埋めてしまった方が安全……ううっ！）

口から小さなうめき声が漏れる。指が電源ボタンに触れたらしく、いきなり横長の画面に京子の顔が現れたのだ。しかも、笑顔で。無言だが、唇は動いていた。

意味がわからず、パニックに陥りかけたが、画面の下にスライダーバーが表示されているのを見て、ようやく事情が呑み込めた。

橋の上で京子に見せられたあの動画が途中でスリープモードに入り、たった今、それが解除され、途中から再生されたのだ。バーの両端にはそれぞれ『1：12』『1：21』と表示されている。これは全体が一分二十一秒間の動画で、残すところ、あと九秒という意味だ。

試しにスライダーバーを指先で左右へドラッグしてみると、最前見せられたバスルームの動画が一分以上続き、末尾に十秒ほど京子の顔。ここだけ背後にカーテンが映っていたので、どうやら二本の動画をアプリでつなげ、一本にしてあるらしい。

慎太郎の遺体をこれでもかと長回しで撮影した残忍さに、改めて腹わたが煮えくり返ったが……しかし、間違いなく唇が動いていたので、何をつぶやいているのか気になった。

確認したところ、音がないのはミュートのせいだと判明したので、スピーカーのアイコンをタップすると、

『……嘘ついちゃって、ごめんなさい。本当にありがとう』

（えっ……？　何だ、これは）

ぐずぐずしていると、動画が先頭に戻ってしまい、また慎太郎の遺体が現れるので、その前に急いで電源をオフにする。

（『ありがとう』に『嘘』。こいつ、何を言ってるんだ？　まるっきり、意味が……）

その時、また脳裏に閃いた漢字四文字があった。『自殺幇助《ほうじょ》』。

（考えてみれば、あの程度のことで欄干を越えるはずがない。抵抗しなかったのはもちろん、向こうが棒をつかんで体を浮かせ、そり返ったからこそ、反対側へ落ちてしまったんだ。つまり、あいつ、あれは自殺だった）

度重なるリストカットの跡でもわかる通り、京子は心の中に強い死への願望を抱えていた。実際に自殺を試みたこともあったはずだが、あと一歩のところで果たせなかった。そのため、手助けしてくれる協力者を探していたのではないか。

（すると、あの女はどうしても死にきれないので、慎太郎を道連れにしてあの世へ逝ったというのか。そんな、ばかな！　完全に頭がどうかしている。

ただ、これで『ありがとう』の意味はわかったが、その前の『嘘』は何だ？　まさか、多重人格の話がデタラメだと言うつもりじゃ……）

衝撃を受け、左手に持っていたスマホを取り落としそうになる。

（セックスの最中、急に嫌がり出し、悲鳴を上げたのは事実だが、もしあれが俺を欺くための伏線で、すべてはあの女の一人芝居だったとしたら……いや、きっと、そうに違いない。川へ落ちる直前、笑って手を振ったのが何よりの証拠だ。

それに……無我夢中で気づかなかったが、永代橋は『もう半分』の舞台だ)

また、新たな伏線が明らかになった。その噺については彼女自身が前に話していたし、喜龍師匠の十八番で、若い頃の口演の動画を見たこともある。最前見た隅田川に向かって落下する京子が、『もう半分』で命を落とす八百屋のじいさんの姿と眼の中で重なる。

(だから、あそこを死に場所に選んだのか。それにしても、こんなことで、かけ替えのない息子をなくしてしまうなんて……)

とても、もう家には帰れない。妻からの電話やメッセージはずっと無視し続けてきたから、おそらく、今頃、珠美は半狂乱状態だろう。もし顔を合わせたとして、何をどう申し開きすればいいか、まるで見当がつかなかった。

(俺も、川へ飛び込むしかないな。そして、あの世で慎太郎に謝ろう。素面《しらふ》ではとても無理だから、ぐでんぐでんに酔っ払って……)

周囲を見渡したが、公園に学校、雑居ビルなど。仕方なく、スマホをポケットに戻し、重い足を引きずりながら歩き出す。

しばらく進むと、前方に明かりのついた白い提灯があり、看板には『大衆割烹《かっぽう》』と書かれていた。酔えれば何でもいいと思い、暖簾を潜ろうとした時、左隣がカレーショップだということに気づいた。

四階建てのビルの一・二階が店舗。一階部分にはシャッターが下り、『定休日』のボードが掲げられていたが、階段の脇に『万年亭亀松月例勉強会』という貼り紙があった。

（亀松？　カレー屋……そうか。今日は第二金曜日だし、この場所なら、最寄り駅は八丁堀だろう。休みの日の店舗を会場として借りているんだな）

貼り紙を見つめ、しばらくためらってから、私はのろのろと階段を上がり始めた。

18

私が会場へ向かう気になった理由は、今生名残りの一席が聞きたかったからではない。立て続けに起きた出来事が悪夢のように思えたので、せめてきょう龍の休演を確認し、自分を納得させたかったのだ。

しかし、階段を上がって、木製の扉を押し開け、店に入ったとたん、私は金縛りに遭ったように動けなくなった。聞き覚えのある声が耳へ飛び込んできたからだ。

「『……どうしちまったんだろうなあ、あのご隠居は。姿を見せなくなっちまったぜ』『お前《まい》さんが悪いんだよ。最初《はな》、ウナギ一匹二円で売ってたのに、〈生きていれば同《おんな》しだ〉なんて言って、ドジョウを二円で売っただろう』」

客たちの笑いが弾けたが、大きな細密画が飾られたパーティションがじゃまをして、店内の様子を窺い知ることはできなかった。

入ってすぐの受付にいたのは、三十代後半くらいの茶色い髪の女性。

「いらっしゃいませ。お一人様ですか」

「……ええ。そう、ですが」

「二千円いただきます」

「わかりました。た、ただ、その……」

細かく震える指先で、財布から千円札を取り出しながら、

「今、高座に上がっているのは、花山亭きょう龍さん、ですか」

「はい。おっしゃる通りですが……では、ありがとうございます。後ろの方に、まだいくつか空席がございますので、なるべくお静かにご着席ください」

チケットを受け取り、客席へ向かおうとしたが、足がすくみ、すぐには動くことができなかった。

心臓の鼓動がすぐ耳元で聞こえ出す。

(何が、起こってるんだ……？　俺はどこへ迷い込んでしまったんだろう)

「……お客様、どうかされましたか」

「い、いいえ、別に……大丈夫です」

頭が混乱した状態のまま、指示された方向へ進む。絵画や木彫りのレリーフ、壁のアラベスクなど純インド風の店内の奥に緋毛氈《ひもうせん》を敷いた高座が作られ、左脇には『きょう龍』と書かれたメクリ。手前に三十ほど席があって、そのうち、七、八割が埋まっていた。

「『……おっ、噂をすれば影だぜ。隠居さんがおいでなすった』

『おや。本当……だけど、ずいぶんやせちゃったよ。具合でも悪いんじゃないかねえ』」

高座で『後生うなぎ』を演っているのは、さっき殺した京子だった。知らぬ間に、川岸へはい上がり、駆けつけてきたらしい。髪が濡れていないか、私は眼を皿のようにする。

「『こりゃ、大変だぜ。今のうちにもらえるだけ、もらっておこう。ほら、おっかあ、ウナギを出せよ』

『ウナギなんぞ、ありゃしないよ。お前さん、今日は買い出しに行かなかっただろう』」

顔と高座衣装は板橋の時と同じだが、口調がまるで違っていた。別人のように自信にあふれ、それぞれの人物が躍動している。

「『あ、そうか。何でもいいんだ。生きてさえいれば。ほら、ドジョウがいたろう』

『今朝、おつけの実にしたよ』

『だったら、金魚は？』

『お隣りの猫がくわえてっちゃった』」

私以外の客が皆、大声で笑っている。

(隅田川から上がってきたのでなければ……こいつは、一体何者なんだ？)

客席の後方にしばらく立ち尽くしていたが、そのうち、心の中で一つの疑問がふくらんできた。

(もしかすると、二人が並んで写っていたあの一枚は、合成などではなかったのでは……俺に抱かれていたあの女が姉の西子で、やつが語っていた症状は、すべて妹の京子にあてはまるのではないだろうか)

そう考えれば、何もかもつじつまが合う。私が信じ込んでいたすべてが的外れで、事実だったのは西子が強い希死念慮のもち主だったという一点のみ。

(ということは、今、高座に上がっているのは、板橋の落語会の時とは異なる人格なのか。確かに、聞いた印象では、そうとしか思えないが……)

首を傾げた、その時だった。

『おい。何してる』

耳元で、喜龍師匠の声がした。

『何をしてると、きいてるんだ。聞こえないのか！』

（あの時……本来のサゲを言ったあとで、師匠はしばらく沈黙し、そのあと、表情が激変して、予想外の展開になった。新たな演出だと思い込んでいたが、もしかすると、あそこで人格が交替していたのかもしれない。

解離性同一性障害を抱えた師匠のもとに、病気が縁で、同じ障害のある者が弟子入りしてくる……あり得ないことではないぞ。きっと、それが真相なんだ）

間違いないとは思ったが、何かが心にわだかまっている。その正体がつかめないまま、私はしばらく悶々《もんもん》とした。

「『とにかく、これから赤ん坊が包丁で割かれるのを、黙って見過ごすわけにはいかないよ』」

考えにふけっている間に、『後生うなぎ』は大詰めを迎えていた。

「『で、いくらなんだね』」

『へい。スッポンが八円ですからねえ。百円頂戴いたします』

『百円？　ずいぶん高いんだねえ。でも、金のことなんか言っていられません。あげるから、赤ん坊をおよこし』」

きょう龍が赤ん坊を抱く仕種をする。そして、やさしい笑みを浮かべながら、

「『ほらほら。あんな鬼か蛇《じゃ》みたいなやつの子に、二度と生まれちゃいけないよ』てえと、前の

川へ――」

「や、やめろー！」

無意識のうちに、大声で叫んでしまう。動画で見た慎太郎のむごい死に様が脳裏に浮かび、ここから先は聞くに耐えなかった。

きょう龍の口演が止まり、会場の客たちが一斉にこちらを振り返る。

客席の中央にあった通路をふらふらと前進する。会場がざわつき出したが、想定外の事態に戸惑っているらしく、制止する者はいなかった。

高座のすぐ手前まで行く。突然の客の行動に、当然ながら、きょう龍は驚きの表情を浮かべていた。

「見せてくれ」

「は、はい……？　何のことでしょうか」

「左手だ。ちょっとだけだから、頼む」

強引に相手の左手をつかみ、袖をまくる。手首には、間違いなく、リストカットの痕跡が……。

（いや、違う。これは……なるほど。そういうことだったのか）

焦げ茶色の三本の線は傷跡ではなく、アイラインか何かで引かれたものだった。

（なぜ、今まで気づかなかったんだろう。西子から、ちゃんと聞かされていたのに）

最初に会った時、彼女はこう言っていた。『実はあの女《ひと》、本当は落語が結構うまいの。あがり症もちゃんとおまじないで克服できたしね』。

（あの名人・八代目文楽だって、口演前にはあがらないおまじないを欠かさなかった。そういえば、ハーフムーンのバーテンダーも話していたな。素では話ができないほど恥ずかしがり屋のコメディアンでも、鼻の頭を黒く塗れば平気で人前へ出られるようになる……それと似たことを、きょう龍もやっていたんだ。きっと、どんな時でも物怖じしない双子の姉にあやかろうとしたんだろう）

その時、急に左腕をつかまれた。

「お客さん、何をしてるんですか！　非常識なまねはやめてください」

詰め寄ってきたのは、高座着姿の男性。大きな体とえらの張った顔、細い眼、太くて伸び放題の眉。年齢は四十絡みらしいが、おそらく、彼が亀松さんなのだろう。そのすぐ脇には最前の受付の女性もいて、

「先ほどの二千円は返金しますから、すぐに会場から出ていってください」

「……いや、その必要はありません。ご迷惑をおかけしました」

私は手を放し、眼の前にいる二人と高座のきょう龍に向かって、頭を下げる。そして、けげんそうな顔で見守る客の間を抜け、落語会の会場をあとにした。

（……結局、あれもこれも、自力では死にきれなかったあの女が書いた虚構の筋書きだったのか）

暗い夜道を歩きながら、淀んだ意識の中で、私は考えた。

（たった一つ、現実だったのは俺の息子が命を奪われたこと……理不尽な話だ。やっぱり、生きてはいられない。

ただ、その前に、珠美に何か言い残しておかないと。事情をすべて説明するのは無理だが、せ

めて、メッセージで『すべては俺のせいだ。本当に申し訳なかった』くらいはな）

気は重かったが、何とかスマホの電源ボタンを押す。案の定、電話の着信が十件以上あり、LINEを起動すると、トークルームは妻からのメッセージであふれ返っていた。

内容はどれもほぼ同じで、突然消えた息子を心配し、一向に連絡をよこさない私を非難している。途中で、『待ちきれないので、一一〇番に電話しました』とあったが、今となっては、もう、どうでもいいことだ。

その後も、ただ機械的に画面をスクロールしていったのだが、一番最後のメッセージを見て、ぎょっとした。

『下谷《したや》警察署三ノ輪《みのわ》交番から連絡がありました！　慎太郎が見つかったそうです。これからすぐ向かいます』

思わず目を疑った。とりあえず届いた時刻を確認すると、今から約二十分前。三ノ輪は台東区だが、自宅からの距離はたぶん五キロもない。タクシーを使えば、あっという間だ。

朗報と呼ぶべきだが、実際にはあり得ない。警察の手違いではと考え、確認のための返信をしかけた時、妻からの新たな着信があった。

今度は画像……見ると、撮影場所は交番の中らしく、毛布に包まれた息子が妻らしい女性の膝の上に乗り、スナック菓子のうまい棒を食べていた。

とても現実とは思えなかったが、顔を何度見直しても疑う余地などないし、毛布の下から恐竜パジャマの一部も見えていた。

（……慎太郎が、生きていたのか。よかった。本当に）

安堵する気持ちは大きかったが、同時に一つの疑問が湧いた。だったら、あの動画は何だったのか。

もう一台のスマホを取り出して、問題の動画を開く。西子の顔が現れたので、スライダーバーを操作しようとすると、画面に手が触れるより早く、動画が終了し、ループ再生された。

バスタブの湯に顔を浸した慎太郎の姿が映り、心臓が止まりかけたが、次の瞬間、

『イーチ、ニーイ、サーン……』

聞こえてきたのは西子の声だった。

『シー、ゴー……すごい、すごい。頑張ったねえ』

そして、水面が揺れかけたとたん、また最初に戻り、『イーチ、ニーイ』と始まる。見続けているうち、それが何度もくり返されていることが判明した。

（……こんなくだらないトリックにだまされていたのか）

怒るよりも先に、何だか笑い出したくなってしまった。

スイミングスクールに通っている慎太郎は、水に顔をつけられるようになったのが自慢で、私と一緒に入浴しても、必ずやってみせる。まったく人見知りしない子だから、うまく乗せられて、西子の家のバスルームでそれを実演してみせたのだろう。

送られてきたあの動画は、わずか数秒間の短い映像を十回以上もつなげ、最後に彼女自身からのメッセージをつけ加えたものだった。音声も入っていたが、ミュートされていたため、今までその事実に気づくことができなかったのだ。

（つまり、慎太郎の死までが虚構だったのか。そして、あの女は望み通り、極楽……いや、安楽

国へ行った）

考えかけた時、少し先の角を曲がってきた一団があった。先頭の人物が私を指差し、「あっ、あいつです！　間違いありません」と叫ぶ。

見ると、内訳は若い男性と制服警官が二人ずつ。民間人たちは、たぶん、車の中か歩道の反対側から、最前の格闘の場面を目撃したのだろう。

警官二人が私を両側から挟むようにして抑え、

「永代橋の上から突き落とされた人物がいる。そういう趣旨の通報が入って、今、救助活動の最中です。その件に関して、何かご存じじゃありませんか」

「……え、ええ。まあ」

抗う気力は、もうどこにも残っていなかった。

「でも、もう、無事に安楽国へ着いてる時分ですよ」

「えっ？　何を言ってるんだね」

「だから、きっと、後生は安楽……」

第三話　キミガ悪イ

……歩いておりますと、どこからともなく、

「殿様……殿様」

「えっ？　何だ。誰かに呼ばれたと思ったが……誰《だあれ》もおりはせんぞ。いくら閑静な根岸《ねぎし》でも、昼《ひる》日中《ひなか》からキツネ・タヌキが人を化かすなんてことはあるまい。春先は耳鳴りがするからなあ。気のせいかしら」

「殿様、殿様っ」

「また呼んだようだが……誰だ？　どこにいる」

「ここでございます」

「おおっ！　お前、シャレコウベではないか」

「さようでございます」

「では、拙者を呼び止めたのはお前なのか」

「はい。実は、殿様にたってのお願いがございます」

「うん。何だ？」

「眼から芽が出ましたので、痛くてなりません。これを取り除いていただきたい」

「どうも、よくわからんな。メからメってのは何のことだ」

「あたくしの虚ろな眼のところへ地面から柳の木が芽を出しまして、それが貫いておりますので、

痛みます」

「ほう。そんなことがあるのか。では、抜いてやるから、待っていろよ。これを……よし。抜けた。まあ、春になると、柳も……おおっ！　ドクロが笑ったぞ。うれしいのか。

不思議なことがあるもんだなあ。念仏なんぞを唱えたことはなかったが、一つ、手向《たむ》けてやることにしよう。南無阿弥陀仏《なむあみだぶつ》、南無阿弥陀仏……おや、笑ったぞ。南無阿弥陀仏……また笑った！」

1

「では、どうも、お疲れ様でした」

　生ビールのジョッキとウーロン茶のグラスを合わせ、冷えた液体を喉へ流し込む。

「……いやあ。おかげで、今日は勉強会初の満員札止《ふだど》め。会場《ハコ》が小せえから自慢にゃならねえが、気分はいいよな」

　お通しは枝豆だった。生来の左利きなので、そっちの指先でつまみ、口へ運ぶ。

　三月八日金曜日、午後九時半。場所は都営浅草線室町《むろまち》駅のすぐ近くの居酒屋で、狭いながらも個室になっていた。

「そうそう。休憩時間に言いそびれちまったが、『黄金《きん》の大黒』、いい出来だったぜ」

「本当ですか。ありがとうございます。ただ、亀松兄《あに》さんはほめてくださいますが……」

　花山亭きょう龍が小首を傾げながら、ウーロン茶を飲む。

「師匠からは山ほどダメを出されてしまい……お情けで、やっとアゲていただいたんです」

「まあ、喜龍師匠の眼から見ればまだまだなのはわかるが、登場人物が多くて、結構難しい噺なんだぜ」

　そんな話をしているところへ、入口の障子が開き、料理が届く。串焼きの盛り合わせにシラウオのかき揚げ、海鮮サラダ。

「さあ。とにかく、食おうぜ。キタヤマで弱ってたんだ」

早速、手羽先の塩焼きにかじりつく。『キタヤマ』は空きっ腹という意味の符牒だ。

「格安で貸してもらってるんだから、苦情なんぞ言ったらバチがあたるが、あすこの会場は壁にカレーのにおいが染みついてるのが欠点だ。おかげで、二席めの時に腹が鳴っちまって……まあ、『唐茄子屋《とうなすや》』を演るには都合がよかったけどな」

今夜の会場である『シーター』は、日比谷線八丁堀駅から徒歩三分。本格インドカレーと炭釜で焼くタンドリーチキンが看板の店だが、ここのオーナーがちょっと変わり者で、無類の落語好き。普段は終演後、懇親会が開かれるのだが、今日はオーナーの都合で中止され、会場設営や受付を手伝ってくれているスタッフも欠席したため、珍しく二人だけの打ち上げになった。

ちなみに、今日の演目は開口一番のあと、『長屋の花見』、そして、『唐茄子屋政談』だった。

「おいおい。そんなことはいいから、早く食えよ。お前《めえ》も腹が減ってるだろう」

「いえ、あの……すぐに済みますから」

いくら勧めても、きょう龍は料理に箸をつけず、サラダを小皿に取り分けたりしている。やはり、前座はいろいろと気を遣うのだ。

自分の向かいでトングを動かしている後輩を眺め、心の中で『美人だなあ』とつぶやく。

(この頃は落語界も様変わりして、中にはマスコミからアイドルまがいの扱いをされてる若手もいるが……ここまでの美形はさすがに見あたらねえし、その上、若く見える。年は二十七だそうだが、女子大生でも立派に通るぜ)

服装はグレーのスウェットパーカーに似たような色のチノパン。私服はいつも男物ばかりで、化粧もしていないが、にじみ出てくる色気は隠しようがない。特に、胸のあたりのふくらみはまぶしいほどだった。

（噺だって、別にセコというわけじゃねえ。日によって、調子の狂う時もあるが、それは病気のせいだから、本人を責めてみたって始まらない）

『セコ』は、楽屋符牒で『悪い』とか『下手』という意味。入門は一昨年の八月だと聞いたが、だとすると、かなり長足の進歩だ。

（ただ、入門先のせいで、苦労はしてる。どこの協会にも属さないフリーの落語家は十人以上いるが、喜龍師匠はほぼ忘れられた存在だ。まあ、師匠運に関しては、俺も他人《ひと》のことは言えねえけどな）

カレー屋の主《あるじ》の肝煎《きもい》りで月例勉強会が始まったのが、去年九月。第一回は万年亭唯一の兄弟子である亀太郎《かめたろう》師匠にゲストをお願いし、開口一番の前座は他門から呼んだ。亀太郎師匠は二つ目時代の名前を亀吉《かめきち》といって、十年前に真打ち昇進を果たした。

以前、所属していた花山亭の先輩は多いが、関係が疎遠。はっきり言えば、嫌われている。さて、次回以降、どうしたものかと思案していた時、喜龍師匠に弟子が一人いるという噂が耳に入った。師匠はいわば幻の兄弟子で、会ったことがなかったが、伝《つて》をたどって連絡を取り、きょう龍を前座として借りることができたのだ。

ビールを飲みながら、そんな経緯を振り返っていると、サラダを取り分け終えたきょう龍が居住まいを正し、

「兄《あに》さん、本日の会へお呼びいただきまして……まことに、ありがとう……ございます」

「な、何だよ、急に。驚くじゃねえか」

いきなり涙声でお辞儀をされ、取り乱してしまう。

「早いとこ、頭を上げてくれ」

「ですが、ご連絡をいただいた時には、うれしくて……先月、あんなことがあったので、てっきり、もう二度とお声をかけてもらえないものと諦めていました」

「何だって……おい。見損なっちゃいけねえぜ。これでも、芸の系譜の上では、あたしはお前の叔父にあたるんだよ」

噺家の一人称として、『あたし』はごく一般的。男女の別は関係ない。きょう龍の発音は『私』に近いが、それはそれで初々《ういうい》しくて、悪くなかった。

「かわいい姪っ子を簡単に見捨てるわけがない。確かに、常連の中には事件を知ってる者もいるが、お前には誰も何も言わねえだろう。ちゃんと、気を遣ってくれてるんだよ」

「おっしゃる通りで、とてもありがたいと思っています」

「そりゃ、まあ、正直言えば、呼ぶのに多少ためらいはあったぜ。ただし、そう思った理由は前もってネタ出ししてたからだ。その気持ち、わかるだろう」

「え……ああ、なるほど。差し障りがあるとお考えになったのは『唐茄子屋』ですね」

きょう龍がうなずき、少し表情がゆるむ。『唐茄子屋』または『唐茄子屋政談』は人情噺の大物だが、親に勘当された若旦那が空腹のあまり、橋の上から身を投げようとする場面があるのだ。

ちなみに、『ネタ出し』とは、前もって演目を公表することを指す。

「本当は、この話題に触れるつもりなんてなかったんだが……今夜は世話人さんだけでなく、恵《けい》ちゃんまで急用で不在ときてる」

久村恵子《くむらけいこ》は勉強会を手助けしてもらっているスタッフで、職業は看護師だ。

「もしよかったら、例の事件について、話してみちゃくれねえかな」

2

異変が起きたのは、二月の月例勉強会の最中だった。

通常は開演時刻の午後七時ちょうどにきょう龍が上がるのだが、その日は五時半頃に本人から連絡があり、喜龍師匠の通院が長引いているので、間に合いそうもないと言う。異常なやせ方でもわかる通り、師匠には持病があり、定期的な診察と治療が欠かせないらしい。

普通なら、急きょ、別の前座を探すところだが、勉強会が毎回盛況なのは、実は彼女のおかげ。きょう龍の美貌が密かに話題となり、それがめあてで来る客が相当数いるので、できれば予定を変更したくない。そこで、とりあえず遅れてもいいから来るように指示し、会ではまずあたしが先に上がって、長めにマクラを振ってから『雛鍔《ひなつば》』を演り、その途中、きょう龍が到着したので、入れ替わりに高座へ上げた。

きょう龍は遅刻を丁重に詫びたあと、『後生うなぎ』に入ったが、サゲ間際になって、一人の男性客が突然『やめろ！』と叫び、高座へ歩み寄って、彼女の腕をつかんだのだ。

それを見て、あたしは即座に飛び出していき、会場が騒然となったが、結局、男はあっさり手を離して姿を消し、そのまま休憩に入った。

中入り後は、あたしの『小間物屋政談』でお開きになったのだが、帰り支度をしている時、きょう龍が自分のスマホに見知らぬ番号からの着信履歴があるのを見つけた。

念のため、番号を検索すると、発信元は深川《ふかがわ》警察署。すぐに折り返しかけたところ、衝撃的な事実を伝えられたというわけだ。

（あの日以降、会う機会がなかったし、事が事だから、電話も控えていたが……ただ、開口一番の件はいつまでも放置しておけないので、一週間前に声をかけたんだ）

したがって、事件に関する知識はすべて新聞やネットニュースから得たものだが、記事によると、二月九日午後七時十五分頃、永代橋の南側の歩道から落下した人影を目撃したとの通報があり、警察と消防が捜索を行ったが、発見には至らず、翌日の午後四時頃、隅田川河口付近を漂っている遺体が見つかった。

亡くなったのは台東区内に住む宮田《みやた》西子さん。報道はされていないが、彼女は花山亭きょう龍こと宮田京子の双子の姉だ。十月と十二月の勉強会に来てくれたので、挨拶も済ませていたが、顔から体付き、髪形まで、まさに瓜二つ。ただし、服装やメイクがやたらと派手で、その点が妹と大きく異なっていた。

「……正直、何が何だかわからなくて」

長い沈黙のあと、顔を背けたままで、きょう龍が言った。そして、左肩をすくめ、顔をしかめる。これがいつもの癖だ。

チック症は子供時代に多い疾患だが、成人後まで残る場合もある。緊張状態や不安が原因とされるが、きょう龍の場合、まれに高座で出るのが問題だった。

「いまだに……悪い夢でも見ているような気がします」

「そうかい。だったら、申し訳なかったな。別に、無理に話さなくたって――」

「いいえ。むしろ、こちらからお願いして、聞いていただきたいくらいです」

きょう龍が顔を上げ、正面からあたしを見つめる。

「心配をかけるから、師匠には話せませんし、ほかに相談できる相手もいません」

自分の過去に関しては触れたがらなかったが、両親がすでに亡くなり、家族は姉が一人だけだという話は聞いていた。頼りになる親戚もいないらしい。

「そうかい。すると、最初《はな》はやっぱり、高座へ乱入してきたあの野郎だが……」

容疑者の名は田丸慎一、三十六歳。職業は都の学校事務職員だが、SNS上の情報によると、勤務先は杉並区西荻窪の中学校で、野球部のコーチをしているらしい。

「早い話、あの男の不倫相手がお前の姉さんだったのか」

「深川署の刑事さんの話によると、田丸はそれを否定しているそうです。つまり、『肉体関係はあったが、単なる売春だ』と」

「売春だって？　往生際《おうじょうぎわ》の悪い野郎だなあ。そんなことで、言い逃れられるわけがねえ」

「私も最初は憤慨しましたが、振り返ってみると、思いあたる点もあって……定職に就かないわりに金回りがよかったんです。お恥ずかしい話ですが、私自身、西子から金銭的援助を受けていましたし」

「修業中の前座は誰だって金欠病さ。そんなことを恥じる必要はねえが……ただ、もし仮に金銭を媒介とした関係だとすると、痴情のもつれって線は薄くなる。だから、殺人罪が適用されなかったのかな」

「はい。何回めかの聴取の際、そういう意味のことを言われました。私には判断できないので、黙っていましたけれど」

　調べたところ、目撃者の証言から、宮田西子が橋から落下する直前、田丸慎一との間でいさかいがあったことが確認されたが、田丸は『あれは自殺で、自分は無理やりその手助けをさせられただけだ』と主張した。取り調べは難航したようだが、結局、田丸慎一は勾留期限最終日に傷害致死罪で起訴された。

『殺害行為を実行したとは断定できないが、救助要請もせずに溺死させた点を踏まえれば、容疑者の主張は到底認められない』というのが、その理由らしい。

「プロが捜査した上で出した結論だから難癖をつけるようなまねはしたくねえが、殺人の可能性がある以上、もっと厳しく追及すべきだったと思うぜ。罪の重さが全然違うんだから」

　傷害致死罪の量刑は三年以上の有期懲役だが、殺人罪は最低でも五年以上の懲役。死刑または無期の場合もある。

「兄さんのお気持ちはうれしいのですが、以前から西子に自殺願望があったのは事実ですし……」

「ふうん。それは、何か理由があったのかな」

「一口ではお話しできませんが……まず、二十歳の時、一回りも上の男性に大失恋をしました。真剣に結婚を考えていたのですが、西子は無月経症といって、子供の産めない体だったので、それを知った相手は去っていきました。

対人関係が苦手で引っ込み思案の私とは違って、西子は子供の頃から明るく社交的でしたが、この別れ以降、人が変わってしまいました。ふさぎ込むことが多くなり、そうかと思うと、不自然なほど陽気になって、つき合う男性を次々に取り替えたり……ちょうど同じ頃、老人ホームで介護の仕事をしていた母が病気で亡くなったので、その影響もあったと思います。そう言う私も、それ以降、引きこもるようになってしまいましたから」

「なるほどなあ。一時《いちどき》にいろいろ重なっちまったわけだ。お父さんは、もっと早くにお亡くなりになったんだろう」

「はい。小学生の時ですから……とにかく、そんなこんなで、二人ともモデルの仕事を続けられなくなりました。その後の生活を支えてくれたのは西子でしたが、心に負った傷は深く、やがて自暴自棄な生活を送るようになり、死への憧れも強くなりました」

「なるほど。そのあたりを考え合わせると、警察の判断もやむを得なかったかもしれねえな。無理やり殺人で起訴して、裁判で無罪判決が出ちまったら元も子もない」

「はい。それに、警察側のご配慮で報道されていませんが、西子の犯人に対する行動にも大きな問題があって……」

「問題行動？　へえ。何だい、その中身は」

「ええと、それは、ちょっと……」

ふと言い淀んだところで、またチックが出る。

「ここでは、お話しできないんです」

「そうかい。ごめんごめん。別に根掘り葉掘り聞こうなんてつもりはねえんだ」

「本当に申し訳ありません。これから裁判を控えているものですから。刑事さんの話によると、田丸は何かをひどく恐れている様子で、重要な点について、わざと供述をぼかしている節《ふし》があると聞きました。例えば、彼がどこで、何をきっかけに西子と出会ったのかも、決して口を割らないそうです」

「ふうん。何か裏があるんだろうが……まあ、それはそうと」

ジョッキを手に取り、ぐいと飲み干す。

「うまそうな料理を前にして、いつまでも柄《え》の取れちまった肥柄杓《こえびしゃく》ってのもまずいよな」

「えっ……？　何ですか、それ」

「『手がつけられねえ』ってシャレさ」

「肥柄杓の柄が取れたので、手が……うふふふ。さすが、兄さんです」

高座以外では、今日初めて、きょう龍が笑顔を見せる。これは噺の中にも登場する見立て言葉の一種だ。

「とりあえず、この話題はいったん置くことにしよう。さあ、今夜は大いに飲み食いして、英気を養ってくれ」

3

「しかし……お前の師匠は実に立派だ」

ビールから燗酒に代えて飲み始める。きょう龍もようやく箸を取り、サラダや天ぷらをつついていた。

「弟子を貸してもらえるかどうかさえ不安だったのに、まさか直々《じきじき》に勉強会にお出まし願えるとはなあ。申し出を聞いた時には耳を疑ったぜ」

喜龍師匠とは今までに二回、顔を合わせている。最初が去年の九月で、場所はＪＲ板橋駅東口にある喫茶店。

午後二時、店の前で待機していると、白い杖をついた喜龍師匠が現れたが、厳しい残暑で目まいでも起こったらしく、師匠が入口の手前で危うく転びかけた。あわてて手を添え、支えたが、想定外の事態だったため、動揺してしまった。

そんなことがあったせいかもしれないが、用件を切り出すと、きょう龍を借りる件は即座に快諾。さらに、師匠自身が出演してもいいとまで言ってくれた。

十月の会のゲストは亀蔵師匠と決まっていたので、それが実現したのが十一月の月例会で、演目は『一眼国《いちがんこく》』。一つ目小僧を探しに旅へ出た香具師《やし》が一つ目の国へ紛れ込み、逆に見世物にされるという噺だが、眼の不自由な師匠が演じると、何とも言えないすごみがあり、圧倒されてしまった。

（気難し屋だという評判だったから、トントン拍子に話が進んで気味が悪いほどだったが……まあ、やっぱり高座が好きなんだろうな）

きょう龍は焼き鳥の串を外し、箸でつまんで口へ運んでいる。

「ところで、師匠の家《うち》へは毎日、顔を出すのかい」

「毎日ではなく、週に三、四回ですね。まあ、いろいろとやることがありますから」

きょう龍は入門と同時に北池袋《きたいけぶくろ》駅の近くにアパートを借り、一人暮らしを始めたが、パソコンが堪能なため、自宅でテープ起こしのアルバイトをしていると聞いた。もちろん、頼まれれば落語会の前座も務めるが、回数はあまり多くない。喜龍師匠がいい顔をしないらしいのだ。それくらいだから、当然、マスコミの取材は厳禁。SNSで彼女の存在を知った関係者からの依頼が何件もあったが、すべて断っていた。

「病院通いをしてるそうだが、よっぽど悪いのか」

「それは……申し訳ありません。師匠から『誰にも話すな』と釘を刺されているものですから」

「そうか。だったら、言えっこねえよな」

しかし、協会に所属していない師匠だけに、もし万一のことがあったら、きょう龍の将来はどうなるのだろうと心配になる。また亀蔵師匠に義俠心を発揮してもらうしか、手はなさそうだ。

「ただ、体調が思わしくないのは確かです。近頃は高座へ上がるだけでも大変そうで……それなのに、私、一月末にコロナに感染して、師匠の独演会を欠席してしまいました。本当にふがいない弟子です」

「いや、病気はしょうがねえよ。他人様《ひとさま》にうつす憂いがある。まあ、それにしても……」

辛口の酒をぐいと飲み、苦笑いをする。

「この二人はしみじみ似た者同士だ。結局、ほかに選択肢がない状態で、入門先を決めざるを得なかったわけだからな」

あたしの最初の師匠・花山亭喜円は東京落語協会会長を二回も務めたほどの大看板《おおかんばん》だが、年には勝てず、八十歳の時、脳梗塞で倒れて、長い療養生活を送るはめになった。

おかみさんにはとうに先立たれ、子供もいなかったため、どうしたものかと弟子一同が途方に暮れている時、行く先々で入門を断られた男がいるという噂が聞こえてきて……だから、内弟子が絶対条件で、早い話、無給の介護員として雇われたようなものだ。

「まあ、あたしは身から出た錆《さび》ってやつで、諦めるしかねえが……お前はほかに誰か拾ってくれる師匠がいてもよかったよなあ」

「いいえ。高座を聞いて一本槍で押しかけましたが、喜龍師匠はやさしい方ですし、熱心に仕込んでもくれますから、かえって運がよかったです」

「病気の件を伏せたまま、弟子に取ってもらおうとは考えなかったのかい」

「さすがに、それはできませんでした。隠しても、どうせばれることですから」

きょう龍はいわゆる多重人格、解離性同一性障害という疾患を抱えている。高校時代から姉と一緒にモデルの仕事をしていたが、二十歳の時に症状が悪化し、それから五年以上、引きこもり生活を続けていた。

「まあ、とにかく、喜龍師匠は懐が深《ふけ》えよ。お前の病気を承知の上で弟子に取ってくれたわけだから」

「本当にありがたいと思っていますが、ただ、やはりご迷惑をおかけすることも多いです。二月初めの独演会では、高座へ上がる時刻の直前に、京子が出てきてしまいまして」

「えっ？　それは聞いてなかったな」

「たまたまその日、師匠の具合が悪かったもので、『つないでくれ』と言われてしまい……仕方なく、聞き覚えで『無精床』を演ってくれたそうですが、つき合わされたお客様は災難だったと思います」

「そんなことがあったのか。自分の意思で交替できないってのは面倒だよなあ。記憶もとぎれちまうそうだし……前にも話した通り、俺にだって似たような経験があるから、他人事とは思えねえ」

『似たような経験』というのはもう二十年近く前のことで、事故に遭って記憶を失い、いまだに回復できない部分が残っていた。

「それはそうと……いつか尋ねようと思ってたんだが、喜龍師匠の生活費ってのはどうなってるんだ」

「ええと、まず障害年金が二カ月ごとに十六万円と少し振り込まれますから」

「なるほど。そいつを忘れていた。まあ、それなりの額だよな」

「あとは、毎週土曜日の独演会の謝礼が主ですが……」

あたしに酌をするため、徳利を手にしたきょう龍が眉を曇らせ、いったんそれをテーブルへ置いてしまう。

「ただ、板橋の会は毎回必ず、お客様が一人きりなんです」

「えっ？　前にチケットが一万円だと聞いたが、だったら、アガリを丸々もらっても……」

「いいえ。入金される額はもっと多いです。手打ちじゃなくて、売り興行ですから」

「ああ、そうか。差額は主催者が被ってくれてるってわけだ」

『手打ち興行』は演者自身の主催、別な人間に運営を一任するのが『売り興行』だ。

「何とも奇特な御仁《ごじん》だが、世話人さんは誰なんだ」

「斎藤さんという方ですが、お仕事とか、詳しいことはわかりません。お会いしたのも去年の独演会の時に二回だけですすし」

「じゃあ、つまり、めったに会場には現れないってわけか。変わったお人だなあ」

「本当に、不思議な方です。頻繁に外国へいらっしゃるようで、明日からもしばらく日本を離れると伺いました。まあ、師匠の恩人ですから、とやかく言ってはいけないのでしょうが……」

きょう龍の眼の奥に、ふとおびえの色が浮かぶ。

「少し気味の悪いことがあって……これは私の妄想かもしれませんが、斎藤さんは毎回、独演会のチケットをたった一枚しか売っていない気がするのです」

「一枚しか、売らねえ？　理屈に合わねえ話だが、なぜそう思うんだい」

「だって、会においでになったお客様は必ず……あっ、申し訳ありません。お酌するのを忘れていました」

きょう龍が徳利を取り上げ、酒を注いでくれる。そして、困ったように笑うと、

「熱燗の湯気で酔ってしまったみたいです。今、申し上げたことはお忘れください」

奇妙な世話人に興味が湧いたが、深く頭を下げられては、それ以上突っ込めない。

「じゃあ、そうするが……ただ、いつか機会があれば、あたしも喜龍師匠に稽古をつけてもらいてえなあ」

「ああ。それは大丈夫です」

「ええっ？　本当かい」

「『弟子が世話になっても礼ができないから、せめて噺の稽古くらいはしてあげたい』と、昨日もおっしゃってました」

「へえ。ありがてえな。だったら、善は急げだから、近々、電話して……」

「もしご都合がつけば、ですが、明日の午後はいかがでしょう」

「明日？　そいつはまた急な……ちょっと待ってくれよ。土曜の午後は例の独演会じゃねえか」

「そのはずだったのですが、昨日、斎藤さんから中止の連絡が来ました。たぶん、チケットが売れなかったのだと思います」

「あ、なるほど。いつも一人きりなら、そんなことだって起こり得るよな」

「はい。そういう場合、師匠は会場で私に稽古をつけてくださるのです。ご自宅のアパートは狭い上に、荷物が多く、落ち着かないそうで」

「つまり、その稽古に便乗させてもらうってわけか。そいつは願ったり叶ったりだが、ただ、念のため、師匠の意向も伺わないと……」

「それについては問題ありません」

きょう龍が即座に断言した。

「『この噺はぜひ亀松さんにも覚えてもらいたい』と、師匠がおっしゃっていましたから」

「えっ？　すると、もう教わる噺は決まってるんだな。何なんだ」

「『髑髏柳』です」

「ドクロ、ヤナギ……？　何だい、そりゃ。そんな落語、聞いたことねえぞ」

「確かに、今演っている方はほとんどいらっしゃいません。古典ではなく、新作で、何でも、先代の文楽師匠が最後に封切るはずの一席だったとか……」

「黒門町が……うん。その話は聞いたことがある。だったら、ぜひ習いたいが……」

手にしていた猪口《ちょこ》をふと置き、首を傾げる。

「だけど、あたしでも名前を知らないような珍しい噺を……喜龍師匠はなぜ前座に教えるんだろうなあ」

4

……人里離れた山の中。深夜だが、中天《ちゅうてん》には満月があり、辺りを照らしていた。

自分の前にあるのは黒々とした巨大な穴。穴の縁で肩を揺らし、荒い息をついているが、なぜ自分がそんな山中へ分け入ってきたのか、いくら考えても思い出せなかった。

月光は穴の中にも差し込んでいたが、深いため、途中までしか見通せない。

そのうちに、底の方で小さな音がした。

『だめだ。上ってこないでくれ』

恐怖のあまり、声に出して、そう懇願する。一刻も早く逃げ出さなければと焦ったが、体が動かなかった。

『わ、悪かった。それはわかっている。だから、俺が……』

何とか踵《きびす》を返すと、前方にひょろりと背の高い人物の後ろ姿が見えた。間違いなく、男性だ。そちらをめざし、よろけながら進んでいくうち、足元の草むらに大きな石があるのを見つけた。

それを両手に抱え、人影に歩み寄る。

するると、男がしゃがみ込み、何やら作業を始める。まるで襲ってくれと言わんばかりに。

息を詰め、すぐ後ろまで近づき、石を頭上へ掲げた瞬間、男がこちらを振り返りかけた。

眼をつぶり、叫び声を上げながら、相手の後頭部へ石を叩きつける。二度、三度……その時、世界がくるりと回る感じがあって、目が覚めた。

薄暗い中、荒い息を吐き、板張りの天井を眺めながら、両手で掛け布団を握りしめる。

（……まただ。しばらくなかったのに、また、例の夢を見てしまった）

再び悪夢の世界へ引きずり込まれそうな恐怖を感じたので、すぐに起き、窓のカーテンを開ける。朝の日差しがみすぼらしい室内を照らし出した。

ＪＲ国分寺《こくぶんじ》駅から徒歩十五分ほどの古いアパートで、毎月の家賃が五万円。八畳の和室はベッドと衣装ケース、パソコン台、落語関係の文献やＣＤなどを収納した棚で埋め尽くされていた。

（いいかげんにしてくれよな。さすがに、もうたくさんだ）

顔をしかめ、吐息を漏らす。その日によって多少の違いはあるが、不気味なまでの臨場感は常に変わらない。したがって、悪夢に失われた記憶の断片が含まれているのは、まず間違いないと考えられた。

奥多摩《おくたま》の山奥で高い崖の下へ落ち、虫の息でいるのをハイカーに発見されたのが十八年前の十月九月の朝。それから三日後、病院のベッドの上で意識を取り戻した時には、過去の記憶が何もかも消え失せていた。

その後、三カ月近い入院生活の中で、かなりの部分を思い出したのだが、なぜそんな場所へ行ったのかを含め、事故直前の二カ月間が今でも空白のままになっていて、無理に蘇らせようとすると、猛烈な不快感と恐怖に襲われる。

事故による骨折は全身で四カ所。ただし、記憶喪失を除けば、これといった後遺症が残らなかったのが幸いだった。

（もしあれが現実ならば、俺は誰かの頭を殴打し、最悪の場合、殺害したのかもしれない）

それが何よりも恐ろしかった。発見後、事故・事件の両面から地元警察による捜査が行われ、数回の事情聴取を受けたが、その時点では悪夢など見ていなかった。数カ月後、こういう状態になったのだが、さすがに自分から青梅警察署へ連絡する気にはなれなかった。

ベッドボードの上に置かれていたペットボトルから水を飲み、気を落ち着かせる。

目覚まし時計を見ると、時刻は午前十時三十二分。寝坊はいつものことだが、久々に例の夢を見たのは、昨夜、きょう龍と病気の話をしたせいかもしれなかった。

彼女が抱えている障害については、十月の会に出演する際、『兄さんにも含んでおいていただきたいので』と前置きされ、打ち明けられていた。その後、出演を重ねる中で、何度かに分けて聞いた内容をまとめて箇条書きにすると、以下のようになる。
（一）障害があると自覚したのは高校生の時で、本の続きを読もうとすると、ずっと先の頁にしおりが挟んであったり、メールをした覚えのない友達から返信が来たりして、変だと思って病院へ行き、さまざまな検査の結果、解離性同一性障害という診断を受けた。
（二）当時、すでに姉と一緒にモデルをしていて、しばらくは病気と折り合いをつけながら頑張ったが、二十歳の時、症状が悪化し、仕事が続けられなくなった。

（三）登場する人格は女性のみで、全体で四人確認されているが、主治医によると、そのうち二人は派生人格と呼ばれるもので、独立性に乏しく、また、めったに現れない。基本的には、主人格である宮田京子と『京子』が交替で意識の前面に登場する。
（四）彼女の場合、特徴的なのは、ある時点から、本来は交替人格であるはずの『京子』が自分が本物の宮田京子だと主張し始めた点である。過去に似た症例が複数報告されていて、最も悲惨なものとしては、交替人格が主人格を殺害してしまったケースまで存在する。つまり、第三者的に見れば、自殺してしまったのだ。
（五）そのため、『京子』からの攻撃によって、宮田京子は一時精神的に追いつめられたが、入門以降は花山亭きょう龍と『京子』という奇妙な住み分けが成立し、関係が安定した。きょう龍は明言を避けているが、落語家を志した動機が自分以外の別な誰かになるためだった可能性は大いにあり得る。
（俺も『京子』には二度遭遇したが、どちらもほかに人が大勢いたから、会話らしい会話はしていない）

　前兆としては、急に無口になり、瞬きの回数が増える。そのうちにガクンと首をうなだれ、居眠りしているような状態になり、やがて、不思議そうに周囲を見回すのだ。

　興味が湧いたのは、多重人格を引き起こした原因が何だったのかという点だ。一般的には幼少期の心的外傷《トラウマ》とされ、宮田京子の場合も例に漏れないらしいが、ただし、きょう龍自身にはその記憶がないという。
（六）トラウマとなった体験については話せないし、正直、まったく覚えていない。

（七）自分が問題の事件について知っているのは、当時の記憶が残っている『京子』が語った概略を姉の西子から聞かされたためである。その具体的な内容については主治医にも秘密にしているが、医師の見解によると、体験時の過大なトラウマで精神が壊れてしまわないよう、苦痛を引き受けるために分離した自我が『京子』だという。
（八）宮田京子は子供の頃から自分とは違った長所をもつ双子の姉に憧れを抱いていたので、『京子』の性格が西子に似ているのはそれが原因だと考えられる。そんな特殊な状況に置かれていたため、きょう龍は西子の死を悲しみながらも、どこか、現実のものとして受けとめきれていない。

（昨夜は話しているうちに泣きやまなくなり、終いには肩を抱くようなことになって……いきなり、あんなオイシイ状況になっちまって、どうしようかと思ったぜ）

ペットボトルを手にしたまま、ベッドに腰を下ろす。

（だけど、きょう龍のやつ、俺のことをどう思ってるんだろう。何となく好意を抱いてくれてるような気もするが……）

そこで、首を大きく横に振る。八つ年上なのはまだいいとしても、向こうは超美人、こっちは自他ともに認めるブサメンだ。釣り合うわけがない。これでも一応女っ気はあるが、残念ながら、きょう龍とは比較の対象にならなかった。

「あんないい女を抱けるのなら、何を失っても後悔はないが、そんなこと、現実に起きるわけがねえ。しょせん、甘酒屋の荷ってやつだな」

誰もいない部屋で、独り言を言う。その昔、甘酒屋は天秤棒《てんびんぼう》の前に茶碗と盆、後ろに甘酒の入った釜を載せた炉を担いで売り歩いた。そこから、片方だけ熱い、つまり、片思いのことを『甘酒屋の荷』というのだ。

5

「ねえ。信じられないでしょう。学校の先生といっても事務が担当だそうだけど、仮にも生徒たちからそう呼ばれてる人が、事もあろうに、殺人罪で起訴されちゃったんだから」

二カ月ぶりで顔を出した橋川忠雄《はしかわただお》に向かって、妻の有咲《ありさ》が早口でまくし立てる。

「しかも、動機が不倫の清算。その先生、ちゃんと奥さんも子供もいたのよ。本当に信じられないわよね」

二人がいるのは店の一番奥まったテーブル席。有咲がいつの間にか、忠雄の向かいに座り込んでいるのを見て、おれはカウンターの内側で苦笑した。

（話したくて、うずうずしてたんだろうな。言ってる内容が少し間違っているが、訂正してみたところで始まらない。まあ、偶然、ほかの客がいない時に来ちまったのが、あいつの不運だ）

三月九日、正午過ぎ。普段ならランチで賑わう時間帯だが、土曜日ということもあり、常連の姿は見えなかった。

ＪＲ西荻窪駅北口を出て、駅前の通称伏見通《ふしみどお》りを北西方向へ進み、七、八分。三階建ての細いビルの地下で十二坪しかない物件だが、生活感があり、落ち着いた周囲の雰囲気が気に入って、五年前に契約した。

スケルトン工事の済んだ状態になるべく手を加えないよう心がけたため、壁は打ちっぱなしのコンクリートだが、アンティークの椅子やテーブルには金がかかっている。

妻の有咲はおれより二つ下の五十一歳。つんと鼻が高く、髪を明るい茶に染めているので、ちょっと目にはハーフに見える。ただし、入籍してから知ったのだが、親からもらった名前は『ありさ』ではなく、『ゆさ』だそうだ。

近々、戸籍法が改正されるらしいが、現状では戸籍にふりがながないので、どう読もうが本人の勝手。だから、成人後はずっと『ありさ』で通していると聞いた。

二人の会話に耳を傾けながら、おれはエッグサンドの調理にかかる。うちのカフェではオムライスと並ぶ看板メニューだが、去年は鳥インフルエンザの影響で卵の値段が高騰し、本当にひどいめに遭った。今年に入って、ようやく価格が落ち着き、安定して提供できるようになったのだ。

『マヨ』と『京風』の二種類があるが、忠雄の注文は後者で、溶き卵に和風だしと牛乳を加え、バターを熱したフライパンへ流す。

「だからね、うちのと同じクラスに松永君て子がいるの。松永悠真君。大翔《ひろと》と名前が紛らわしくて、しょっちゅう間違われてるのよ」

根っからのお喋りだけに、話によけいな情報が交じるのはいつものことだ。大翔はおれたち夫婦の一人息子だが、『松高《まつだか》』という珍しい名字なので、『松永』と勘違いされやすい。ちなみに、大翔は女房の連れ子で、おれとは血がつながっていなかった。

「でね、悠真君一家は雑司が谷から引っ越してきたんだけど、小学校の時の担任が田丸珠美先生といって、何と今度の事件の容疑者の奥様だったんですって！　すごい偶然でしょう。だから、あたし――」

「おい。それくらいにしておけよ」

卵液を菜箸でかき回しながら、妻へ言葉を投げる。

「噂話もほどほどにしないとな。壁に耳あり、障子に眼ありというだろう」

「あら、まあ。いいじゃない。別に」

有咲がこちらを振り向き、口を尖らせる。

「話してる相手は身内なんだから。他人じゃないもの。ねえ、横綱、そうでしょう」

忠雄は妻の兄の子供、つまり、甥っ子だ。有咲の最初の姓も橋川だったが、熊本出身の男と所帯をもって『松高』になり、離婚後、まだ幼かった子供がいじめに遭ってもいけないと考えて、旧姓に戻らないことを選択した。おれたちの結婚は六年前だが、形式上はこっちが婿入りした形になっていた。

ほどよく半熟になったので、オムレツを四つに折り畳む。ここが関西のだし巻きと違うところで、今ではお手のものだが、畑違いの仕事からカフェのマスターになったので、最初はさっぱりうまくいかず、数えきれないほどの卵をむだにした。

あらかじめケチャップとマスタードを塗っておいたパンに挟み、縁を落として、対角線上に包丁を二回。皿に盛って、「あがったよ」と声をかける。

戻ってきた有咲はマシンからカップへコーヒーを注ぎ、一緒に奥の席まで運ぶ。

おしぼりで手を清めた忠雄は早速、それを頬張り、「やっぱり、うまいですねえ。ヨシさんの京風サンドは最高ですよ」とお世辞を言う。

『ヨシさん』は有咲のまねだ。『ツヨシさん』と早口で言うと、そんな感じになるので、入籍後、しばらくしてからそう呼び始めた。

おれも他人《ひと》のことは言えないが、忠雄はかなりの肥満体で、頬のせり出した四角い顔にゲジゲジ眉。愛嬌はあるが、あまり女にはもてそうもないご面相《めんそう》だ。

「さっきの話ですけど、ご心配には及びませんよ」

コーヒーをすすってから、忠雄が言った。

「『こいつは他言無用』と言われれば、たとえ背中をナタで叩き割られ、鉛の熱湯を注がれたって、口を割る気遣いはありません」

「へえ。ずいぶん、大きく出たなあ」

「あたしは堅気《かたぎ》じゃありませんから、そのへんはちゃんとわきまえているつもりです」

その言葉を聞いて、おれと有咲は顔を見合わせる。ややあって、真意を問いただした方がいいかなと考えた時、忠雄の方から、

「噺家なんて稼業はお喋りの集まりのように思われがちですが、そんなことはありません。やはり伝統芸能ですから、礼儀や約束事の大事さは嫌というほどしつけられます」

「あ……ああ。そりゃ、そうだろう」

安堵して、再び夫婦で視線を交わし合う。

（なるほど。確かに、落語家も堅気……素《す》っ堅気じゃねえだろうな）

ふと、入口近くの壁に貼られたポスターへ視線を向ける。そこには高座着姿の忠雄の写真とともに『月例勉強会』の文字があった。

妻の甥・橋川忠雄の職業は落語家で、芸名を万年亭亀松という。

6

（卵サンドはうまかったけど、あの叔母さんと話をするのはくたびれるなあ）

明るい午後の日差しを浴びながら、坂を下っていく。右手に提げたバッグの中には高座着と喜龍師匠の好物だと聞いた佃煮の瓶。稽古をつけてもらう際には手土産を持参するのが礼儀だ。

（とはいえ、今となってはあの夫婦が唯一の身内だから、たまには顔出ししねえとな。西荻は毎日電車で通ってるわけだし）

叔母は若い頃から水商売一筋で、最終的には池袋で小さなバーを経営していた。三十代で結婚、出産、離婚をすべて経験してから、ずっと独身を通してきたのだが、どういう風の吹き回しか、六年前に再婚。ヨシさんはバーの常連で、以前は解体業に携わっていたと聞いたけれど、初対面の時にはプロレスラー並みの巨体に驚いた。短く刈ったごま塩頭に糸のように細い眼と大きな鼻、分厚い唇。しかし、そんな外見とは裏腹に至って気が弱く、柄《がら》の悪い客が来ると、対応は叔母に任せ、さっさと姿を消してしまうそうだ。

叔母の店の定休日は日曜なので、勉強会に二人揃って来たことはないが、毎月、何とか都合をつけて、どちらかが顔を出してくれるので、本当にありがたいと思っていた。

（だが、『横綱』と呼ぶのだけは勘弁してもらいてえな。あいつはシャレにならねえ。大相撲なら胸を張れるが、叔母さんが言っているのはわんぱく相撲大会の横綱だ）

あたしの実家があったのは墨田区亀沢《かめざわ》二丁目。両国《りょうごく》国技館のお膝元で、近所には相撲部屋も多く、相撲熱の高い土地柄だ。

親父は腕のいい大工だったが、無類の相撲好きで、一人息子を将来幕内力士にするのが夢。『忠雄』という名の由来は、親父が贔屓《ひいき》にしていた昭和の名大関・清國《きよくに》の本名だそうだ。あたしも一応はその期待通りに成長し、小学六年生の時にはわんぱく相撲全国大会で優勝するまでになった。

(表彰式の時の親父はまさに得意満面だったが……あの時、もう、だいぶ病気が進んでたんだろうな。三月《みつき》ももたずに、あの世へ逝っちまった)

病名は肝臓癌。現役力士と飲み比べをするほどの酒豪だったのが災いした。享年三十六。

翌年、入学した中学校には相撲部がなかったため、仕方なく柔道を始めたが、寝技が大の苦手で、成績は都大会止まり。卒業後、全国的な相撲強豪校である都内の私立高校へ進学した。

(そこでめきめき力をつけ、インターハイで優勝……となれば、天国の親父は有頂天だったろうが、そうは問屋が卸さなかった。とどのつまり、この指のせいだ)

思わず右手を握りしめる。小指の第一関節から先が欠けてしまったのは二歳の時だ。

現在はシルキャップと呼ばれる精巧な義指を装着しているので、めったに見破られることはないが、子供の頃にそんなものは存在しなかった。小・中学校時代、いじめられなかったのは喧嘩が強かったせいだが、高校入学後、状況が一変。相撲部は全国から人材を集めていたので、自分より腕っ節の強い者が大勢いた。

(あの頃のことは思い出したくもねえ。上級生たちからは『ヤクザ者は辞めちまえ』とののしられ、理不尽な仕打ちを顧問教師に訴えても、門前払い。結局、一年生の十二月に退部して、翌年三月に退学……あとは、坂道を転がり落ちるようなものだった）

道の左右には商店や食堂、スナックの看板まであるが、シャッターを閉めている店が多いのは、こういった街並みではすでに見慣れた光景だ。

（当時を思い出すと、今でも冷や汗が出る。不良の仲間に入って、家にはまったく寄りつかず、窃盗と恐喝で警察《サツ》にパクられ、鑑別所にも行った。そんなこんなで、おふくろを泣かせてる時……そう。奥多摩の崖から落ちて、目を回したんだ）

救助された直後、おふくろは息子が大けがをしたのは悪い仲間が原因だと決めつけ、やつらの見舞いを一切許さなかった。そのせいもあって、彼らとは疎遠になってしまったが、その後、たまたま会った何人かに尋ねてみても、あたしの遭難については心あたりがないという。

もともと、あたしはグループ内の同世代《タメ》の連中とウマが合わなかったのだが、同じ年の七月末にいさかいを起こし、脱退を宣言。そんなことがあったのは、おぼろげながら覚えている。やつらとの間で、以前からくすぶっていた問題はやはり欠けた指に関して、陰でとやかく言われたことに端を発していた。

しかし、その後二カ月にわたる記憶の空白期間は、誰にきいても埋まらなかった。関係を断つ前、仲間の一人に向かって、『どうせヤクザ、ヤクザとバカにされるのなら、いっそ本物になってやる』と言ったそうだが、それが本気だったかどうかはわからない。

病院からようやく退院できたのが、十二月末。翌年の春から、ハローワーク通いを始めたのだが、なかなか仕事が見つからない。せいぜいコンビニやレンタルビデオ店で短期アルバイトをした程度で、ほぼ引きこもり生活を続けている最中、突然おふくろが亡くなった。死因は心筋梗塞。まだ四十一歳の若さで、事故から三年後のことだった。

（料理屋で仲居として働いていたが、倒れる前、『立ち仕事のせいか、背中が張って痛い』とよく言っていた。思えば、あれが前兆……無理にでも病院へ連れていけばよかったな）

それ以降、仕事を転々とする中、落語家になろうと思ったきっかけは、友達に誘われ、たまたま入った寄席で、力士出身の落語家の高座に接したことだった。

大相撲の序の口で廃業したそうだが、巨体が何とも言えない愛嬌になり、『千早振《ちはやふ》る』を演って、客に大ウケしていた。

その時まで落語にはあまり興味がなかったが、調べてみると、『稲川《いながわ》』『阿武松《おうのまつ》』『佐野山《さのやま》』『大安売り』など相撲噺は数が多い。だったら、『わんぱく相撲横綱』なんて肩書きもセールスポイントになるかもしれないと考えたのだ。

二十七歳という年齢に加え、一度も定職に就いていないという経歴が災いして、どこへ行っても断られたが、諦めないで門を叩き続けているうち、『病気の師匠の世話をしてくれるなら』という条件で喜円師匠に弟子入りが許され、『ちゅう円《えん》』という名前をもらうことができた。『ちゅう』は本名の上の字の音読みである。

最初は師匠も比較的元気で、『体調のいい日を選んで稽古をつけてやる』などと言っていたのだが、入門からわずか二カ月後、病状が悪化し、それどころではなくなった。

それでも一応、兄弟子から噺は教えてもらえたが、ひどくおざなりな稽古で、寄席の楽屋で働くこともろくにできないまま、空しく時間だけが過ぎていった。

四年前、喜円師匠が亡くなった時、兄弟子たちはあたしが廃業すると思っていたらしいが、そうでないとわかると、今度は押しつけ合いが始まった。そんな状況を見かねた亀蔵師匠が手を差し伸べてくれ、協会会長にかけ合ってくれたおかげで、移籍と二つ目昇進が実現したのだ。

（振り返ってみると……とにかく、よくもまあ、ここまで噺家を続けてこられたもんだ）

アプリで確認すると、目的地まではあとわずからしい。

（喜円師匠という人は芸は立派だったが、本当の意味での人望がなかった。病気になって以降、弟子たちが寄りつかなくなったのもそのせいだ。しかし、こっちにしてみれば、あたし一人に面倒事を押しつけやがってという気持ちがあるから、兄弟子たちと良好な関係が築けるわけがない。何度か不満を爆発させ、すっかり毛嫌いされちまった。

そんなふうに理不尽な苦労を自分がしてきたから、きょう龍の境遇を知った時、他人事じゃねえと思って……おっと。どうやら、あの交差点らしいな）

左にカーブした先に信号機が見えた。きょう龍の説明によると、やや複雑な交差点で、細い道を入った二軒めに看板が出ているが、よほど注意しないと気づかないという。

（鳳来亭、鳳来亭と……あっ、あれだ。なるほど。目立たないな）

掲げられた古びた看板を眺める。

（この立地じゃ、よほどコックの腕がよくない限り、つぶれるのがあたり前だ。で、ここの地下……なるほど。あの階段か）

7

土ぼこりの積もった階段を下りようとしたが、次の瞬間、足がすくんで動けなくなる。

地下への通路が明るければ何の問題もないのだが、昼間でも暗いと、こうなってしまう。例の悪夢の穴を連想するせいだが、今日はまさか引き返すわけにはいかない。

勇気を奮い起こして階段を下り、突きあたりの木の扉を押し開ける。以前はスナックだったようだが、内装はすべて取り払われ、当時の面影は何も残っていなかった。

「おはようございます。ええ、亀松でございますが……」

声をかけたが、返事がない。家庭用の蛍光灯だが、一応明かりがともっていたし、隅では石油ストーブが燃えていたが、肝心な人の姿が見あたらなかった。

（おかしいなあ。きょう龍のやつ、どこへ……そうか。喜龍師匠を迎えに行ってるんだ。じゃあ、とりあえず着替えて、待つとするか）

紫色の布が掛けられた高座はあったが、その手前に置かれた椅子がなぜか一脚だけ。右手の壁際にいくつか重ねられていたから、たぶん、これから出すのだろう。

私服を脱ぎ、椅子の背もたれに掛け、バッグから長襦袢《ながじゅばん》を取り出す。

（しかし、まあ、何とも変わった噺を稽古してもらうことになったもんだ。きょう龍が『そんな難しい噺を私が演れるはずがないので、本当は気が進まないのです』なんて言ってたけど、やつが怖《お》じ気《け》づくのも無理はねえ。いわば、珍品中の珍品だもの）

昨夜、落語事典その他の文献で調べたところ、『髑髏柳』は作家・正岡容《まさおかいるる》が八代目桂文楽師匠のために書き下ろした新作落語で、黒門町は晩年、これを何とか高座にかけようと稽古を重ねたが、健康上の理由などもあって、果たせないまま亡くなった。

その後、稲荷町《いなりちょう》こと八代目林家正蔵師匠によって初演されたが、現在ではほぼ演り手がいない状態になっている。

（喜龍師匠は誰から教わったんだろう。林家の弟子筋か、あるいは、喜円師匠もお演りになっていたのかもしれないが……）

師匠・先輩からの稽古では、教えてもらう噺を事前によく聞き、できる限り頭に入れた上で臨むのが常識だが、今回は昨日の今日なので、ネット上で見つけた正蔵師匠の動画を視聴するのが精一杯だった。

『髑髏柳』の舞台は明治七年の東京で、元幕臣の川村《かわむら》と鳥山《とりやま》が上野広小路《うえのひろこうじ》で偶然出会うのが幕開きだ。

二人は上野戦争の際、ともに戦い、寛永寺《かんえいじ》から敗走して以来の再会だったが、話をしてみると、川村は両刀を腰に差してはいるものの、さる商家の後家《ごけ》の亭主に収まって根岸《ねぎし》の寮に住み、一方、洋服にステッキ、山高帽という姿の鳥山は横浜《よこはま》で通訳の仕事をしていて、ステッキには先祖伝来の名刀が仕込んであるという。

積もる話は多かったが、あいにく、その日は鳥山に用事があり、先を急いでいたので、彼の方から『明日の昼、雁鍋《がんなべ》で会おう』と提案し、川村も喜んで承知した。

そして、翌日、川村が墓地を歩いていると、どこからか『殿様、殿様』という声が聞こえてきたが、その声の主はドクロだった……。

(筋立てに何となく聞き覚えがあるから、昔話あたりに原形があるのかもしれない)

着物の帯を締めながら、あたしは考えた。

(それにしても、ドクロなんて登場人物はちょっとほかの噺には出てこない。演じる側の一人として、それをどうやって表現するかに興味が湧いたが、稲荷町が正面を向き、無表情のまま口だけ動かすと、何となく感じが出るから不思議……おっ？　お出ましかな)

階段を下りてくる足音。カチャカチャというのは、杖の先が階段にあたる音だ。きょう龍に手を引かれ、下りてくるのだろうと思ったが、意外なことに、現れたのは喜龍師匠一人。あわてて、入口のところまで行き、出迎える。

「どうも、ご苦労様でございます。本日は大変お世話になります。あのう、きょう龍は？」

「それが……何とも、困ったやつでねえ」

すでに高座着姿なのは自宅がすぐそばだからだろう。ありがたいことに、黒紋付《くろもんつき》の正装だった。

「実は、寝てるんだよ」

「寝ている？　では、急に具合でも悪くなって、師匠のアパートで休んでいるのですか」

「いや。すぐそこまで一緒に来たんだ。仕方ないから、自由にさせることにしたがね」

「えっ？　あの、きょう龍は寝ているのでは……はは あ。なるほど。そうでしたか」

一瞬、きょとんとしたが、すぐに真意が呑み込めた。折悪しく、『京子』が出てきてしまったのだ。

「病気を承知の上で弟子にしたんだから、四の五の言っちゃいけないんだろうけどさ」

白杖を畳みながら、喜龍師匠が苦笑する。

「きょう龍の相棒はかなりの酒好きらしい。朝、プンとにおう時があるんだが、それを理由に破門するわけにもいかないしねえ」

前座修業中は酒に煙草、ギャンブルは厳禁。たいてい、どこでもそれがルールだが、喜龍一門は例外を認めざるを得ないらしい。

「それくらいはまだいいとして、どうもつき合っている男がいるらしいんだ」

「えっ？　あの、京子……いえ、きょう龍の相棒が、ですか」

「うん。ついさっきも、この建物の前まで来た時、『これから会いに行きたい』と言われてね。止めたって始まらないから、好きなようにさせたよ」

（きょう龍の別人格に、そんな相手がいたのか。つまり……これから、きょう龍はその男に抱かれるんだ）

その場面を想像した瞬間、全身がかっと熱くなるのを感じた。

唇を噛みながら、その場に立ち尽くしていると、

「じゃあ、早速、始めることにしようか」

そう言って、喜龍師匠は部屋の奥にある簾の衝立の陰へ。すると、次の瞬間、四つともっていた照明のうち、三つが消える。残っているのは高座を真上から照らす明かりのみだ。

杖とサングラスを置いて戻ってきた師匠は、そのまま高座へ上がろうとするが、踏み台代わりの椅子はあるものの、すんなりとはいかず、見かねて、手を添えることになった。

「……ありがとう。椅子が出てるはずだから、そこに座ってくれ」

「恐れ入ります。では、そうさせていただきます」

促され、一脚だけのパイプ椅子に腰を下ろす。

「じゃあ、始めるよ」

「はい。どうかよろしくお願いいたします」

普通、土産は稽古の前に手渡すのだが、終わってからにするしかなさそうだ。

「亀松君、噺の筋は知ってるかい」

懐から扇子《カゼ》と手ぬぐい《マンダラ》を取り出し、座布団の右脇に置く。

「はい。一応は」

「そうか。この噺は正岡容の新作だが、原形があるんだ。それについては調べてみたかね」

「いいえ。何分にも、昨日、稽古をつけていただくことが決まりましたので……」

「そりゃ、もっともだ。一般には『歌う骸骨』なんていうらしいが、グリム童話にも同じような話があるし、日本だと、秋田県や鹿児島県によく似た民話が残されている。ただ、それらは復讐される人間が一人なんだ」

「復讐される……ああ。なるほど」

「それが、不思議なことに、『髑髏柳』では二人になっている。オリジナルから一人増やしたのは作者の趣味だろうが、思うところがあって、後半を少し手直しさせてもらった。そのつもりで聞いてもらいたい」

「はい。承知いたしました」

「あと、サゲも変えちまったんだ。ほんのちょっとだがね。まずはマクラからだが、そこは自由でいいと思うので、省略しよう。では、早速……」

「まずい言い訳だな。たとえ嘘でも、出がけにおふくろがつまずいて骨を折ったとか、女房子《にょうぼうこ》が急病で医者へ連れていったとか、もっとましな嘘をつけ。

おおかた、お前のことだから、博打場《ばくちば》で立場を失っちまって、ずるずるべったり今までいたか、さもなけりゃ、性《しょう》の悪い女に出会って、なかなか向こうが放さなかったか。どうせ、そんなくだらんこったろう」

「おい！　バカにするなよ。拙者だって、やせても枯れても元は天下の旗本だ。川村一作《いっさく》、決して嘘など言わんぞ。さっき、申したことは真実だ」

「そんなおっかない顔をするなよ。友達ではないか。しかし、おもしろいな。それなら、今から墓地へ行って、ドクロが笑うのを見ようじゃないか」

「おう。ぜひ見てくれ。案内する。もしシャレコウベが笑わなかったら、申し訳に切腹するから」

「ほほう。おもしろい。では、もし笑ったらば、拙者が申し訳のために腹を切ろう」

（八代目林家正蔵）

「まずい言い訳だな。たとえ嘘でも、出がけにおふくろがつまずいて骨を折ったとか、女房子が急病で医者へ連れていったとか、もっとましな嘘をつけ」

「いや、決して嘘などではない。拙者、間違いなく出会ったのだ。藤寺《ふじでら》の墓地でな」

「違う、違う。おおかた、お前のことだから、博打場あたりで……ちょっと待て。今、何と言った？　どこで、そのドクロに……」

「だから、藤寺の墓場だよ。根岸のな」

「くだらん与太はよせ！　そんなこと、あるわけがない。そもそも、墓場にそんなものが転がっていれば、お前より先に誰か気づく人があるはずだ」

「だから、たぶん、土の中に埋まっていたものが、柳の芽に突き上げられて地上へ出てきたんだと思う」

「ばかばかしい！　もしどうしても、お前が嘘でないと言うのなら、今から墓地へ行って、ドクロが笑うのを見ようじゃないか。もしドクロが笑ったら、鳥山忠雄、嘘と断じた申し訳に切腹するから」

「ほほう。おもしろい。では、もし笑わなければ、拙者が悪かったのだから、腹を切ろう」

（花山亭喜龍）

8

ランチの売り上げは低調かと思われたが、午後零時半頃から常連客が次々に来店し、店は大忙し。二時を過ぎて、やっと落ち着いた。

営業時間は午前十時から午後十時までで、休憩などないが、ここからは多少のんびりできる。

店番は効率を考え、原則、最後の二時間は俺が独りで担当していた。自宅は店から二キロほどの距離なので、朝、一緒に車で来て、妻は先に電車で帰宅するのだ。

手が空いたので、マヨサンドイッチの材料であるボイルドエッグ作りを始める。

さまざまなやり方があるようだが、うちは水からゆで、煮立って八分。半熟になったものを刻み、手作りマヨネーズと塩、コショウ、さらしたタマネギのみじん切りを加えて混ぜると、濃厚で味わい深いスプレッドができ上がる。

沸騰後、弱火にして、ローマ字八文字の店名が入ったエプロンを外し、テーブル席の椅子で一息つく。そこへ妻が昼のまかないを運んできた。といっても、トースト一枚とコーヒーだけ。何しろ、二十代の頃から三十キロ近く体重が増えてしまったので、カロリーは控えざるを得ない。

バターとハチミツを控えめに塗ったトーストをかじっていると、有咲が向かいの椅子に腰を下ろし、

「あのね、忠雄ちゃんの件なんだけど、私、とにかく、あの子のことが心配なのよ」

妻の有咲は幼い頃、九歳上の兄である忠雄の父親に大変かわいがられたそうで、そのため、現在では両親がともにいない彼の親代わりだと思っているのだ。

「今日だって、急に『あたしは堅気じゃありません』なんて言い出したでしょう」

「うん。確かに、そんなこと言ってたなあ」

「事故で記憶を失ったせいだと思うけど、あのあと、まるで人が変わったみたいに真面目になったのよ。また昔の悪い癖が出たのかと思って、ドキッとしちゃった」

「あれは単なる言葉の綾《あや》さ。気にすることはない。事故で記憶が消えたといっても、大部分は蘇ったわけだろう。まあ、運がよかった方だと思うけどな。似たケースで、新たなことが一切記憶

できなくなる人だっている。高次脳機能障害とか言ったが、忠雄君は何とか落語家をやってるわけだから」

「それはそうなんだけど……何しろあの子、一時、大変だったのよ。高校を退学してから、すっかりやけを起こして」

有咲は顔をしかめ、左手で頬杖をつく。

「不良仲間とつるむようになって、少年鑑別所にも送られたしね。義姉《ねえ》さんがどれだけ泣いたかわからない。もし完全に記憶が戻ったら、昔の悪いつき合いが復活しやしないかと思うと、不安で……」

「いや、大丈夫さ。今は落語に打ち込んでるし、亀蔵師匠もいい方《かた》だ。それに、勉強会だって、毎月なかなかの盛況じゃないか」

「確かにお客さんは集まってるけど……でも、あれは、きょう龍さんめあての男性客が多いみたいよ」

「ああ、なるほど。そうかもしれない。何しろ、美人だからなあ。おれだって、もう少し若ければ放っておかねえよ」

「女房の前で軽口《かるくち》を叩かないで。それとも、まさか本気じゃないでしょうね。最近は、たまにうちの店にも寄ってくれるけど、この間来た時、ヨシさんの眼があやしかったわよ」

「おい。よせよ。冗談に決まってるだろう」

怖い顔で睨まれ、あわてて首を横に振る。まだまだ男として枯れてはいないので、もし機会があればお手合わせ願いたいが、気性も堅そうだし、現実には難しかった。

「本当は、おれなんかじゃなくて、甥っ子に似合いだと思ったんだ」

「えっ？　そうはいかないわよ。忠雄にはちゃんとつき合っている女《ひと》がいるんだもの。まあ、先のことはわからないけどね」

有咲が顔を上げ、視線を天井へ投げる。

「忠雄は本当にかわいそうな子で……前にも少し話したことがあるけど、結局、グレちゃったのはあの指のせい。そして、あれは兄さんのせいなのよ」

「そうらしいが、詳しい話までは聞いてなかったな」

「別に隠す必要はなかったんだけど、身内の不始末だから言いたくなくて……忠雄がまだ二歳の頃、義姉さんが実家の用事で泊まりがけで家を空け、兄さんが仕事を休んで面倒をみたことがあったの。

何しろ、お酒好きでしょう。忠雄を膝の上に乗せて、昼間から一杯やってたらしいんだけど、何かの拍子にコップが割れて、カケラで小指の先を切っちゃったんですって。その時、絆創膏でもあれば、どうということもなかったのに……」

ふと言い淀んだ有咲は、そこで深いため息をついて、

「なかったからありあわせの包帯を巻き、ずれないよう輪ゴムで留めた。だけど、何しろ酔ってるから、その巻き方がきつかったのね。時間が経つにつれて、ゴムは容赦なく子供の柔らかい指へ食い込んでいく。もちろん痛がって泣いたでしょうけど、兄さんの方はぐでんぐでんに酔っぱらって、最後は自分独りで二階へ上がり、布団を被って寝てしまった。

翌日、帰宅した義姉さんが指を見て、大あわてで病院へ駆け込んだんだけど、その時にはもう

手遅れ。結局、第一関節から先を切断するしかなかったの」

「ふうん。それは、何とも気の毒な話だなあ」

「ヨシさん、忠雄のつらい気持ち、わかるでしょう」

「もちろん、よくわかるさ。しかし……だとしたら、父親はさぞ自分を責めただろうな」

「そりゃ、そうよ。だからこそ、忠雄がわんぱく相撲で横綱になった時には、傍《はた》で見ていて心配になるほど狂喜乱舞したんでしょうね」

「良心の呵責《かしゃく》の裏返しというわけか。ただ、子供の頃はともかく、だんだん年が上になると、そのハンデが重くのしかかってくるよな。いくら利き腕じゃないといっても」

「中学校時代、柔道で芽が出なかったのも、それが理由だと聞いたわ。相撲なら突き押しで勝負できるけど、柔道って、必ず相手と組まなくちゃならないでしょう。

高校で相撲部に入ってからは、もっと悲惨だったみたい。監督からは『そんな手じゃ使いものにならない』と言われ、先輩からはヤクザとバカにされ……で、部を辞め、高校も退学しちゃったの」

「ははあ。そいつは確かに気の毒……あっ、そうだ。話に夢中になっちまった」

卵が固ゆでになると、どうあがいても普段の味と違ってしまう。時計を見ると、ちょうど八分経過していたので、大あわてでカウンターの中へ入る。

「ねえ、ヨシさん」

「ん……？　何だい」

「忠雄が言ってたのよ。『記憶に空白があるのがたまらなく怖い』って。極端な話、その間に、重大な犯罪に関わっていた可能性だってあるでしょう。それを気にしてるらしいの」

「なるほど。まあ、わからないこともないな」

「そんな話を聞いたのは、しばらく前……でも、どうなのかしら。自分なりに思い出そうとはしているみたいだけど、少しは記憶が蘇ったのかな」

「さあねえ。どうなんだろう」

あとで殻がむきやすいよう、ゆで上がった卵を冷水に浸しながら、おれは言った。

「そこは本人に聞かないとわからないが……もし思い出していれば、少しは態度に表れるんじゃないかな。何も変化がないということは、前と変わりないんだと思うよ」

9

「ええ、このお噺の舞台は明治七年。廃刀令が出たのは九年だそうですから、旧旗本はまだ両刀を手挟《たばさ》み、いばっておりました」

喜龍師匠の稽古が始まった。向こうから見えないことは知っているが、姿勢を正し、じっと耳を傾ける。

「『おい、川村。おう。やっぱり、そうだ。しばらくだったなあ』

『えっ？　お前、鳥山か。こりゃ、奇遇だ。一別以来だが、まずは堅固で何よりだった』

『うん。早速だが、友達の消息が知りたい。田中《たなか》のやつはどうしたい』

『田中か。あいつは赤坂《あかさか》の自分の屋敷で料理屋を開いた。最初《はな》のうちは繁盛したんだが、悪い料理人を置いたせいでな、今では自分が料理されてしまい、一文なしだとよ』

『ほう。そりゃ、気の毒だなあ』

噺の稽古にもいろいろあって、小さな声でぼそぼそ喋る師匠も多いが、喜龍師匠は普段の高座とまったく変わらない。

噺の前半では、横浜から東京へ舞い戻った鳥山が昔の仲間の消息を次々に質問する。文明開化時代の士族の悲哀を描こうとする作者の意図が感じられた。

いわゆる本意気《ほんいき》の『髑髏柳』を聞きながら、あたしはふと周囲を見回し、奇妙な感覚に囚われた。

(何だか……俺だけのための独演会を開いてくれてるみてえだな)

薄暗い中、高座だけが浮かび上がっているのは、まさに怪談噺を口演する際の舞台設定だ。

『これは私の妄想かもしれませんが、斎藤さんは毎回、独演会のチケットをたった一枚しか売っていない気がするのです』

耳元にふと、昨日の会話が蘇ってきた。

『だって、会においでになったお客様は必ず……』

(あの時、きょう龍は何を言いかけたんだろう。もしこれが自分一人のための会だとすると、このあと、俺は……いやいや。めったにない機会なんだから、稽古に集中しないと)

軽く首を振り、雑念を払い落とす。

川村と鳥山の現在の境遇は稲荷町流と同じ。まだ話し足りない鳥山は翌日にまた会うため、昔なじみの店をいくつも提案するが、川村はどこもだめだと言う。飲み代の借りがあったり、金を詐取した前科があったりするせいだが、この会話から、二人とも以前は荒れた生活を送っていたことが示唆される。

結局、翌日の正午、雁鍋という料理屋での再会が決まった。特に説明はなかったが、『雁鍋』は上野の山の東側の麓《ふもと》に実在した料理屋だ。

「当日の昼前になって、川村一作という旧旗本が大小を腰に差し、ぶらぶら根岸の寮を出た。いわば男妾《おとこめかけ》みたいな境涯《きょうがい》ですから、することなんて何もない。

上野へ向かう途中、藤寺の墓地を抜けようとします。歩いておりますと、どこからともなく、

『殿様……殿様』

『えっ？　何だ。誰かに呼ばれたと思ったが……誰もおりはせんぞ』

川村は不審げに眉を寄せ、辺りを何度も見渡す。

『いくら閑静な根岸でも、昼日中からキツネ・タヌキが人を化かすなんてことはあるまい。春先は耳鳴りがするからなあ。気のせいかしら』

『殿様、殿様っ』

『また呼んだようだが……誰だ？　どこにいる』

『ここでございます』

『おおっ！　お前……シャレコウベではないか』

『さようでございます』

『では、拙者を呼び止めたのはお前なのか』

『はい。実は、殿様にたってのお願いがございます』」

いよいよドクロの台詞《せりふ》になったが、それを演じる姿を見て衝撃を受けた。完璧な無表情で口だけ動かす点は正蔵版と同じだが、それに加え、喜龍師匠は黒紋付の両方の袖を合わせ、その上にひょいと顎《あご》を載せたのだ。ガリガリにやせ細っているだけに、その姿はまるで地面へ顔を出した骸骨そのもの。思わず息を呑み、背筋が震え出す。

願いに応じて、川村が柳の木の芽を抜くと、ドクロがうれしそうに笑った。さらに、念仏を唱えてやると、その度にまた笑うので、川村はしばらくの間、そこから動けなくなる。

一方、雁鍋の二階で、鳥山はすっかり待ちくたびれていた。

「『おい。今、何時だ』

『ドンを打ちましてから、しばらく経ちますから、一時頃でございましょう』

『一時になっても、現れんか。相変わらず、きゃつはずぼらだなあ。だから、横浜《ハマ》の人間と違って、東京者《もん》はだめだってんだ。時間というものを尊重せんのはけしからん』

『えっ、何？　あ、そう。あの、お連れ様がお見えになったそうでございます。どうぞ、こちらへ。どうぞ』

『……おお、鳥山か。許せ。遅刻をいたした。川村一作、何ともおわびのしようがない』」

（……あれ？　変だぞ。どういうことだ）

喜龍師匠の口演は昨日見た動画をなぞっていたが、ここで急に大きな違いが生じた。

正蔵版では、鳥山は女中と世間話をしながら飲み続け、午後二時頃、へべれけになったところで川村が駆け込んでくる。おそらく、こちらが原作に忠実なのだろう。けれども、喜龍版ではまだ大して酔わないうちに到着してしまった。

（考えてみれば、二時間も念仏を唱え続けていたというのは不自然だが……ただ、これだと、大喧嘩の末、お互いに命をかけるという展開につながらないんじゃないかな）

川村が両手をついてわび、事情を説明するが、鳥山はまったく信用せず、『もっとましな嘘をつけ』と言い放つ。

「『いや、決して嘘などではない。拙者、間違いなく出会ったのだ。藤寺の墓地でな』

『違う、違う。おおかた、お前のことだから、博打場あたりで……ちょっと待て。今、何と言った？　どこで、そのドクロに……』

『だから、藤寺の墓場だよ。根岸のな』

『く、くだらん与太はよせ！　そんなこと、あるわけがない』」

再び、強烈な違和感に襲われた。正蔵版では、どうせ博打か女が理由で遅刻したのだと決めつけられた川村が立腹し、『やせても枯れても元は天下の旗本だ』と啖呵《たんか》を切るが、こちらは逆に鳥山の方が怒り出す。

（『根岸の藤寺』に引っかかったみたいだが……そこに何か意味があるのだろうか）

藤寺とは、ＪＲ鶯谷《うぐいすだに》駅近くにある円光寺《えんこうじ》のこと。境内には藤棚が多く、花の見事さが愛称の由来である。

二人の口論は激しさを増し、ついには鳥山が逆上してしまう。

「『ばかばかしい！　もしどうしても、お前が嘘でないと言うのなら、今から墓地へ行って、ドクロが笑うのを見ようじゃないか。もしドクロが笑ったら、鳥山忠雄、嘘と断じた申し訳に切腹するから』

『ほほう。おもしろい。では、もし笑わなければ……』」

驚きのあまり、椅子から腰が浮いた。ガタリと大きな音がしたので、しまったと思い、そっと腰を下ろす。

（タダオって……俺の名前じゃねえか。なぜ、いきなり、そんなものが出てくるんだ？）

昨日、正蔵師匠の口演を三回くり返して聞いたが、判明したフルネームは『川村一作』のみで、鳥山の名前は最後までわからないままだった。

しかし、戸惑っているうちにも、『髑髏柳』は先へと進んでいく。

「『さあ、着いた。鳥山、見てくれ。そこに、抜いた柳が放り出してある。ほら、そのシャレコウベだよ』

『これが……ここは、藤寺のどのあたりだ』」

実際にドクロを目にした鳥山は、何だか意味ありげに周囲を見渡してから、フンと鼻でわらい、

「『春先に柳が芽を出すのはあたり前だ。そんなものは証拠にならない。さっさと、笑わしてみろよ』

『おう。任せてくれ。なあ、お前、さっき、あれほど笑ったんだ。頼むから、今度も笑ってくれよ。ナムアミ……』」

ドクロに向かって、静かに両手を合わせ、念仏を唱え始めて……その時、異変は起きた。

合掌の姿勢のまま、喜龍師匠の体が前方へ崩れ、高座に突っ伏してしまったのだ。噺の中の川村一作の仕種だとはとても思えない。

「し、師匠！　どうかされましたか」

反射的に立ち上がり、呼びかけたが、返事がない。急いでそばまで行くと、喜龍師匠は微かにうなり声を上げ、苦しんでいる様子だ。

とにかく、手を添えて、何とか高座から下ろし、椅子に座らせる。胸でも苦しいのか、肩で息をしていた。

「大丈夫ですか、師匠。すぐに救急車を呼びますから」

「い、いや……心配ない。荷物の中に薬が……それを呑めば、よくなるから」

「あっ、そうですか。で、荷物というのは……」

その時、階段を駆け下りてくる足音が聞こえ、弟子が部屋に入ってきた。

「あの……ま、まことに申し訳ありません！」

きょう龍は師匠にすがるようにして、何度も頭を下げる。

「ついさっき、気がついたら、この近くの道を歩いていました」

「言い訳はいいから、く、薬を、早く……」

「いつもの発作ですね。はい。今、すぐにご用意します」

二人の会話ときょう龍の様子から、事情は容易に汲み取ることができた。苦悶の表情を浮かべる師匠を見た瞬間、例のチックが起こったのだ。

（突然、路上ではっと我に返り、大あわてでここへ駆け込んできたというわけか。だったら、驚くのがあたり前だが……しかし、いいタイミングで来てくれて、助かったよ）

「……あ、あのな、亀松」

きょう龍が衝立の陰へ消えた直後、苦しい息の下で、喜龍師匠があたしを呼んだ。

「あ、はい。何でしょうか」

「稽古が半端になっちまって、申し訳ない。この続きの稽古は、いつか必ずするが……あたしが、前に自分用に録《と》った音があるんだ。とりあえず……それを送ってもらうから」

「ありがとうございます。ですが、師匠、そんなお気遣いはご無用ですから、まずはお体を大事になさってくださいい」

10

闇が時計回りに渦を巻いていた。

今、見ているのはまぶたの裏の暗がりで、いつも決まって、この方向に回転する。ベッドにあお向けに横たわり、アメーバのような動きを追っていると、

「……ねえ、いい？　私、あと、ちょっとだから」

最前から聞こえていたあえぎ声が一際大きくなる。

眼を開くと、自分の体の上で、恵子が盛んに腰を振っていた。のけぞっているため、茶色く長い髪が頭の後ろでバサバサ揺れる。

小柄でやせた体と貧弱な胸。半灯の照明でも乳首の黒ずみがわかる。

恵子の性器は的確にこちらの官能のツボをとらえていたが、三年もつき合っているせいか、刺激が足りない。前回は中折《なかお》れで終わったので、連続で達しないのは問題だ。

（男としての面子《めんつ》にもかかわるよな。こうなったら、最後の手段だ）

再び眼を閉じ、闇の中に、もだえ狂うきょう龍を思い浮かべてみる。しなやかな長身と豊かな胸。少年のような髪形も、頭《かぶり》を振りながら身もだえする姿を想像すると、かえって興奮を助長した。

いつの間にか、こちらも下から腰を激しく突き出し始め、やがて、ほぼ同時に絶頂を迎えた。その直後、恵子が覆い被さってきて、あたしの胸に頬ずりしながら荒い息をつく。

（今日は昼間、きょう龍と会ったから、ついオカズに……まあ、これが初めてってわけじゃねえけどな）

同じ日の午後九時過ぎ。場所は国分寺の自宅アパートだ。

久村恵子と初めて会ったのは、三年前の五月。同期の仲間四人で開いた落語会の打ち上げの席だ。

入門が同期といっても、自分以外は全員が二十代。連中ばかりが大もての中、たった一人、酒を注いでくれたのが恵子だった。彼女の生まれは葛飾区だが、勤務先の総合病院の住所は墨田区菊川《きくかわ》一丁目。あたしの実家のすぐ近所だったので、共通の話題も多く、向こうが三つ年上だが、たちまち意気投合した。

深い仲になったのはそれから三カ月後。誘ったのは恵子の方からだった。

「すごく、感じちゃった。チュウちゃんは？」

「……ああ。よかったよ」

ニックネームの由来は忠雄の『忠』の字。というより、ちゅう円の『ちゅう』だ。前座時代の仲間がそう呼ぶので、恵子がまねをして、そのまま定着してしまった。

恵子はつながっていた体を自ら動いて離し、ティッシュで始末してから、左脇に体を横たえる。腕枕をしてやると、うれしそうに笑った。

そして、いつも通り、指先で濃い胸毛をつまみながら、

「あのさ、真打ち昇進て、いつ頃になるんだっけ」

「え……ああ。その話か」

情事の直後に特有の眠気に襲われ、会話するのが面倒だったが、返事をしないわけにもいかない。鼻先にある恵子の顔を見つめると、体と同様、小作りで、それなりに整ってはいたが、化粧を落としているため、小じわが目立つ。

「平均で、まあ、入門から十二、三年てとこだろうな」

「チュウちゃんは今年、十年めでしょう。じゃあ、再来年くらい？」

「いや、まさか。二つ目になるまでに一年以上遅れてるから、下手すると、あと五、六年かかる」

「えっ？　五年も……困ったわねえ。そんなに待てないわ。だって、前にも話したけど、妊孕性《にんようせい》の問題があるから」

さすがは現役看護師、難しい単語を使う。『妊孕性』とは妊娠する能力のことで、女性は三十五歳を過ぎたあたりから、妊娠率が急速に低下する。

（結婚の約束などした覚えはないが……これだけ深間《ふかま》になると、こっちから別れを切り出すのは無理だ。そもそも、借りた金の手当てがつきっこない）

喜円師匠の自宅に住み込んでいた時代には、生活費の管理も任されていたので、とりあえず食

うには困らなかったが、師匠が亡くなると、たちまち生活に行き詰まった。

師匠の遺産の中から多少まとまった金をもらえたので、アパートを借りることはできたが、『二つ目貧乏』という言葉があるくらいで、一般的に二つ目に昇進すると、前座時代よりも収入が減る。いくつかアルバイトもしたが、どれも長続きせず、結局、恵子からかなりの額を融通してもらうことになってしまったのだ。

「ねえ。だったら、こうしない？」

恵子が甘え声で言った。

「チュウちゃんが修業中なのはよくわかってるから、私、贅沢なんて言わないわ。式も披露宴もなしで、入籍だけ。そのあと、うちの母さんと雅史《まさし》、チュウちゃんの叔父さんと叔母さんだけ呼んで食事会をするという案はどう？」

具体案が提示され、尻に火がついたのを感じる。雅史というのは彼女の七歳下の弟だ。

（先月の会の時、有咲叔母さんが恵子と俺に『あなたたちも、そろそろきちんとしたら』なんて言った。たぶん、あれがいけなかったんだ）

叔母は前々から恵子を気に入っていて、『しっかり者だ』とほめていた。たぶん、売れない噺家の女房には、生活力のある看護師がふさわしいと考えたのだろうが、よけいなお世話もいいところだ。

返事のしようがないので、黙り込んでいると、

「実は、この間、雅史に言われちゃったのよ。『姉さんはだまされてるんじゃないか』って」

思わず息が止まる。声には出さなかったが、内心の動揺は激しかった。

（あいつが、そんなことを……まずいなあ、それは。あとで、こじれると厄介だぞ）

うちと同様、恵子の父親も幼い頃に亡くなり、彼女の家族は亀有《かめあり》駅近くで煙草屋を営んでいる母親と弟が一人だが、この弟が問題なのだ。

何度も会ってはいるが、ブランド物の洋服を身につけ、妙に愛想がよく、そのくせ、眼つきが鋭い。職業を尋ねると、『錦糸町《きんしちょう》のバーの雇われマスターです』という答えだったが、あとでわかったのはその店がいわゆるぼったくりバーで、経営者が半グレだという事実だ。あたしの勉強会にもほぼ毎回顔を出し、チケットを引き受けてくれたりして、いろいろとよくしてもらってはいるが、何か問題が起きれば、たちまち本性を現すだろう。

困ったなと思いながら口を閉じていると、恵子が体を起こして、こちらを見下ろし、

「最近、イク時、眼をつぶってることが多いわよね」

声の調子が急にとげとげしいものに変わる。

「きょう龍さんの顔でも思い浮かべてるんじゃないの」

ずばりと言いあてられ、うろたえたが、そこは噺家だ。何とか平静を装い、

「ばかなことを言うなよ。前にも言ったが、あいつは芸の系譜上、姪にあたるから面倒をみてるだけだ。それに、そもそも、俺なんか相手にされるわけがない」

「じゃあ、もし相手にしてもらえたら、私を振って、彼女とつき合うのね」

言葉尻をとらえ、詰め寄ってくる。口が滑ったなと後悔したが、こういう場合に下手な言い訳は禁物だ。

「そういうことは言わない女だと思っていたがな」

顔を背け、眼を閉じると、十秒以上、沈黙が流れたあとで、

「わ、私だって、もう三年も待って、その間に……もう、いい！　今日は帰る」

体が離れ、バストイレのドアが開く音がした。シャワーを浴びに行ったのだろう。

（気の強い女だから、泣いてすがるようなまねはできなかったんだろうな。それをやられたら面倒だった。確かに、こいつと所帯をもとうかなと考えたことはあるが、あれはきょう龍と出会う前の話だ。しかし、まあ、女の勘てやつはあなどれねぇ）

今日の昼間の出来事が脳裏に浮かぶ。薬を呑ませると、喜龍師匠の容体が落ち着いたので、きょう龍がつき添って帰宅した。心配なので一緒に行こうとしたが、自宅を知られるのを嫌う気配が感じられたため、遠慮することにしたのだ。

（そりゃ、まあ、とっくの昔にほれちまってるさ）

漏れてくる水音を聞きながら、小さなため息をつく。

（しょせんは甘酒屋の荷だと諦めてはいるが……万に一つ、きょう龍がこっちへなびいてくる可能性だってないとは言えねえ。ただ、とりあえず恵子のご機嫌取りはしておこう。いざという時、また金の工面をしてもらうことになるかもしれねえしな）

11

……巨大な穴の手前に、たった一人で立っていた。

辺りを見渡すと、山中ではあるが、木を切り、草を刈って整備した広くて平らな土地で、周囲

には柵らしきものも設置されていた。

(俺はどうしてこんな場所に……そうか。車で連れてこられたんだ。黒のセルシオで……)

急に、そんなことを思い出す。

穴の縁でたたずんでいると、底の方から小さな音が聞こえてきた。何かがこすれるような、嫌な音だ。

『だめだ。上ってこないでくれ』

すぐにも逃げ出したかったが、全身が金縛りに遭い、一歩も動くことができない。

『わ、悪かった。それはわかっている。だから、俺が代わりに……』

口から出るのは、どこかで聞き覚えのある台詞。向きを変え、歩き出すと……そこで、唐突に場面が変わった。

疾走する自動車の運転席で、懸命にハンドル操作をしている。右へ、左へ。また、右へ。

ヘッドライトに照らし出されるのは、曲がりくねった下り坂の山道。左側にガードレールが続き、その向こうは谷だ。

少しでも早く遠くへという気持ちに駆り立てられ、アクセルを踏むと、右カーブの先に突然倒木が現れた。思いきりブレーキを踏んだが、間に合わず、車はスピンしながら左脇のガードレールへ激突……次の瞬間、いつものように世界全体が回り、目が覚めた。

(……また、例の夢を見たのか。もう、勘弁してくれよ)

顔をしかめながら、ちょうど枕元にあったスマホで時刻を確認すると、午後十一時七分。いつの間にか寝落ちしたようで、恵子の姿はすでになかった。

（何も言わずに、帰っちまったか。まあ、明日は早番だと言ってたからな）

所属は外科病棟。三交替制なので給与は悪くないが、勤務がきついらしく、人間関係の愚痴をずいぶん聞かされている。

あたしと同様、恵子にも荒れた時期があって、高校は中退。さまざまな仕事を経験したのち、二十代半ばで准看護師養成学校に入った。その後、働きながら通信制で学び、正看護師資格を取得した時には三十歳を過ぎていたという。

実に立派な苦労人なのだが、さすがに高卒資格までは手が回らなかったため、特に看護大学や短大を卒業した後輩から軽く見られることがあり、腹に据えかねているらしい。

（それもあって、結婚を急いでいるのだろうが……相手が売れない落語家じゃあ、かえって見下される種になりかねねえよな）

次に会う時、少し気まずいが、喧嘩は日常茶飯事なので、そのうち忘れてくれるだろう。

（それにしても、さっき見た夢は妙にリアルだった。鮮明さが今までとはまるで違っていたぞ）

その証拠に、まだ寒い季節にもかかわらず、首筋や脇の下にぐっしょり汗をかいていた。こんな経験は初めてだ。

（ハンドルを握っている夢は何度も見たが……黒塗りのセルシオってのは、一体何だ？　思い返してみると、運転していた車もたぶん同じだった）

十八年前の記憶が蘇りかけている。そんな気はしたが、どこまでが現実の出来事かは判断がつかない。

（だって、俺が発見された崖の下に自動車なんか落ちてなかったし……そうだ。リアルな夢を見

的だった)
たのは、喜龍師匠の高座が脳を刺激したせいかもしれない。それくらい、あの『髑髏柳』は衝撃的だった)

昼間の口演を思い出す。噺自体も風変わりな上に、師匠がかなり手を加えていた。

二人の高座を聞き比べてみて、まず気づいたのは、互いに死を賭《と》した理由が大きく異なる点だった。正蔵版では、遅刻に腹を立てた鳥山に『どうせ博打か女で遅れたんだろう』と皮肉を言われ、川村が逆ギレする。これに対して喜龍版は、藤寺で笑うドクロに出会ったという川村の話を聞いた鳥山が突如激昂するのだ。

(とにかく、あそこが一番不可解だった。なぜ、キレたのか……ただ、考えてみれば、飲み会への遅刻が原因で命のやり取りをするという作者オリジナルはちょいと無理があるよな)

おそらく、正岡容自身もその点を気にしていたのだろう。前段で、鳥山に『俺は異人とつき合っているから、時間には正確極まる。お前も文化の民だから見習え』などと言わせている。あそこはきっと、作者がリアリティを増す目的で入れたのだ。

(とはいえ、喜龍師匠の改作もやや強引だ。俺なんかが言うのは口幅《くちはば》ったいが、根岸の藤寺と聞いたとたん、態度が豹変するなんて……ん? 待てよ)

スマホをつかんだまま、ベッドの上に跳ね起きる。

(ひょっとすると、問題のドクロに関して、身に覚えがあったのかもしれない。つまり、鳥山は誰かを殺し、遺体を墓地に隠していた。だから、あれほどあわてふためいたんだ)

そのあとで、『そんなものが転がっていれば、お前より先に誰か気づく人があるはずだ』と反論する鳥山に対し、川村が『土中に埋まっていたものが、柳の芽に突き上げられて地上へ出てきた』という推測を述べる。すると、鳥山がいきなり『ドクロが笑ったら切腹する』と言い出し、成り行き上、引き下がれなくなった川村が『では、拙者も』と応じるわけだ。

（なるほど。そう考えればつじつまが合う。要するに、喜龍版の『髑髏柳』では鳥山忠雄が殺人犯で、ドクロが被害者……そうだ。忘れていた）

口演中、いきなり自分の名前が出てきて驚いたが、その意味についてはまだ考察していなかったのだ。

（まあ、あれはただのシャレじゃないかな。噺の登場人物に知り合いの名をつけることはよくある。早い話が、楽屋落ち……）

考えかけた時、耳元できょう龍の声が聞こえ、思わずはっとなった。

『この噺はぜひ亀松さんにも覚えてもらいたいと、師匠がおっしゃっていました』

（そこまで言うのなら、ふざけて俺の本名をつけたとは考えづらい。何か深い意味があるのかも……おや？）

右の掌の中でスマホが振動した。メールの着信らしい。

確認すると、送信者は『花山亭きょう龍』で、タイトルが『ご迷惑をおかけいたしました』。

添付ファイルのアイコンが表示されていた。

開いてみると、まず本文が次の通り。

『亀松さま
お世話になっております。

本日は、ご迷惑をおかけいたしました。まことに申し訳ありません。お世話いただき、心より感謝申し上げます。

師匠からのご指示で、音声ファイルを送信させていただきます。もし開けない場合などにはご連絡いただければ幸いです。

では、今後ともどうかよろしくお願いいたします』

何ともお堅い文面だ。ＬＩＮＥでもやり取りしていたが、内容はやはり挨拶と用件のみ。

（音声ファイル……そうか。喜龍師匠の『髑髏柳』だ。自分の稽古用に録音したと言っていたな）

ファイル名は『レコーディング』だが、まず間違いないだろう。パソコンのアプリで録音したものを送ってくれたらしい。

ヘッドホンを装着し、アイコンをタップすると、ややあってから、喜龍師匠のしわがれた声が聞こえてきた。

『ええ、あたくしどもの方では夏場になりますと、よく怪談噺を申し上げます。令和のこの時代にそんなものを……』

「ええ、あたくしどもの方では夏場になりますと、よく怪談噺を申し上げます。令和のこの時代にそんなものを誰が信じるんだと思われる方もいらっしゃるでしょうが、ご承知の通り、落語以外でも怪談を語る会というのは数多く開かれておりますし、本に漫画、アニメ、映画……数えあげればきりがありません。

科学万能の世の中でも、怪談が人々の心をとらえて放さない理由はやはり因縁の恐ろしさだと、あたくしは思います。

落語界中興の祖・三遊亭圓朝師がお作りになりました怪談噺の名作に『真景累ヶ淵』がございます。これは、あんま鍼医の皆川宗悦《みながわそうえつ》が、旗本・深見新左衛門《ふかみしんざえもん》に金にからんだいさかいで切り殺されたのが発端でして、やがて新左衛門は宗悦の亡霊によって命を奪われますが、物語はそこで終わりません。新左衛門の息子である新五郎《しんごろう》と新吉《しんきち》、宗悦の娘・お園《その》と豊志賀《とよしが》がそれぞれ出会い、次から次へと悲劇がくり返されます。

いわば敵《かたき》同士の男女が偶然出会うはずなどないとお考えの向きもございましょうが、これこそがまさに因縁。『真景累ヶ淵』は全編が深い因縁で貫かれておりまして、最後は生き残った者たちが、それぞれおのれの因果のほどを悟り、揃って自害するというのが幕切れでございます。人は決して因縁からは逃れられません。親の代に種をまいてもこの通りですから、まして自ら犯した罪となると、たとえ本人が忘れていようと、思いがけない出会いがもとで、いつか必ず暴かれてしまいます。

さて、このお噺の舞台は明治七年。廃刀令が出たのは九年だそうですから……

12

朝起きると、頭の左側が割れそうなほど痛かった。

もともと偏頭痛もちで、危ないと思ったら、すぐに医者から処方された薬を呑むようにしているが、今回は閃光などの前駆症状が一切なかった。

とりあえず服薬したが、後手に回ったので、即効性は期待できない。安静にして、嵐をやり過ごすしか手がなかった。

（今日は二時半から若手の落語会か。神田《かんだ》だから、一時前には家を出ないと……まあ、それまでには何とか治まるだろう）

左のこめかみを襲う拍動性の痛みに耐えながら、ベッドの上で段取りを考える。現在の時刻は午前九時六分だから、時間的余裕は充分にあった。

（たぶん、ちゃんと睡眠が取れていないせいだ。昨夜はうなされて、何度も飛び起きた）

原因はもちろん例の悪夢で、おぞましいことに、どんどんリアルさを増してきている。

いつか見た水害のニュース映像が頭に浮かんだ。最初はほんのわずかな堤防のひび割れだが、いったんそうなれば、水の勢いを止めることはできない。加速度的に亀裂が大きくなり、やがて堤防が崩壊。大水害に至るのだ。

（さすがに、これ以上、眼を背けてはいられない）

枕に顔を押しあてながら、考えをまさぐってみる。

（もしあの夢に実体験の断片が含まれているとすれば、いつか、失った記憶が一気に蘇るかも……そうなってからでは遅い。覚悟を決めて、今のうちにきちんと分析しておくべきだ）

振り返ってみると、悪夢はおおむね三つのパートに分かれていたが、ただし、それらすべてが連続することはめったにない。

まず、パート1。夜間、深い穴の底で不気味な気配を感じる。『自分』はそれを恐れ、上ってこないよう懇願するが、恐れている対象が何かは最後まで明かされない。

続いてパート2では、穴から離れた『自分』が背の高い人物へ近寄り、途中で拾った石で背後から襲撃する。後頭部を打ち据えるが、その結果、相手がどうなったのかは不明だ。

そして、パート3。今度は『自分』が車のハンドルを握っていて、山道を疾走している最中、カーブの途中に現れた倒木を避けきれず、ガードレールへ衝突してしまう。

(あの平らな地形……あそこは、何かの処理施設かもしれない。山を切り開いたり、天然の谷などを利用したりした産業廃棄物や建設残土の処理場がよくある。そういう場所では、悪徳業者による違法投棄が時々ニュースになるが……もしあれが現実だとすると、十八年前の俺は一体どんな連中とつき合って、何をしてたんだろう)

予想されたことではあったが、悪夢に正面から向かい合ったとたん、心臓の鼓動が激しくなる。しかし、ここで止まるわけにはいかなかった。

(三つのつながりがわからないから、混乱してしまうんだ。もしかすると、順序が違うのかもしれないぞ。そこを変えれば……2、1、3かな。

つまり、こういうことだ。誰かと一緒にあの場所へ行った俺は隙を窺い、相棒を殴打して、そのまま穴へ放り込んだ。けれども、その時点ではまだ絶命していなかったので、穴の底からもがく気配を感じ、震え上がって逃走。その途中、交通事故を起こして……いや、違う)

自分が救助された場所を再訪していないので、道路状況がわからないが、自分が救助された付近に落下した自動車はなかったし、崖の上の道路にも事故車などは残されていなかったはずだ。

もちろん当時、免許は所持していたし、それ以前にも隠れてハンドルを握っていた期間があるので、運転技術には長《た》けていたはずだが、何かで焦れば、急な障害物を避けきれなかった可能性はある。

（別な場面を思い出さない限り、謎が解けそうにないが……こんな状態が何日も続いたら睡眠不足で倒れちまう。それから、例の音声ファイルを聞いたのも、たぶん、昨夜、眠れなかった理由の一つだな）

けれども、その結果、正蔵版との間にいくつかの差異があることが判明したのは収穫だった。

演者本人の言葉通り、まず違っていたのがサゲで、『卵屋の若主人だけに、どうも、キミの悪い話でございます』と言ったあと、『へへへへへ』とドクロの笑い声をつけ足すのが稲荷町流だが、喜龍師匠は『卵屋の主人だけに、何とも、キミが悪い……』と余韻を残して終わっていた。

言うまでもないことだが、キミは『気味』と『黄身』をかけている。

（あと、マクラに『累ヶ淵』が出てきたのにも驚いた。まあ、『髑髏柳』も怪談仕立てだから、縁がないわけじゃないが……）

正蔵版のマクラでは、江戸時代の旗本にいかに無法なふるまいが多かったかが述べられたあと、物語の背景となる上野戦争が丁寧に解説されるが、喜龍版は圓朝作『真景累ヶ淵』の粗筋の説明に大半を費やしていた。

（そして、しきりに『因縁』という言葉をくり返していた。まあ、因縁てやつは、それくらい恐ろしいと言いたいのだろうが、それにしても……）

喜龍師匠の口演が蘇ってくる。滑稽噺を演る時とは別人のような陰気な声音で、

『自ら犯した罪となると、たとえ本人が忘れていようと、思いがけない出会いがもとで、いつか必ず暴かれてしまいます』

（……おや。考えてみると、妙だな）

枕から顔を上げ、ふと首を傾げる。

（まるで、自分は何もかもお見通しだと言わんばかりじゃねえか。なぜ、そこまで……）

その時、ふとある事実を思い出して、愕然となった。それは、鳥山の名前だ。

（音声ファイルで改めて確認してみたが、喜龍師匠は間違いなく『忠雄』と言っていた。ただの楽屋落ちかもしれないので、あまり気にしないよう努めていたが、ほかの部分と考え合わせると、一つの明確な意図が感じられる。

要するに、喜龍師匠は一貫して忠雄……つまり俺が過去に犯した罪を告発している。そう考えれば、何もかもしっくりくるんだ）

全身が粟立《あわだ》つのを意識した。もしそれが正しいとすれば、喜龍版『髑髏柳』の奇妙なマクラも、鳥山一人が罪を犯し、その報いで復讐されるという改作も、そして、鳥山忠雄という新たな命名までもが、すべて納得できるのだ。

（その告発に俺自身が無意識のうちに反応し、記憶を蘇らせようとしているのかもしれない。だとすれば、悪夢に登場する被害者は師匠……いや、それは変だな）

まさか、穴の底にいる何者かではないだろうし、殴った相手ほど背が高くない気がする。

（じゃあ、ひょっとして、眼か。中途失明した原因はきょう龍も知らないと言っていたが、まさか、その件に俺が絡んでいるとか……）

考えかけて、すぐに首を振る。師匠の眼が見えなくなったのは、奥多摩の事件よりもずっと以前のはずで、結局、何一つ明らかにはならない。

ベッドの上で深いため息をついた時、チャイムの鳴る音がした。

「春先に柳が芽を出すのはあたり前だ。そんなものは証拠にならない。さっさと、笑わしてみてくれ」

「おう。笑わしてやる。なあ、お前、さっき、あれほど笑ったんだ。友達を連れてきたから、今度も笑ってくれよ。南無阿弥陀仏……笑わないな。南無阿弥陀仏……南無阿弥陀仏！」

「ほら、見ろ。笑うわけがないじゃないか」

「笑わない……だ、だったら、申し訳のために、俺は腹を切るから」

大刀を引き抜いて、腹に突き立てた。川村が朱に染まって、地面へ倒れ伏す。

すると、ドクロが「へへへへへっ」と笑いました。

「か、川村……川村！　ドクロが笑った、笑ったぞ。嘘じゃなかったんだ。貴様、早まったな。よし。笑った上からには、身共《みども》も申し訳のために……」

今度は鳥山が仕込み杖を引き抜いて、腹を切りました。

これは、この二人が新宿《しんじゅく》の遊郭へ通っていた最中、四ッ谷《よつや》の卵屋の若主人が同じ店に来ていた。すると、男っぷりがよくて、腰が低く、話がおもしろいので、楼中《ろうぢゅう》の女《おんな》たちは残らずこの若主人のお座敷でさんざめいて、陽気に遊《あす》んでいる。せっかく通っていた鳥山と川村は相方《あいかた》の女が来ずに、ふられてしまう晩が多い。

こうなると、癪《しゃく》に障るので、「あいつ、切っちまおうじゃないか」「よかろう」と、大木戸に待ち受けていて、夜《よ》の白々明《しらじらあ》けに自分の店へ帰ろうとするこの若主人を切り殺しましたが、そのシャレコウベが今、この墓地にございまして、二人の最期を見届けた。

折り重なって倒れる二人を見て、ドクロがまるで生きた人間が腹を抱えるように、「ハハハハハハッ！」……うれしそうに笑いました。これが因縁でございましょうか。

卵屋の若主人だけに、どうも、キミの悪い話でございます。


（八代目林家正蔵）


「おう。笑わしてやる。なあ、お前、さっき、あれほど笑ったんだ。頼むから、今度も笑ってくれよ。南無阿弥陀仏……笑わないな。南無阿弥陀仏……南無阿弥陀仏！」

「ほら、見ろ。笑うわけがないじゃないか」

「笑わない……だ、だったら、拙者、申し訳のために腹を切るから」

大刀を引き抜いて、腹に突き立てると、川村が朱に染まり、地面へ倒れ伏す。

すると、ドクロが「へへへへへへっ」と笑いました。

「か、川村……川村！　ドクロが笑った、笑ったぞ。嘘じゃなかったんだ。貴様、早まったな」

しかし、すでに事切れております。それを確かめますと、鳥山は仕込み杖を引き抜きまして、
笑うドクロを睨みつけ、

「お前の正体を、俺は知っているぞ。卵屋の主《あるじ》だろう。埋めた場所もちょうどこのあたりだった。憎いやつではあるが、身共のせいで、友達がこんなことに……こうなった上からには、おめおめ生き長らえては、川村に対して申し訳が立たぬ」

と、今度は鳥山が腹を切りました。

これはご維新《いっしん》の前に、鳥山が吉原の遊郭へ通っていた時、ちょうどこの近所に住む卵屋の若主

人が同じ店に来ていた。すると、男っぷりがよくて、腰が低く、話がおもしろいので、女たちは残らずこの若主人のお座敷で陽気に遊んでいる。せっかく通っていた鳥山は相方の女が来ずに、ふられてしまうことが多かった。

こうなると、癪に障るので、鳥山は先回りをして、ここで待ち受け、夜の白々明けに自分の店へ帰ろうとするこの若主人を切り殺し、墓地の隅に埋めてしまいました。

ちょうど世の中が騒然としている頃だったので、悪事は露見いたしませんでしたが、そのシャレコウベが今、二人の最期を見届けた。

折り重なって倒れる二人を見て、ドクロがまるで生きた人間が腹を抱えるように、「ハハハハハハハッ！」とうれしそうに笑いました。

卵屋の主人だけに、何とも、キミが悪い……

(花山亭喜龍)

13

いくらかはましになったが、頭痛がまだ残っている。しらばくれるつもりだったが、何回もしつこく鳴らすので、仕方なく起き、頭を手で押さえながら玄関へ行く。

宅配便か何かだと思ったから、ドアスコープも覗かず、「はい。何？」と尋ねると、「落語家の亀松さんかい」。

その声を聞いた瞬間、ビクンと背中が跳ね上がった。

「亀松ですが……あの、少々、お待ちください」

　室内へ戻り、ベッドボードの上に載せたケースからシルキャップを取り出す。シリコン製の義指は吸着性が高く、装着感もほとんどないが、さすがに寝る時だけは外す。

　右手の小指にキャップをはめ、もう一度、玄関へ。ドアを開けると、久村雅史が不機嫌そうな表情で、あたしを睨んだ。

　浅黒い肌とぎょろりとした眼。茶色に染めた髪を頭頂部だけ伸ばしてなでつけ、両サイドを短く刈った、いわゆるツーブロック。服装は黒のレザージャケットと黒ズボンだ。

「朝っぱらからすみませんが、ちょっと話があってね」

「話が……承知しました。では、どうぞ」

　挨拶など一切なし。普段の愛想のよさは影を潜めていた。身長は自分とほぼ同じだが、胸板が厚いので、威圧感がすさまじい。

　とりあえず中へ入れ、床に散らばる雑誌や新聞を片づけて、何とかスペースを作る。

　座布団を勧め、茶を入れるためにキッチンへ向かおうとすると、

「すぐに失礼しますから、かまわないでください。早いとこ、用件を済ませましょう」

　有無を言わせない感じだった。仕方なく、互いにあぐらをかいて向かい合う。

　ポケットから煙草を取り出したので、灰皿を出すと、一本くわえ、火をつける。そして、アラベスク模様の入ったジッポーを掌の上でもてあそびながら、

「昨夜、遅く帰ってきたうちの姉がめそめそ泣いてましてね」

「えっ……？　あ、ああ、そうですか」

　やはり、その話だったかと緊張する。

「亀松さん、『そうですか』はねえでしょう」

雅史は口元をゆがめながら、煙を吐き、

「他人の噂話じゃなくて、あんたは当事者。原因を作った張本人なんだから」

若い頃にはやんちゃをして、ずいぶん姉の恵子に迷惑をかけたそうで、それに恩義を感じているらしく、姉弟《きょうだい》の仲は非常にいい。

（打ち上げの席で酒が入ると、冗談めかして、俺のことを『義兄《にい》さん』なんて呼んでいたが……あのあたりから危ないなとは思ってたんだ）

「昨日は少し行き違いがありましたが、お姉さんとのことはもちろん真剣に考えています」

「真剣に考えた結果、もういらねえと思ったら、捨てるんですか」

「い、いや、そんなことは……」

妙にしつこく絡んでくる。

「我々の業界内の話なので、一般の方には理解しにくいでしょうが、あたしはまだ修業中の身。真打ちになって、やっと一人前なんです」

「だから、まだ結婚できないと言いたいんですか。便利な言い訳だねえ、まったく」

フンと鼻でわらった雅史は、まだ長かった煙草をガラスの灰皿へ押しつけ、

「姉は俺には何も言いませんが、おふくろにはいろいろと打ち明けて話をしてるんです。亀松さんに二百万近い金を貸してるなんてこともね」

「まあ、確かに好意で融通してもらいましたが、ちゃんと返済する意思はあります」

「今までは猫を被《かぶ》ってたけど、キリトリは本業みたいなものなんだ。何なら、おたくの師匠のと

ころへ話をもっていってもいいんだぜ」

困ったことになったと思った。『キリトリ』はヤクザ用語で借金の取り立て。亀蔵師匠は苦労人だから、こんな手合いが押しかけていっても適当にいなしてくれるだろうが、世間体《せけんてい》を気にする師匠なら、それだけでクビになってもおかしくない。

何を言っても逆効果になりそうなので、顔をうつむけ、黙り込んでいると、

「亀松さん、きょう龍にほれてるんでしょう」

ぎょっとなり、思わず顔を上げてしまう。

「なぜそんな……ああ、そうか。何を言ったのかは知りませんが、それは君のお姉さんの完全な誤解です。きょう龍の師匠が私の兄弟子、いわば私が叔父の立場になるので、面倒をみているだけですから」

「いや、姉さんからは何も聞いてないが、あんたの態度を見てりゃわかるよ。それに、姪っ子の方もまんざら気がないわけでもなさそうだ」

「えっ……？　それ、どういう意味ですか」

驚いて問いかけると、雅史は苦笑しながら次の煙草をくわえて、火をつけ、

「早速、身を乗り出してくるんだから、情けねえな。お恥ずかしい話だが、ちょっかいを出そうとして、失敗しましてね」

「ちょっかい……じゃあ、言い寄ろうとしたわけですか」

「まあ、あれだけのタマだから、狙ってる男はいくらでもいるさ。あんたをはじめとしてね」

そう言われ、即座に否定することができなかった。

「十日ほど前、きょう龍が出演する落語会が新宿であったので、知り合いに頼んで、帰宅するところをつけさせた。で、翌日押しかけたんだが、ガードが固くて、うまいこと言って上がり込むつもりが、靴も脱がせてもらえなかった」

「そんなことが……それで、どうなったんです」

「玄関先で口説いたんじゃ格好がつかねえとは思ったが、やむを得ず、『花山亭きょう龍の後援会を作りたいが、許可をもらえないか』と言った」

「後援会？　はははあ、なるほど」

交際を申し込む口実だろうが、うまいことを考えたものだ。

「あっさり承知するかと思ったら、そこから押し問答になって、『いいだろう』『困ります』『いいじゃねえか』『無理です』。それが延々続いたあげく、『誰かつき合ってる男がいるのか』ときいたら、『いませんが、好きな人なら』……で、あんたの名前が出たんだ」

「ええっ、きょう龍が？　い、いや、まさかそんなこと……」

さすがに信じられなかったが、ただ、自分も恵子も人前でベタベタするのが嫌いなので、きょう龍はあたしたち二人の関係に、たぶんまだ気づいていない。

「その時に、よっぽど事実を暴露してやろうかとも思ったが、武士の情けで言わなかったぜ。だが、昨夜みたいなことがあると、いつまでも黙ってはいられない。姉さんも年が年だから、そろそろ身を固めたがってる。ちょうどいい機会だし、籍を入れたらどうですか」

ここまで来て、久村雅史の目論見《もくろみ》がはっきりした。姉を思う気持ちに嘘はないだろうが、あたしと恵子が結婚すれば、ライバルが一人減り、きょう龍を口説きやすくなる。要するに、それが狙いなのだ。

（きょう龍の本心を聞く前ならば、その場しのぎのつもりで多少色よい返事をしたかもしれないが、聞いてしまった以上、言質《げんち》を取られるのだけは避けなければ。言っては悪いが、どう見ても月とスッポンだ）

「ですからねえ…あのう、よく聞いてください」

かなり悩んでから、意を決して口を開く。

「同じことのくり返しになっちまいますが、あたしはまだ修業中なんです。だから、今、所帯をもつわけには――」

言葉の途中で、相手の上半身が大きく揺れたと思ったら、次の瞬間、強烈なパンチが左頰を襲ってきた。口の中が切れたらしく、舌が血の味を感じる。

「死にたくなかったら、分不相応な考えは捨てるんだな」

立ち上がった久村雅史がこちらを見下ろしながら言った。

「別に俺が手を下さなくても、やり方はいくらだってあるんだ」

14

（……何だい、あの野郎。ふざけやがって）

乱暴にドアが閉められる音を聞きながら、舌打ちをする。

（喧嘩なら腕に覚えがあるが、いったん事を構えると、あとが面倒だ。会場に来て、何か嫌がら

せされても困るからな)

鏡に顔を映してみると、左頰のあたりが早くも赤く腫れ上がっていた。

(今日は『転宅』か『風呂敷』をかけるつもりだったが、こんな顔では女の登場人物は無理だ。『饅頭怖《まんこわ》い』あたりで逃げるしかねえな。それにしても、雅史のやつ、おかしなことを言った。きょう龍が俺に……ばかばかしい。そんなこと、あるわけがねえ。まるで『酢豆腐《すどうふ》』の半公《はんこう》だ)

代表的な夏の落語『酢豆腐』には、『近所の娘がお前にほれている』という作り話にだまされ、ぬか味噌の古漬を出すことを強要される建具屋の半公なる人物が登場する。

その時、またチャイムが鳴った。どうやら、雅史が舞い戻ってきたらしい。

もしまた難癖をつけてきたら、さすがに一戦交えてやろうと思ったが、いくら待っても入ってこないので、恐る恐る玄関へ行き、ドアスコープを覗く。

すると、魚眼レンズの向こうに、グレーのジャンパーを着たきょう龍が立っていた。

「おい。どうしたんだ?」

「亀松兄さん、私のせいで……本当に申し訳ありませんでした」

驚いてドアを開けると、右手にコンビニ袋を提げた彼女に深く頭を下げられる。

「いや、お前は何も悪くねえが……ははあ、読めた。やつに会ったな」

「はい。すぐそこの道で、久村《うち》さんに。『亀松にヤキを入れてきた』と言われました」

「やっぱり……だけど、よく家がわかったな。来たことなんてなかっただろう」

「年賀状を頂戴したので、住所を頼りにやってまいりました」

「そうか。まあ……とにかく、中へ入れ」

少し間が空いたのは、左右を確認し、久村雅史がいないのを確認したためだ。

家に招かれると、きょう龍は真っ先に冷蔵庫を捜し、氷嚢《ひょうのう》を作って頬にあててくれた。

「殴られたのですね。痛みますか」

「いや、大したことねえよ。その気になれば負けやしなかったんだが、やつにはチケットを売ってもらった恩があるからな」

「本当に申し訳ありませんでした。あの、まずは、これを……」

床に正座したきょう龍は持参してきた袋を差し出す。

「昨日、ご迷惑をおかけしたので、おわびの品です」

中身は値の張りそうなレトルトカレーとパックの飯だった。

「別にこんなことしなくたって……そもそも、昨日、迷惑を被った覚えなんてねえけどな」

「いいえ。私がずっとついていればよかったのに、京子のせいで師匠があんなことに……」

ふと言い淀み、左半分だけ、顔をしかめる。思い出して、心が不安定になったのだろう。

「もし兄さんがいらっしゃらなければ、大変なことになっていました」

「そうだとしても、お前に責任なんてないさ。それよりも、雅史が言ってたんだが……お前、あいつに口説かれたんだってな。十日前に」

「え、ええ。まあ。口説かれたというのとは、少し違うと思いますが……」

再びチックの症状が出る。不快な話題になると、本人の意思では止められないらしい。

「私の後援会を作りたいというお話だったので、まだそんな身分ではないとご辞退しました」

「後援会なんてのは単なる口実さ。だったら、頭を下げなければならねえのはこっちの方だ。やつは、あたしの会の関係者の弟なんだから」

「いいえ。その時に私がおかしなことを口走ったせいで、こんなことに……」

「おかしなこと……？　ああ、なるほど。そりゃ、まあ、そうだよな」

視線を袋の中へ落とし、苦い笑いを浮かべる。

「あんないかつい野郎に迫ってこられれば、誰だって怖いに決まってる。だから、お前は心にもない嘘を――」

「いいえ。嘘なんかじゃありません！」

驚いて正面を向くと、きょう龍は真剣な表情でこちらを見つめていた。

「亀松兄さんはご自分を卑下《ひげ》されることが多いですが、やさしく頼もしい方で、もし自分に困った病気がなければ、本当におつき合いしていただきたいくらいです」

予想外の告白に狼狽してしまう。気の利いた台詞が何も浮かばず、黙り込んでいると、相手はふとうつむき、

「……ご迷惑を重ねてしまいました。本心から出た言葉ですが、京子のことがあるので、男性とおつき合いするのは諦めています」

「えっ？　それ、どういう意味なんだ」

「彼女には交際中の男性がいます。私に制止する権利はありませんが、ただ、時々、泣きたくなることがあって……」

「泣きたくなるって……あの、もしかして、だぞ」

気がつくと、無意識のうちに、身を乗り出していた。

「まさかとは思うが、向こうが交際相手と二人きりの時に、人格が入れ替わっちまったことがあるのかい」

「いいえ。幸い、そういうことは今までに一度もありませんでしたし、京子が相手の方に事情をよく説明しているので、もし万一の場合には即座に逃げ出せばいいだけです。

泣きたくなると言ったのは、そうではなくて、彼と会った次の日に……そのう……」

また、チック。今度は二度、立て続けに出た。そして、顔を伏せ、

「ほかならぬ兄さんですから、正直に申し上げますが、京子が彼氏と会った翌朝、私に見せつけるつもりなのか、体のあちこちにキスマークが……それくらいなら我慢できますが、手首や足首、腕などに紐の跡があったり、お腹や胸に火傷の跡が……きっと、何か特殊な行為にふけっているのでしょう」

つい生唾《なまつば》を呑んでしまった。眼の前にいる美女が全裸で縛り上げられ、白い肌へ熱いロウを垂らされて……そんな姿を想像するだけで、たちまち下半身が熱くなってくる。

すぐにでも押し倒したいという衝動に駆られたが、左手の氷嚢を額にあて、何とかこらえる。

「本当に、自分で自分が情けなくなってしまいます。こんな汚れた体、抱きたいと思う男性なんていませんせん。だから、たぶん私は一生、誰にも相手にされないまま――」

「おい。いいかげんにしろよ、きょう龍」

ついにたまらず、口を開く。やむにやまれぬ気持ちだった。

「たとえどんな病気をもっていようが、お前はお前じゃねえか」

口に出してから、ひどく陳腐な台詞だと気づいたが、それを聞いたきょう龍は弾けるように顔

を上げる。

そして、次の瞬間、何と、あたしの胸へ飛び込んできて、泣きじゃくり始めたのだ。

（一体、どうすればいいんだ？　恵子との関係をきょう龍はまだ知らないわけだから、しらばくれて抱いちまう手もあるが、さすがに、それは……）

躊躇《ちゅうちょ》したまま時間が過ぎる。しばらく経ち、漏れていた嗚咽《おえつ》が聞こえなくなったと思ったら、きょう龍は深くうなだれていて、それから数秒後、ゆっくり顔を上げる。その眼の表情を見て、愕然となった。

眉間にしわを寄せ、いかにも不快そうにこちらを見上げていたのだ。

（おい。これは、ひょっとすると……）

「あたし、一体どこに……ねえ、ここ、あなたの部屋なの」

案の定、口調ががらりと変わってしまう。

『京子』は舌打ちしながら室内を見回し、

「つまり、きょう龍と亀松さんの濡れ場の最中だったのか。勘弁してよね、まったく。いつかはこうなると思ってたけど……こんなの、ルール違反じゃない。やってられないわ」

15

（……これが『京子』か。俺の前に現れたのは三度めだが、事実上、話をするのは初めてだ）

前の二回は場所が落語会の会場だったので、お客に異変を察知されては一大事。何とか急場をしのぐため、座布団の返し方などは説明したが、よけいな会話は控えていた。

とりあえず体を離すと、『京子』は正座したままきょろきょろしていたが、やがて長い足を操ってあぐらをかく。そして、自分の前に置かれた灰皿を指差し、

「あら、よかった。あなたも吸うのね。じゃあ、とにかく、一服させて」

人格が替わると、食べ物の好みなども変わるそうだが、煙草までたしなむようになるとは知らなかった。

「悪いんだけど、それは客の吸い殻で、俺は煙草はやらないし、買い置きもないんだ」

「何だ。つまらない。見た目と一緒で、気が利かない部屋ね」

髪をかき上げながらぼやく姿はどう見ても、きょう龍とは別人だとしか思えなかった。

「すぐ近くにコンビニがあるから、買ってきてもいいんだが……」

「いいの、いいの。かまわないで。長居する気なんてないから」

「そう。もちろん、こっちも引きとめる気はない。人格交替というやつは、自分の意思ではどうにもならないから面倒だね」

「……もしかして、きょう龍がそう言ってた？　そんなの、嘘よ。一種の自己弁護」

鼻でわらい、言下に切って捨てる。

「あの子、自分に都合が悪くなると、逃げ出しちゃうの。まあ、元を正せば、あたしは彼女の苦痛を引き受けるために生まれたわけだから、しょうがないかもしれないけどね」

「ああ、そうか。わかる気がするよ」

だとすれば、落語会の最中に『京子』が二度現れたのは、何年間も引きこもりを続けていたき

ょう龍にとって、ああいう場が苦手だからだろう。

「それにね、あたしたちの場合、自分がどうしても譲りたくなければ交替することなんてないの。普通の人だって、『眠らないぞ』と歯を食いしばっていれば寝落ちしないでしょう。それと同じ」

「なるほど。それはうまいたとえだね」

感心したので、素直にほめると、少し白い歯を見せ、

「ほかに、ききたいことってある？　何でも答えてあげる」

実に魅力的な提案だった。すぐにトラウマの原因となった事件が頭に浮かんだが、ほぼ初対面の相手に向かって、そんな立ち入った質問もできない。

こちらが黙っていると、相手は床に放り出されていた氷嚢をいじりながら、

「きょう龍はね、亀松さんのことが好きみたい」

「な、何だい、いきなり。おじさんをからかうのはやめてくれ」

「からかってなんかいないって。事実だもの」

「だけど、きょう龍とは会話できないはずだろう。記憶も一切共有されないと聞いたぜ」

「その通りだけど、それを放置しっぱなしじゃ日常生活が送れない。だから、最低限、記憶の空白を埋めるためにLINEしてるの」

「えっ？　自分自身とLINE……スマホが二台あれば、何の問題もないか」

「スマホは会社も別々だし、お互いに複雑なパスワードでロックしてる。残念ながら、生体認証は使えないものね」

「うふふふふ……いや、笑っちゃ失礼だが、確かに違《ちげ》えねえ」

大真面目な顔でギャグをかまされ、つい吹き出してしまった。

「ひょっとすると、お前さん、相棒よりも噺家の才能があるかもしれねえな。話は戻るが……きょう龍のやつ、俺のことを何か言ってたかい」

これじゃ、いよいよ『酢豆腐』の半公だと思ったが、尋ねずにはいられなかった。

「そりゃ、はっきり『好きだ』とは言わないわ。あくまでも連絡用のＬＩＮＥだから。でも、間違いないと睨んでたから、さっき、『いつかこうなると思った』と言ったのよ」

「ああ。それで、あんなふうに……」

「ぐずぐずしてないで、さっさと抱いちゃえばいいのよ。さっきはびっくりして、逃げ出したんでしょうけど、この次はそうはならない。というより、あたしがさせないから」

自信たっぷりに断言され、言葉を失ってしまう。おそらく、外部の人間には窺い知れない力関係があり、彼女にとっては難しくない行為なのだろう。

「まあ、あたしはちょっと尻軽すぎるけど、きょう龍は男なんて知らないから、亀松さんが教育してあげるといいわ。ただ……」

苦笑を浮かべ、なぜか横座りの姿勢になる。

「おかしなバージンよね。体の方はすっかり開発し尽くされているなんて。だから、いざ始まれば、すごく感じて、乱れまくると思うわ」

情けないことに、その場面を想像して、思わず生唾を吞んだ。清純かつ淫乱な女性が男の理想とよく言うが、まさか自分のすぐ身近にいるとは思わなかった。

「途中で終わったんじゃ、あとが大変でしょうから、あたしでよければ予行演習してみる？」

「えっ？　予行、演習って……」

「とぼけないでよ。ただし、あくまでも練習だから……最後は口でしてあげるね」

そう言うと、ジャンパーを取り去り、白いセーターも脱いでしまう。

下に着ていたのはベージュのタンクトップ。それをたくし上げ、背中へ両手を回してブラジャーのホックを外す。本当にあっという間の出来事で、制止する暇などなかった。

「どうするの？　きょう龍の胸よ。吸ってみたかったんでしょう」

驚くほど真っ白で豊かなふくらみを見た瞬間、興奮で背筋がゾクゾクし始めた。

「ほら、遠慮しないで。大丈夫だから」

手を強く引っ張られ、いきなり胸へ顔を埋める。あとは無我夢中で乳房を吸い、乳首を舌で転がし続けるしかなかった。

16

……夢の中にいるという自覚があった。

山中で大穴の縁に立っていると、底の方で何かがうごめく気配がする。

逃げ出したいが、体が動かず、脂汗をかきながら立ち尽くす。

『わ、悪かったから、俺が代わりに……』

何とか向きを変えて走り出し、途中で大きな石を拾う。

これ以降の自分の行動はすでに頭に入っていた。ある人物を背後から襲い、そのあと、黒のセルシオに乗って、走り去る。

（そうだが……今夜こそは、顔を確かめないといけない）

ひょろりと背の高い男性の後ろ姿を見つけ、息を潜め、近づいていき、しゃがみ込んだ相手の頭へ二度、三度と石を振り下ろす。

すると、なぜか、いきなり鼻先に血まみれの顔が出現したが、頭部から流れ落ちた多量の血のせいで、顔立ちがわからない。何とか確認しようとした時、それは骸骨に……いや、違う。よく見ると、それはやせ衰えた喜龍師匠の顔だ。

『人は決して因縁からは逃れられません。たとえ本人が忘れていようと、思いがけない出会いがもとで、いつか必ず暴かれて……』

白濁した黒い眼で睨みつけられ、全身が音を立てて震え出す。

『い、いや、あたしは何も……何も悪いことなんて……』

恐怖に駆られ、『助けてくれ！』と叫んだ瞬間、自分の声で目が覚めた。

肩で息をしながら、再び眼を閉じる。

（今のは……そうか。明晰夢《めいせきむ》だ）

夢であることが自覚された夢で、記憶を司る前頭葉《ぜんとうよう》や海馬《かいば》が特殊な状態に置かれた時に見ると聞いた。

（明晰夢なんて、生まれて初めて見た気がする。そのせいか、普段とはだいぶ違っていたが、これはきっと記憶が――）

「どうしたの。急に大声で叫んだりして」

「え……い、いや、別に、何でもない」

右隣から声をかけてきたのはきょう龍……ではなく、『京子』だ。白いシーツから裸の肩が露出していた。

悪夢による恐怖がすさまじかったせいで、すぐにはわからなかったが、目覚めた場所は自宅ではなく、ホテルの一室。セミダブルベッドの上だ。

「つい、うとうとしてしまったが……まさか、夢まで見るとは思わなかったな」

右手を握り、小指にはめていたシルキャップが外れていないことを確認する。誰かと一緒の時には、時々この作業をするのが癖になっていた。

それから、肩を抱き寄せ、キスをする。舌を絡めると、興奮でまた少し息が荒くなってしまう。

三月十五日、金曜日。午後九時前。二人がいるのは西荻窪の北銀座通り沿いに立つビジネスホテルの四階だ。

五日前、自宅アパートで京子に誘われ、オーラルのみとはいえ、関係をもったのだが、そのあと、『もし気が向いたら、また会いましょう』と言われ、LINEで連絡先を交換した。

単なる社交辞令だろうと思ったが、意外にも今朝、メッセージを受信し、午後七時に会うことになった。先に向こうがチェックインし、こちらへ部屋番号を連絡する形だ。今日は午後三時から品川《しながわ》の寺で開催される落語会に出番があったので、終演後、打ち上げをキャンセルして飛んできた。

きょう龍に対して申し訳ないという気持ちはもちろんあるし、『京子』に交際中の相手がいるのも気になったが、自分の欲望を抑えつけることができなかったのだ。

ただ、なぜ西荻なのか、そこが不思議だったが、再会後に尋ねてみると、彼女はこの近くにワンルームマンションを借りているという。

『一応北池袋が本拠で、こっちは荷物置き場と簡易宿泊所って感じね。もちろん、キーホルダーには両方の鍵がついてるけど、お互いのねぐらを荒らさないのがルールなの』

簡易宿泊所ということは、そこに彼氏を引っ張り込み、愛の交歓に勤《いそ》しんでいるのだろう。きっと、そこへ違う男性を入れたくないので、このホテルを指定したのだ。

前回は胸をはだけたのみだったが、今日は脱がすのを拒否されたのは最後の一枚だけ。そこも下着の上から触るのはオーケーで、恋人とほとんど変わらない濃密さだった。

驚いたのは肌の滑らかさで、手や唇に吸いついてくる。三十代後半の恵子と比べては気の毒だが、やはりまったくの別物だ。

今夜は口の中で二回も果て、すっかり満足……と言いたいところだが、男というのは贅沢なもので、『もし抱いているのがきょう龍だったら』とは常に考えていた。

「ねえ。何か、怖い夢だったの」

「ん……？　実は近頃、同じ夢ばかり頻繁に見るんだ」

そう漏らすと、『京子』はぐっと顔を近づけてきて、

「亀松さんて、若い頃の記憶に空白期間があるんですってね」

「えっ？　その通りだけど……なぜ、そんなことを知ってるんだい」

「相棒から聞いた……うふふ。というのは嘘。本当は日記を盗み見したの」

「確かに、きょう龍には少しだけ話したが……日記なんてつけてたんだ」

「厳密に言えば、ちょっと違う。このところ、本来は交替人格であるはずのあたしの出番が少しずつ増えてるのよ。たぶん、きょう龍も同じように感じていて、いつか、自分が眠ったままになるのではという危機感があるんだと思うの。

だから、日記というより、心覚え。その日の出来事をワード文書にして、共用のパソコンの奥の方のフォルダにしまってあった。もちろん、パスワードが設定されていたけど、ゆるかったのね。何とかログインさえできれば、閲覧履歴を消去するくらい簡単だし」

「なるほど。まあ、油断してたんだろうな」

「それを読んで、ちょっと興味が湧いたのよ」

そう言いながら、恵子と同じように胸毛をつまむ。

「もしよかったら、差し障りのない範囲でいいから教えてくれない？」

17

予想もしていなかった申し入れを聞いて困惑した。例の悪夢について他人に漏らしたことはただの一度もない。

（差し障りのない……まあ、犯罪のにおいがする、少し手前までなら大丈夫か）

誰かに喋って楽になりたいという思いは前々からあったし、それに、こちらが打ち明け話をすれば、相手の事情についても尋ねやすくなる。

「あれは、俺が十八の時……今年、三十六になるから、ちょうど折り返し地点てわけだな」

顔は天井へ向けたままで、とりあえず、話し始める。

「十月上旬、場所は奥多摩の山の中だが、どうやら、崖の上から落ちたみたいで……」

発見時の状況については、隠す必要など何もない。事故直前の二カ月分の記憶が欠落し、無理に思い出そうとすると、猛烈な不快感が襲ってくることも説明した。

ここからは、明かしても問題なさそうな範囲を手探りしながら、

「月の明るい晩なんだ。大きな縦穴がぽっかり口を開けていて、その縁に立っている。穴の底で何かがうごめくような気配を感じて、あわててその場を離れると、向こうに背の高い男がいて……」

この時、心の中で、急ブレーキがかかった。

「ええと……まだ先があるんだが、ここからはその時によって、少しずつ違う」

「ふうん。そう。でも、悪夢にうなされるくらいだから、そこから怖い展開があるんでしょう。教えてちょうだい。それとも、あたしには言えないの」

「いや。別に誰が相手なら喋れるというわけじゃなくて……」

逡巡し、黙り込んでいると、京子は「月の明るい晩か」とつぶやいたあとで、

「じゃあ、空に浮かんでたのはどんな月だった」

「ん？　なぜ、そんなものに興味があるんだ」

「それは、ほら、いかにもドラキュラとかが出てきそうな雰囲気じゃない。だったら、満月が似合いそうだなと思って」

「確かに満月だったが……ちょっと、待てよ。狼男と間違えてねえか」

「あっ、本当だ。あたしって、バカみたい。あははははは」

口に手をあて、笑い出す。

「夢の話はもうこれくらいでいいだろう。実はこっちにも尋ねたいことがある。それこそ、差し障りのない範囲でいいんだが、トラウマになった事件について、教えてもらえないかな」

「そうねえ。話すかどうか迷ってたんだけど……やめておく。その必要もなくなったし」

「必要が、なくなった？」

「怖い話はもう充分よ。それより、別な質問があるの。落語って、演ってて楽しい？」

「まあ、楽しくないこともないが……でも、なぜ急に……」

「あなたは知らないと思うけど、あたしね、一度だけ、高座で落語を喋ったことがあるの」

「ふうん。そんなことがあったのか」

その件についてはきょう龍から聞いていたが、話の腰を折っては悪いので、知らないふりをする。

「じゃあ、やっぱり、きょう龍が勝手に引っ込んで……」

「その通り。仕方ないから、聞き覚えで床屋さんの噺を……あれ、何て名前だっけ？」

「床屋……『無精床』かな」

「そう。それ。前に聞いておもしろかったから、覚えていたの。その日はたまたま喜龍師匠の体調が悪くてね、交替の合図がなかなか来なかったせいで、何度もくり返し演るはめになっちゃった」

「ははあ。そいつは災難だったなあ」

「まあ、災難には違いないけど……あとから振り返ってみると、何だか楽しかった気もするの。とにかく、二人の人間を演じ分けたわけでしょう。すごく新鮮な体験だった」

「なるほど。芝居と違って、衣装やカツラは着けないが、二役演じたのは確かだな」

「十一月の勉強会だったかしら。あの時もきょう龍が逃げちゃったので、座布団を引っくり返していたけど……あの時、亀松さん、お相撲の噺を出したでしょう」

「十一月？　ええと、何だっけ。あの時は、トリネタが亀蔵師匠譲りの『馬の田楽』で……あっ、わかった。『半分垢《はんぶんあか》』だな」

自分にとって相撲噺はいわば看板で、『半分垢』もそのうちの一席だ。

上方へ修業に行った関取が三年ぶりに江戸に帰ってきたので、町内の贔屓客が駆けつけてくる。女房はうれしさの余り、体が途方もなく大きくなったと嘘八百の自慢をするのだが、これを聞いた亭主から増長ぶりを叱りつけられる。そこで、次に来た客には、体が小さくなったと正反対のことを言い、失敗するという筋だ。

「あの噺の夫婦の会話なんて、演ったら楽しそうだった。女房は素《す》のままでいけるけど、関取の方は……こんな感じかしらね。『おう、客人。留守の間はかかがえらく世話になり申して、ごっつぁんでごんした』」

「へえ！　こいつは驚いた。きょう龍には絶対内緒だが、前にも言った通り、相棒より噺家の才能があるかもしれねえ」

世辞を言うと、京子は照れたように笑う。その時、ふとある考えが脳裏に浮かんだ。

（登場人物の演じ分け……そうか。喜龍師匠が『髑髏柳』を改作した理由も、きっとそこにあっ

たんだ)

着物姿で大小を手挟んだ川村と、洋服を着て山高帽を被った鳥山。もしこれが演劇の舞台なら誰の眼にも違いは明らかだが、素噺《すばなし》の高座では見分けがつかない。しかも、オリジナルではこの二人が殺人の共犯なので、よけいに両者の差が曖昧になってしまう。

音声ファイルを最後まで聞いた結果、案の定、喜龍版では鳥山の単独犯という設定で、悪事に関わりのなかった川村は巻き添えを食って命を失う。

(そうすることによって、事件の図式を明確化したかったんだろうな。二人のうち、殺人を犯した方が江戸を捨てるというのも納得がいくし……)

「あなたって、すごくいい人みたいね」

「はあ？　何だい、急に。びっくりするじゃないか」

京子の言葉で、思考が中断される。

「外見と中身が違うってこと。最初は『えっ？』って思ったけど、これなら、きょう龍が好きになるのもうなずけるわ」

「おいおい。ほめてるのか、けなしてるのか、よくわからねえぞ」

「もちろん、ほめてるのよ。だから、言うつもりなんてなかったけど、教えちゃおうかな」

「何だい。ずいぶん、思わせぶりだな」

「実はね、これもきょう龍の日記から得た情報なの。彼女、もうバージンじゃない」

「ええっ？　そ、それ、どういうことだ」

突然の宣告に激しく狼狽する。

「一体、誰に……あっ！　じゃあ、やっぱりセックスの最中に人格が交替して、君の交際相手に犯されてしまったとか――」

「だから、違うってば。彼を勝手に悪者にしないで。まあ、レイプされたのは事実だけどね。一昨日の晩に」

「一昨日……で、誰の仕業なんだ」

「亀松さんのよく知ってる人よ。というより、身内」

「俺の身内？　だって、そんなもの……」

言葉に詰まると、京子は戸惑っているこちらの眼の奥を覗き込みながら、

「あなたの叔父さんよ。名前が松高とかいったかな」

18

（ヨシさんが、きょう龍を犯したなんて……聞いた時には耳を疑ったぜ）

西荻窪駅北口の駅前通りを早足で西へ向かう。肩に高座着を入れたバッグを掛けていた。

（よほど酔ってでもいたんだろうか。乱れた姿は見た覚えがないが、酒が嫌いではなかったはずだ）

いわゆる純喫茶とは違い、二人の店ではビールやハイボールがメニューにあるから、客につき合って、つい飲みすぎてしまったのかもしれない。

（それに、午後八時を過ぎれば、叔母さんは家へ帰ってしまう。ほかに客が誰もいなければ、入

口を内側からロックして……あとは、思うがままだ）

おぞましい想像はふくらむばかりだが、一昨日の夜の出来事については必ずしも事実が明確ではなかった。京子の話は以下の通り。

『昨日の朝、目が覚めると、何となく変だったの。自分の体だから、わかるのよ。抱かれた翌朝の感じって……トイレに入って確信したわ。

で、ひょっとすると事情がわかるかもしれないと思って、パソコンを起動してみたら、例のファイルの最後に、あなたの叔父さんを非難する言葉が並んでたってわけ。言い方は少し曖昧だったけど、体の関係になったのは間違いないわね』

解離性障害のせいで、お互いの意思とは無関係に、北池袋のアパートと西荻窪のマンションとを交互に寝泊まりする生活が続いている。一昨日の晩はきょう龍が西荻に泊まることになり、ふと思いついて、叔母の店に立ち寄ったらしい。そんな話を聞けば、どうしても、直接問いたださずにはいられなかった。

周囲には商店や飲食店もあるが、すでに明かりが消えていた。駅から少し離れるだけで、人の往来はぐっと減る。ここ数日、暖かい日が続いていたが、今夜は冬に逆戻りしたかと思うほど風が冷たかった。

やがて、目指すペンシルビルの前まで来て、時刻を確認すると、午後九時四十七分。

（営業時間の終了直前を狙っていけば、万一、濡《ぬ》れ衣《ぎぬ》だった場合に迷惑をかけなくて済む。ほかに客がいないといいんだが……）

路上には、店のロゴと主なメニューの書かれたA形ブラックボード。そのすぐ脇の階段を下ろうとして、ぎょっとなった。

夜間は常にともっているはずの通路の照明が、今日に限って、なぜか消えていたのだ。

地面にぽっかり開いた黒い穴。その手前で、立ちすくんでしまう。

胃のあたりに鉛でも呑んだような不快感を覚え、しばらくためらっているうち、穴の底の扉が開き、大きな影が現れた。そして、こちらを見上げると、

「もしかして、お客さんですか。すみませんが、今夜はそろそろ看板……ああ、何だ。誰かと思った」

「あ……あの、こんばんは」

人影はしばらく動かなかったが、やがて、無言のまま店内へ消えてしまう。

（あれ？　おかしいな。普段はこんなじゃないのに……）

胸騒ぎを感じたが、顔だけ見せて引き返すのも不自然だ。覚悟を決めて、階段を下り、入口のドアノブをつかんだ瞬間、思わずはっとなり、その手を離してしまう。

突然、脳裏に鮮明な画像が浮かんだのだ。それは、頭部から大量の血を流し、眼を閉じているきょう龍の姿。

（どういうことだ？　まるで意味がわからないぞ）

無意味な幻覚に決まっている。そうは考えたが、その画像の実在感は圧倒的だった。

（じゃあ、これも、実際の記憶の断片なのか。記憶の空白が埋まろうとして……ばかな！　十八年前、きょう龍……いや、宮田京子に会っているはずなんてないんだ）

半ば放心状態で店へ入ると、カウンターの中にいたヨシさんと眼が合った。すると、なぜか眉

をひそめながら睨みつけてくる。それは、今までに見たことのない表情だった。

閉店時刻間際だが、カウンターに客が一人いた。ただし、その風体《ふうてい》が異様だった。

年齢は五十代だろうか。ヨシさんほどではないが、大柄で、服装は白スーツに派手な柄のシャツ。明らかに堅気ではない雰囲気が漂っていて、ヨシさんが自分を歓迎しなかったのは、この人物に会わせたくなかったからだと直感した。

ドアを開ける直前まで、何か会話をしていた様子だが、客はこちらの顔を見るなり、吸っていた煙草を灰皿で消し、立ち上がる。

「じゃあな。帰るよ、ヨシさん」

「そうかい。十五年ぶりに会ったのに、悪かったな」

「いやいや。こっちこそ。また来るから」

そんな会話があって、客が出ていく。その直後、奇妙な違和感に囚われたが、すぐにはその理由がわからず、戸惑っていると、

「よお。どうしたい、忠雄君。突っ立ってないで、座ったらいいだろう」

二人きりになったとたん、ヨシさんは急に愛想がよくなった。

「何だか、申し訳ありません。お客さんとお話があったんじゃありませんか」

「いや。ただの古なじみでね。懐かしくって、立ち寄ってくれたみたいだ」

『古なじみ』という単語を聞いた瞬間、違和感の正体が判明した。

（ヨシさんという呼び方は六年前、有咲叔母さんが始めたと聞いた。そもそも、『ツヨシ』を『ヨシ』と省略するのは珍しい例のはずだが、さっき、十五年ぶりに会った男は確かに『ヨシさ

ん』と……)

「何だか、頬が赤いな。喧嘩でもしたのかい」

「えっ？　いいえ。別に……今夜は寒いせいですかね」

落語会では仲間にさんざんからかわれたが、今は腫れがほとんど引いている。ほんのわずかな異変を目敏《めざと》く察知されてしまった。

「ふうん。もうそろそろ看板だけど、何か一杯だけ飲むか」

ヨシさんが作業台を布巾で拭きながら言った。

「バランタインの水割り、好きだったよね」

「え……いいえ。遠慮しておきます」

「ふうん。だったら、俺に用事でもあるのか」

「ええ。まあ、そうなんですが……」

そろそろ、我慢の限界だった。

「あのう、一昨日、きょう龍のやつがここに来ませんでしたか」

19

ややストレートな質問になった理由は気が急《せ》いていたせいだ。もっと慎重に探りを入れるべきだったなと反省する。

「きょう龍さんが？　いや、来なかったぜ」

相手は即座に首を横に振る。もし心にやましい何かがあれば態度に出ると思ったが、そんな気配は一切感じられなかった。

（いや、ただのポーカーフェイスかもしれない。揺さぶりをかけないと……）

「そりゃ、変ですねえ。当の本人が一昨日の晩、こちらへおじゃましたと申してますが」

『京子』だって本人には違いないので、嘘はついていない。

「弱ったねえ。そう一方的に言われても」

唇をゆがめて笑いながら、煙草を取り出す。時刻は午後十時二分。どうやら、営業時間中は我慢していたらしい。

「来てないものは来てないんだから。それとも、何か魂胆《こんたん》があって、ねじ込もうってのかい」

「い、いいえ。別に、そんなことは……」

開き直った言い方をされ、少しあわてる。ガタイがいいだけに、威圧感があった。

（考えてみれば、二人きりで話をするのはこれが初めてかもしれない。普段の気弱なヨシさんとはまるで別人のようだが……）

ヨシさんがラクダの絵の箱から一本抜き、口にくわえる。そして、眉をひそめながら、左右を見た。

（あっ、ライターだな。早く火をつけないと叱られるが……えっ？　何だ、これは）

突如、既視感《デジャブ》に襲われた。次の瞬間、脳の片隅が猛烈な速度で活動を始める。

「あの、ヨシさんて……昔はもっとずっとやせていませんでしたか」

「ん？　まあ、若い頃にはひょろっとしてたけどね」

結局、ライターは見つからず、ガスコンロで着火して、キャメルをくわえる。

「どうして、いきなりそんなことをきくんだい」

「ですから……ええと、それは……」

答えられず、しどろもどろになる。ただ、相手が自分にとって目上の存在で、ライターで火をつけてあげるのがあたり前……なぜか、そんな気がしたのだ。

「ずっと以前に、どこかでお会いしたことがありませんでしたか」

たまらず、そう質問すると、ヨシさんは煙を吐きながら、無表情のままで、

「有咲から聞いてるけど、忠雄君は十代の頃、事故に遭って記憶を失ったそうだね。そして、いまだに一部がそのままの状態だと。ひょっとして、いくらか戻ってきてるのかな」

「それは……自分にもよくわかりませんが、ただ、最近、記憶の断片と思われる悪夢を頻繁に見るんです。だから、蘇りかけているのかもしれません」

「そうかい。わかった」

ヨシさんはカウンターに置かれていた灰皿を取り上げると、さっき火をつけたばかりの煙草をもみ消す。

「話は戻るが、さっきの件だ」

「えっ？　さっきというと……」

「だから、一昨日の夜の一件さ。答えたいんだが、ここではちょっと……ほら」

太い眉を寄せながら、カウンターの奥を顎で示す。そして、急に小声になると、

「実は、今夜はうちのやつがまだいるんだよ。確定申告したら、税務署から指摘を受けちまって、

今、一生懸命電卓を叩いてるところだ」

「あ……なるほど。そうだったんですか」

一度入ったことがあるが、そこは倉庫兼事務所で、狭い中にデスクが一つ置かれている。

「外で話をしたいんだが、近所の店はまずい。どこも顔見知りばかりだからね。悪いが、駐車場で待っててくれないか。青梅街道沿いのファミレスへ行こう。有咲にはタクシーで帰るように言うから」

「はい。わかりました」

家庭に波風を立てるのは本意ではないので、先に店を出て、少し先の角を右へ入る。

以前は伏見通り沿いにも大きな月極駐車場があったが、西荻が人気スポットになるにつれ、マンションやコインパーキングに替わり、現在は住宅地の中に小規模なものが点在するのみとなった。店が契約しているのはそのうちの一つ。スペースは三台分あるが、今、駐まっているのはヨシさんの愛車であるシルバーのソリオだけだ。

(やっぱり一昨日、きょう龍はここに立ち寄っていたんだ。『京子』は嘘をついてなかった)

シルバーの車体の脇に立ち、考えをまさぐってみる。

(となると、たぶんレイプされたというのも……話をするのはいいが、もし事実だとわかった場合、どうすればいいんだ？　最悪、手が出かねないが、仮にも義理の叔父を殴るなんて……待てよ。ヨシさんを殴る、だって)

突然、眼の前にある車のボディカラーが銀から黒へ、トールワゴンがセダンへと変わった。そして、草の上にあお向けに倒れている長身の人物の顔は、糸のような眼と大きな鼻、厚い唇……

だが、それらは一瞬にして、すべて消え去ってしまう。

（なぜこんな幻覚を見るんだ？　しかも、体形は違うが、あの顔は……）

「忠雄君、待たせて、悪かったな」

「え……い、いえ、大丈夫です」

いつの間にか、アノラック姿のヨシさんがすぐそばに立っていた。キーのリモコンを操作し、ロックを解除すると、

「助手席に女房の荷物を積んでるんだ。動かして、何かなくなったりすると面倒だから、後ろに乗ってくれるかな。その方がゆったりできて、いいだろう」

「あ、はい。わかりました」

混乱しきったままの状態で、スライドドアを開け、バッグを抱えて車に乗り込む。

（とにかく、少し落ち着かないと。それにしても、殴った相手がきょう龍に見えたり、ヨシさんに見えたり……俺の頭はどうかしちまったのか）

ヨシさんは後部座席のドアに手をかけ、こちらを見ていたが、ふと薄笑いを浮かべると、

「たしか、君は左利きだったね」

「え、ええ。そうですけど」

「だったら、利き腕の方が効果大だな」

言い終わったとたん、バチバチという音がして、車内に青い火花が飛び散り、左肩に鋭い痛みが走った。筋肉が引きつり、激しく痙攣《けいれん》する。逃れようとしても、狭い車内ではどうにもならなかった。

激痛は十秒以上も続き、そのまま横に倒れると、もう動けなくなってしまう。

「ずっと忘れたままなら、無事でいられたのに。困ったやつだなあ」

ヨシさん……いや、タケシが低くつぶやく。電流の作用かもしれないが、失われた記憶が意識の前面へあふれ出てきて、この男の正体も明らかになった。

口元へハンカチを押しあてられ、アルコールに似た刺激臭が鼻に入る。このままだと大変なことになると思い、抵抗を試みようとした時、自分の意思に反して、意識が急速に遠のいていった
……

20

……普段とは違い、いきなり現実世界へ放り出される。そんな目の覚め方だった。

頭上で闇がくるくる回る。頭が割れるようで、左の上腕部にナイフが刺さっているような痛みを感じた。

（……一体、どこなんだ、ここは？）

真っ暗で、周囲の様子がわからない。ひどくほこりっぽく、機械油のにおいがした。

体を動かそうとしたが、後ろ手に縛られ、さるぐつわまではめられているため、あお向けの姿勢から横を向くのが精一杯だった。

（こんな場所に、なぜ……そうか。ヨシさん……いや、タケシに車内で麻酔薬を嗅がされたんだ）

たぶん、クロロホルムか、それに似た成分の薬品だろう。成人の場合、薬を嗅がせただけで昏倒させるのは難しいと聞いたが、スタンガンまで併用されれば抵抗できない。そして、それら二つがあらかじめ用意されていたのだから、やつが陰で何をしているかは推して知るべしだ。

（タケシさん……間違いなく、そう呼んでいた。俺が十八の時だ）

失われた記憶は自分でも驚くほどの勢いで蘇りつつあるが、まだ百パーセントにはほど遠い。しかし、確信をもって断言できるのは、十八年前、自分が『ヨシさん』とすでに会っていたことだ。

その年の夏、俺は喧嘩が原因で不良グループを飛び出したが、家にもいたくなかったため、ふらふらと街をさまよい歩く生活を送っていた。そんな時、たまたま声をかけられたのが縁で、とある暴力団事務所で部屋住み修業を始めた。

そこに幹部の一人としていたのがやつで、当時の年齢が三十代半ばだったと思う。

（フルネームは……思い出せないが、叔母さんと入籍する際に名字を変えたのは、不都合な過去を消すためだろう。気が弱いふりをしていたのもカモフラージュだったんだ）

当時のタケシは今とは別人のようにやせていて、髪もオールバック。常に値の張るスーツや時計を身につけていた。

（部屋住みを始めたのが八月半ば。二カ月くらい経って、やっと電話番くらいこなせるようになった頃、一人きりで事務所に泊まり込んでいると、タケシから声をかけられたんだ。『ちょっと手伝ってくれないか』って。

俺にとっては雲の上の存在だったから、二つ返事で引き受けて、ついていき……それから……

うう、痛《いて》え)

　思い出そうとすると、頭痛が激しくなる。紐は手首へ食い込んでくるし、左腕の痛みもきつい。おまけに、ひどく喉が渇いていたが、この状況では対処のしようがなかった。

(で、そのあと、どうなった？　ええと、穴のそばから駆け出して、途中で石を拾い、背の高い人影……タケシを背後から襲撃する)

　仕方なく、欠けていた記憶を呼び起こす作業を再開する。

(最近になって蘇ってきたのは、血まみれになったきょう龍の顔だが……あいつを殴るはずがないし、そもそも、当時、宮田京子はまだ小学生……いや、待ってくれよ)

　その時、心の中で何かが反応する。裏になっていた重要な手札が返りかけている感触があった。

(あの顔、瓜二つではあっても、本人ではないのか。じゃあ、一体……ああっ！　わかったぞ)

　心の中で叫んだ時、闇の中を白く小さな光が近づいてくるのが見えた。

21

　やがて、光源がランタンであることが判明したが、それにしては、かなりの光量だ。提げていたのが誰かは言うまでもない。

「おや？　お目覚めかい。だったら、ションベンに行く前に始末をつけちまえばよかった」

　タケシが俺を見下ろす。ランタンは周囲を明るく照らしながら移動してきた。それでわかったのだが、漂ってくるにおいで想像した通り、廃工場のような場所だ。工作機械らしきものがいくつも並び、棚や足場も見える。自分のすぐ脇には台車もあった。

タケシが何の目的で自分をここへ連れ込んだかは明白だ。手遅れにならないよう懸命にもがき、うめいていると、

「何か言いたいのか。まあ、かわいい甥っ子だから、遺言くらいは聞いてやるか。ただし、大声で助けを呼んだってむだだぜ」

ランタンを台車の上に置くと、俺のすぐそばにしゃがみ込み、口元に巻いていたタオルを外す。

「うふ……こ、ここは、どこなんだ」

呟き込みながら、問いを発する。

「場所を聞いても始まらねえだろうが……埼玉のど田舎さ。さびれた工業団地にあった旋盤工場で、昔はネジを作ってたが、社長のじいさんが急に亡くなり、十年前に廃業した。

で、その建物の解体を俺の会社が請け負ったんだが、相続関係でトラブルが発生して、あえなく中断。その後、周囲の企業も撤退したから、誰一人足を踏み入れない場所になっちまった。もう一度似たようなバブルでも来ない限り、たぶん、未来永劫《えいごう》、このままだろうな」

そう言われて、この男が以前解体工事会社を経営していたことを思い出した。暴排条例の施行以後、年々シノギが難しくなっていく中、解体や産業廃棄物処理関係では生き残る余地が残されていたのだが、警察の取り締まり強化により、近年はそれらの業界からも暴力団関係者は締め出されつつある。おそらく、タケシはそんな流れの中で仕事に見切りをつけ、表面上だけかもしれないが、組からも脱退したのだろう。

「お前《めえ》も、困ったバカ野郎だなあ。昔のことなんて思い出さなければよかったのに……」

ライターで煙草に火をつけると、おぼろげだった表情があらわになる。それは、普段とはまるで違う、やくざ者の顔だった。

「名前も顔もとっくの昔に忘れてたから、入籍前の顔合わせでも何も感じなかったが、その二、三日後に、有咲から記憶喪失の件を聞かされたんだ。時期も場所もぴったりだから、まさか偶然とは思えなかったが、念には念を入れ、右手の小指を確認しようとして……ふふふ。お前も苦労したみたいだなあ」

顔をしかめながら、含み笑いをする。

「人前では右手を常に握っていて、なかなか小指を見せない。見極めるのに三月《みつき》もかかったぜ。まあ、気持ちはわかるさ。俺もまるで同じことをしてるから……どうだい？　たまに会うだけだから、気づかなかっただろう。お前と一緒の時には、常に注意してたからな」

そう言って、タケシが左手をこちらに示し、小指のキャップを抜き差しする。それを見て、蘇った記憶に間違いがないことを確信した。タケシは間違いなく、エンコ詰めをしていた。

「それでも、ずっと忘れていてくれれば放っておくつもりだったんだ。一応は叔父・甥の間柄だからな。態度に変化がなければいいと思いながら見ていたが……うまくいかねえもんだよなあ」

事件の概要については、改めて質問する必要などなかった。まだ完璧ではないが、悪夢の絵解きがすでに済んでいた。

その晩、俺はやつの愛車を運転し、もう一人の組員と三人で、二十三区の北の端にある古びたマンションへと向かった。そこで、タケシは三十絡みの男性にリンチを加えたが、向こうがいきなり包丁を振り回し、同行した組員の腕にけがを負わせたため、つい度が過ぎ、殺害してしまったのだ。

（頭を殴ったから、顔面が血だらけに……それが悪夢に出てきた、あの顔だ。双子は親父そっくりに成長したんだな）

男がすでに事切れているのを確認しても、タケシは表情を変えなかったが、内心、穏やかではなかったはずだ。しばらく考えてから、『こいつを運ぶから手伝え』と言った。

（『警察に通報しましょう』と喉まで出かかったが、当時の俺はそんなことが言える立場じゃなかった。けがをした兄貴分は病院へ行ってしまったし、死体遺棄罪の共犯になるのを承知の上で、協力するしかなかったんだ。

だけど、それだけなら、まだよかった。最悪だったのは、トイレに小学生の娘が隠れていたことだ）

「おかしなもんだなあ。こんな時になって、久々に思い出したよ」

タケシが問わず語りに口を開く。

「宮田大輔……たしか、そんな名前だと思ったが、あいつは正真正銘のクズ野郎だった。何しろ、役者もどきのきれいな顔をしてるくせに、こます時にクスリなんか使うんだから。

一度寝てしまえば自分の女にできるという自信があったんだろう。まあ、あいつを見習って、あれ以来、同じ薬を常備している俺も間違いなくクズだけどな」

その薬剤は部屋へ押し入ってすぐに押収した。それがタケシの手元にあったので、トイレで発見した女児に嗅がせ、無抵抗のまま車に乗せることができたのだ。

（移動の最中、後部座席で脇に寝ている女の子の顔を眺めながら、俺はずっと、どうすればこの子の命を救えるかを考え続けていた。死体遺棄だけならまだ我慢できるが、殺人、しかも、子供を殺すなんて、絶対にごめんだった）

産業廃棄物処理施設に着いて、トランクから宮田の遺体を下ろし、ブルーシートで包んで、穴へ放り込んだ。穴の底で動く気配を感じたのは錯覚だろうが、そう感じざるを得ないほど、すさまじい恐怖に襲われていたのは事実だ。

タケシは車から引き出した女の子を草むらに寝かせ、殺害して父親同様に葬ろうとしたが、その直前に何とか阻止することができた。俺はやつを現場に放置して、セルシオを発進し、途中で見つけた人家の玄関先に女児を寝かせ、そのまま走り去った。

おそらく、どこか遠くへ逃げるつもりだったのだろうが、その最中にハンドル操作を誤り、ガードレールへ衝突。そこからの記憶はないが、おそらくは朦朧《もうろう》としてさまよううちに、崖下へ転落してしまったのだろう。

「あの時は、お前もずいぶん大胆なまねをしでかしたもんだぜ。まさか俺を襲って、ガキを助けるとはな。携帯の電波も届かない山奥で、仕方なく、頭にけがしたまま延々坂道を下っていったら、愛車がガードレールのところでぶっ壊れていて、お前はいない。

それでも、あちこちいじってるうちに、何とかエンジンが動き出したから、急いで家へ帰った。あのセルシオは知り合いの車屋で廃車にしてもらったから、こっちは大損害。叩き殺してやりてえと思ったが……まあ、仕事が終わったあと、俺もお前を始末するつもりだったからな。お互い様だ」

きっとそうに違いないと、当時の自分も考えていた気がする。でなければ、あそこまで思い切った行動には出られない。

「あのあと、お前が警察《サツ》へ駆け込むに違いないと思って、組長《オヤジ》さんには『下手《へた》を打ちましたから、しばらく身を隠します』とだけ言って、誰にも知られない場所で高飛びの準備をしてたんだ。ところが、いつまで経っても追っ手がかからないし、サツに探りを入れさせても事件化されてる様子がねえ。そこで、恐る恐る舞い戻ってきたというわけさ」

俺は脳の損傷、宮田京子は解離性健忘。それが事件が表沙汰にならなかった理由だが、タケシにはそんなこと、わかるはずがない。

「その宮田大輔という人は、何が原因で暴行を受けることになったのですか」

質問すると、相手は煙を胸へ吸い込みながら呆れ顔になる。そして、長く吐いてから、

「お前も酔狂《すいきょう》な男だなあ。いまさら、そんなことをきいたところで……まあ、いい。ナントカの土産ってやつだ。教えてやろう。うちの組のオヤジは長らく独り者だったが、常にお気に入りの女が複数いた。俺も若気の至りで、そのうちの一人といい仲になっちまったんだ。

万一、悪事が露見すれば指を詰めるくらいじゃ済まねえから、早めに縁を切ろうと腹づもりしてたんだが、そのうちに宮田がそいつに手を出しやがって、女の側から見れば三つ股状態になった。もし変な動きをされ、親分《オヤジ》にばれたら一大事だと思って、ヤキを入れたんだが、逆上して暴れたりしやがるから、ものの弾みで、あんなことになった」

（……なるほど。だから、娘を見逃すことができなかったのか。もし警察に知られれば、必ず背景を含めて捜査される。親分への背信が明らかになるのが恐ろしかったんだ）

「覚えているかどうかは知らねえが、あの時、一緒に宮田の家へ行った朝原って男がいたろう」

「朝原……ああ。すっかり忘れていたけど、そんな名前の組員がいました」

確認しないと自信がもてないが、たぶん、宮田家へ乗り込む時、同行したもう一人の組員がそんな名前だったはずだ。

「やつも俺と同様、形ばかりだが、足を洗って、西荻でバーを開いた。たまに行き来してたんだが、二月の頭に突然行方知れずになっちまった。嫁さんから話を聞いて、嫌な予感がしたが……因縁てのは恐ろしいなあ」

「えっ？　それ、どういう意味ですか」

「だからさ、落語会できょう龍の顔を見た時、どこかで会ったことがある気がしたんだ。その後、双子だということがわかって、頭がこんがらがったが……あの時、手にかけるはずのガキだったとはな。二十年近くも経って、こんなふうに出会ったのは、やっぱり因縁だとしか言いようがねえ」

『人は決して因縁からは……』

耳元で喜龍師匠の声が聞こえた。

『たとえ本人が忘れていようと、思いがけない出会いがもとで、いつか必ず……』

「それに加えて、宮田の娘がよりにもよって喜龍の弟子だったなんて」

言い淀み、タケシが珍しく吐息を漏らす。

「お前の以前の芸名も頭に『花山亭』がついていたが、そんなもの、まるっきり意識してなかった。だから、勉強会に行って、喜龍が出てきた時には仰天したぜ」

奇妙な違和感を覚えた。この男と宮田京子との因縁はわかったが、喜龍師匠は何の関係もないはずだ。

「思い出話が長すぎたな。ちょうど煙草一本分でおしまいにしよう」

再びタオルでさるぐつわをされる。抵抗しようとしたが、顔を背けたくらいではどうにもならない。

「厄介な甥をもったもんだ。今頃になって、また手を汚すはめになったのも、全部お前が……」

言いながら、やつは短くなったキャメルを俺の左手の甲へ押しつけてきた。

ジュッという微かな音と肉の焦げる嫌なにおい。そして、何より、アイスピックで刺されたような痛みが走った。

タケシはうめく俺をせせらわらいながら、

「煙草の火くらいで騒ぐなよ。もうすぐ、何も感じなくなるんだ。あの産廃処理場はとっくの昔に全部埋まっちまって、遠くまで運ぶのも面倒だから、しばらくは腐臭が漏れないようビニールシートでグルグル巻きにして、ここに置いておこう。

あとは、ビルの基礎工事の現場へでも持ち込んで、コンクリートの下に沈めるかな。蛇の道は蛇ってやつで、急《せ》きさえしなければ、それくらいの伝《つて》はまだある。お前も居場所が定まらなくて落ち着かねえだろうが、迷わず成仏してくれ」

タケシが荷造り用のロープを取り出す。そして、それが今にも首に巻かれようとした時、少し離れた場所から大きな物音が聞こえてきた。

22

ガラガラッという音に続いて、コンクリートの床へ大量に何かが散らばる。

「何だ？　誰かいるのか」

タケシがしゃがんだ姿勢から立ち上がり、そちらに視線を送る。

「おい！　そこに、誰か——」

誰何《すいか》しかけた時、けたたましい犬の鳴き声が耳へ飛び込んできた。

それを聞いて、タケシは笑みを浮かべ、

「だから、こんなところまで誰も助けに来やしねえって。野良犬なんかにかまわず、さっさと片づけて……」

しかし、鳴き声はやまず、次第に大きくなる。タケシは舌打ちすると、ランタンを手にし、様子を見るため、俺から離れていった。

（真相にたどり着いても、死んでしまっては意味がない。この窮地から逃れる方法は……）

しかし、何とか動かせるのは足だけ。立ち上がることさえできれば逃げられる可能性もあるが、この姿勢からでは無理だ。手首を拘束している紐を切るにも、せめて金属片くらいなければどうにもならない。

さすがにもうだめかと諦めかけた時、鈍い音とともに誰かが床へ倒れ伏す気配がして、やがて、踵《かかと》の高い靴の足音が近づいてきた。

「亀松さん、大丈夫？」

懐中電灯で顔を照らされる。

「えっ？　きょう龍……いや、『京子』なのか」

「ごめんなさいね。きょう龍じゃなくて」

「い、いや、別に、そんなことは……」

「でも、よかったわ。手遅れになるかと思った。今、自由にしてあげるからね」

カッターを取り出し、紐を切る。助け起こされて、俺はあぐらをかいた。とりあえずスマホを取り出してみると、時刻は二十三時三十分。結構遠くまで連れてこられたらしい。

「火傷してるんでしょう。煙草の火で。冷やしてあげるから、どこなのか教えて」

「えっ？　火傷は、ここだけど……」

左手の甲を示しながら、ふと首を傾げる。

「でも、どうして、それを知っているんだ」

「そんなの、決まってるじゃない。これ、水じゃないけど、冷たいから」

スポーツドリンクをハンカチに浸し、あてがってくれる。それから、ボトルを差し出して、

「飲んだら？　喉が渇いてるでしょう」

「あ、ああ。ありがとう」

喉がカラカラだったので、早速、半分ほど一気に流し込み、やっと人心地ついた。

「ええと、あの、本当に助かったけど、さっきの質問をもう一度させてくれ。どうしてここがわかったんだ？　それから、なぜ俺が火傷したって……」

「ごめんなさい。亀松さんのバッグの底にスマートタグを隠しておいたの。あと、ジャンパーのポケットにマイクも」

「……ああ、なるほど。その手があったか」

種を明かされれば簡単なことだった。スマートタグは紛失防止の目的で貴重品に装着する小型機器で、スマホなどと連携することにより、現在位置を特定できる。

(だとしても、なぜそこまで周到な準備が可能だったんだろう。まるで、こうなることを予見していたみたいじゃないか)

しかし、新たな疑問を口にする前に、『京子』が立ち上がり、手にしたライトを振る。

「ほら、マサシ。こっち、こっち!」

その名前を聞いて、まさかと思ったが、やがて、光の輪が久村雅史の顔を照らし出す。

「うまくいったね。どこを狙ったの」

「首筋と肩、あとは背中さ。頭を殴って、もし殺しちまうと、あとで叱られるからなあ」

(叱られる……? 一体誰に叱られるというんだ)

事態が目まぐるしく変化し、なかなか全容がつかめない。

「とにかく、手首と足首をぎっちり縛ったから、もう安心だ」

「あら、そう。やるじゃない、雅史」

「向こうも油断してたからな。ネットで拾った犬の鳴き声を流せばいいと言ったのは京子だが、あれは名案……ああ、そうだ。亀松さん、この間は大変失礼しました」

床に座り込んだままの俺に、雅史が声をかけてきた。

「いや、そんな……助けに来てもらって、本当にありがたかったよ」

「気にしないでください。ただ、これで、前回の借りは帳消しですね。あの時は手を出しちゃ悪いと思ったんだけど、指示に逆らうわけにはいかなくて」

（えっ？　指示……つまり、誰か黒幕がいるってわけか）

とにかく、立ち上がり、そのことについて問いただそうとしたが、

「亀松さんは、うちの姉さんと結婚する気なんてないんでしょう」

先に雅史にそう言われ、声が出なくなる。

「この前、話してみて確信しました。あそこで男気《おとこぎ》を見せれば、あとの展開が違っていたのに、平気で浮気なんかするし……まあ、いい思いができたんだから、満足でしょう。俺は妬《や》けましたけどね。なあ、そうだよな。京子」

ここまで来れば、この二人の関係は明らかだ。

（きょう龍が言っていた『相棒の交際相手』がこいつだったのか。つまり、『京子』は久村雅史も納得ずくで、俺を誘惑して……待てよ。結局、どういうことになるんだ？）

頭が混乱の極致に達した時、遠くから、カチッ、カチッという聞き覚えのある音が……それを耳にした瞬間、息が止まった。闇の底に潜んでいた魔物がついに正体を現したのだ。

23

音はゆっくり近づいてきて、やがて現れたのは白杖を手にした喜龍師匠。驚いたことに、高座

着姿だ。

「亀松君、ごぶさたしたね。この度はいろいろとお世話になりました」

「えっ、お世話？　じゃあ……今回の黒幕は喜龍師匠だったのですか」

「黒幕ってのはずいぶんな言い方だけど、まあ、的は外れちゃいないな」

挨拶も何も忘れてしまったが、師匠は非礼を責めたりせず、柔らかい笑みを浮かべる。

「筋書きを考えたのは確かにあたしだ。お前さんを巻き込んだのは悪かったが、それなりに理由があってね。説明はあっちでしようじゃないか」

師匠が背後を指差すと、すかさず『京子』が腕を取り、ランタンを提げて先導する。

旋盤機械の間の通路を歩いていくと、工場の入口近くで木製の棚が倒れ、大量のネジが床へ散らばっていた。その上に、手足を拘束され、口にタオルを巻かれたタケシがあお向けに放り出されている。

「あたしはこの男に恨みがあるんだ。一度や二度殺したくらいでは飽きたらないほど深い恨みがね」

敵意をむき出しにしながら、喜龍師匠が杖の先で腹のあたりをつつく。

「最初《はな》のうちは誰の仕業かわからず、捜すのにずいぶん骨を折った。草の根を分けてもと思ったが……それも当然だろう。何しろ、あたしをこんな体にした張本人だからね」

「えっ？　すると、眼を……」

「そう。こいつ……ヨシノタケシがやったんだ」

それを聞いた瞬間、思わず驚きの声を漏らしてしまった。頭の中に漢字三文字がはっきり浮か

だ）
ぶ。『吉野剛』。
（思い出した！　間違いなく、その名前……だから、『ヨシさん』と、みんなに呼ばれていたん
　結婚後、有咲叔母さんがつけた愛称だと聞いたが、たぶん亭主の方からそう仕向けたのだろう。
それなら、昔の知り合いからあだ名で呼ばれても周囲が違和感を覚えない。戸籍にはふりがなが
ないので、過去の自分を消すため、タケシをツヨシと読み替えたのだ。
「吉野とのいさかいの原因は女絡みだから、いまさら説明してみたって始まらねえ。省略させて
もらうけど……まあ、あたしにも悪い点があった。腕や脚の一本も折られたって苦情は言えねえ
が、薬を使って眼をつぶすのはやりすぎだ。恨まれてあたり前さ」
「おっしゃる通りですが……ただ、なぜ警察へ駆け込まなかったのですか」
「もちろん、そうしようと思ったさ。ところが、そいつを力ずくで止めたバカがいたんだ」
「えっ……？　一体、誰です」
「花山亭喜円って男だよ。世間体を気にして、駆け込んだら破門だと抜かしやがった」
　それだけで、事情がすべてわかった。若手人気落語家が女性関係の問題で暴力団員から暴行を
受け、重い障害を負った。事実が公になれば本人だけでなく、師匠まで世間のわらい者になる。
喜円師匠はそう考えたのだ。
　落語界は典型的な縦社会。師匠の言葉は絶対で、もし逆らって破門になれば、一生高座へは上
がれない。しかも、大物中の大物だから、その気になれば若手の一人くらい簡単に業界から抹殺
できる。

「眼も大事だが、生涯落語が喋れないというのがとても耐えられなかった。おまけに、喜円の野郎、嘘までつきやがった。知り合いの眼科医を抱き込んで、『治療すれば快復する見込みがある』なんて言わせたんだ。

だまされたと気づいた時には、あとの祭りさ。まあ、多少の金は恵んでもらったが、世間から忘れ去られるまで、じっと身を隠している以外になかったんだ」

「だから、あんな落語会を……でも、なぜ長年捜していた相手がこのあたしの義理の叔父だとわかったのですか」

「きっかけは去年の九月、君と初めて会った時だよ。暑さのせいで、ついよろけちまって、支えてもらっただろう。あの時、手と手が触れ合って、小指が紛い物だということに気づいたんだ。

自分が捜す相手に左手の小指がないのが最大の手がかりだったから、さてはと色めき立ったが、年が違うし、あとで、きょう龍に確認してもらったら、義指をはめているのは右手だというじゃねえか。それで、勘違いだとわかったが、話はそこで終わらなかったんだ」

「そう。そこからの展開はドラマチックだったわ」

『京子』が師匠のあとを引き取る。

「亀松さんも知っている通り、あたしはきょう龍とは違って、事件の記憶を抱えて生まれてきた。最初からお父さんの敵《かたき》を捜していたわけなの。

喜龍師匠と一緒の時にきょう龍が隠れてしまうことも多かったから、お世話しながらいろいろ話しているうちに、その件になってね。『実は、自分の命を助けてくれた若い男性も右手の小指がありませんでした』と打ち明けたら、師匠が亀松さんの名前を挙げたのよ。年齢もぴったりだし、きょう龍の日記を読むと、十代の頃、事故に遭って記憶を失ったと書いてあった。だったら、何とかその記憶を取り戻してもらいたいと思ったの」

「えっ？　じゃあ、ひょっとして、師匠が『髑髏柳』の稽古をつけてくださったのも、それが目的……」

「確かに目的の一つではあったが……まあ、京子さんに頼まれてしたことだから悪く思いなさんな。あの噺はずっと以前に覚えて、そのままお蔵になってたんだが、彼女から事件の顛末を聞くうちに、しっくりこない理由は鳥山と川村の関係が不明確だからだと気づいた。

　鳥山が主犯で川村が復讐の巻き添えを食う形に改めれば、事件の構図がはっきりするし、改作した『髑髏柳』を亀松君に聞かせれば何らかの変化が期待できると思った。ついでだから、名なしの権兵衛《ごんべえ》だった鳥山にお前さんの名前をくれてやることにしたよ」

　確かにその効果は絶大で、記憶が蘇るための呼び水になったのは間違いない。

「それと同時に、京子さんが亀松君の周辺を探ってみたら、体形は変わっているものの、君の義理の叔父が、あたしが長年捜し求めていた相手だとわかった。早い話、二人の敵は同一人物だったんだ。『累ヶ淵』のマクラじゃねえが、因縁てやつは恐ろしいと思ったな」

（そいつは、まさに因縁だろうが……ん？　何だ）

　急にめまいがして、脇にあった作業台に手をつく。今までに経験のない異様な感覚だった。吉野に嗅がされた麻酔薬がまだ残っているのかもしれない。

「さて、じゃあ、そろそろ稽古の続きを始めようじゃないか」

　唐突にそう宣言され、困惑してしまう。

「師匠、あの、稽古って、何の……」

「『髑髏柳』の稽古に決まってるだろう。あの時、『いつか必ず』と約束したじゃないか」

喜龍師匠が懐からマンダラを取り出す。どうやら本気らしいが、なぜこんな時にそれを言い出すのか、まったく理解できなかった。

「おい。カゼを貸しとくれ」

「えっ？　あの、申し訳ございません。ちょっと、ここには……」

そこで息を呑み、絶句してしまう。師匠の声に応じて、脇から雅史が差し出したのは扇子ではなく、果物ナイフだった。刃渡り十五センチほどで、鋭利な先端をもっていた。

ランタンの白い光が恐怖におおのく吉野の表情を照らし出す。それを、見えない眼で透かすように見下ろしながら、

「ついさっき、自分でも言っていたが、ここは未来永劫このままなんだってね。だったら、死体の一つくらい転がしといても大丈夫だろう。下手人《げしゅにん》であるあたしは十年はおろか、あと一年も生きられない。警察も地獄までは追ってこられないさ。

ただし、噺には嘘があって、腹を切っただけでは簡単に死ねない。そのために介錯人がいるんだからね。だけど、今日は亀松君のための稽古だから、嘘を承知で、そのまま演ることにするよ。

それじゃあ、頼む」

雅史が嫌がる吉野剛を無理やり正座させ、服をたくし上げると、巨大な腹部が露出した。

（何をするつもりだ？　噺の稽古だと言っていたが、ひょっとして、あのナイフで……）

まさかと思ったが……しかし、それ以外には考えられない。背筋が凍りつくほどの狂気を感じ

た。

「まあ、こんなせこい刃物だから、出血多量であの世へ行くまでには相当時間がかかるだろうが……そうだ。やっぱり声を聞いておかないとね。いったん、解いとくれ」

タオルが外されると、吉野は紫色になった唇を震わせながら、泣きそうな声で、

「……お、お願いだ。助けてくれ。何でも、何でも、言うことを聞くから」

「何でも？　そうかい。そいつは耳寄りな話だな」

満足そうにうなずいた師匠は一転、眉を吊り上げ、鬼のような形相《ぎょうそう》になると、

「だったら、苦しみ抜いて死んでおくれ。あたしの二十五年間の地獄を思い浮かべながら……さて、じゃあ、念仏のところから演るよ。噺のじゃまになるから、黙らせてもらおうか」

再びさるぐつわがされると、喜龍師匠は左腕を背後から吉野の首へ回し、いよいよ身動きできないようにして、果物ナイフを持った右手で片手拝みをする。

「『南無阿弥陀仏……笑わないな。南無阿弥陀仏……南無阿弥陀仏』」

それは『髑髏柳』の大詰め。川村一作の台詞だった。

「『ほら、見ろ。笑うわけがないじゃないか』

『笑わない……だ、だったら、拙者、申し訳のために腹を切るから』

そこで、大刀を引き抜いて、突き立てると……」

へその少し上へ深く突き立った刃先が皮膚と肉を見る見る切り裂いていく。よほど力がこもっているらしく、ナイフの柄を握る右手がブルブルと震えた。吉野は懸命にもがき、獣のようなうなり声を発したが、殴打された後遺症なのか、抵抗は想像したよりも弱々しかった。

「川村が朱に染まりますと、ドクロがいかにもうれしそうに……『へへへへへへっ！』」

笑う表情は、まさに復讐心に燃えるドクロそのもので、全身の震えが止まらなくなった。そして、その言葉通り、腹部から勢いよく流出した血液が吉野のズボン、そして、床を赤く染めていく。

狂気に満ちた口演は続き、やがて、鳥山の台詞になる。

「『お前の正体を、俺は知っているぞ。タマゴヤの主だろう……ふふふふ』」

素の自分に返って、含み笑いをした師匠が、ふと、俺を捜すような素振りをした。その意図は明白だったが、あまりにも陰惨すぎるクスグリで、とても笑えなかった。

現在、吉野剛がマスターをしているカフェの名前は『ＴＡＭＡＧＯＹＡ』。それも、おそらく、師匠がこの噺を選んだ一因だったはずだ。

「『こうなった上からには、おめおめ生き長らえては、川村に対して申し訳が立たぬ』と、今度は鳥山が腹を切りました」

さすがに顔を背けたが、吉野のうめき声と荒い息遣いから、何が起きているのかは容易に想像できた。

「折り重なって倒れる二人を眺めて、ドクロがまるで生きた人間が腹を抱えるように、ハハハハハハッ！」

その瞬間、吉野のうなり声が一気に大きくなる。驚いて顔を向けると、喜龍師匠はすでにナイフを放り出し、右手を傷口へ突き入れて、腸らしきものをつかみ出そうとしていた。

何とか顔を背けようとしたが、すでに眼は釘づけ。口元に手をあて、込み上げてきた強烈な吐き気をこらえる。

そんな地獄絵図が延々と続いたあげく、

「卵屋の主人だけに……何とも、キミが悪い」

『髑髏柳』がようやく幕を閉じた。床はすでに血の海だ。

まだ身もだえしている吉野を無造作に床へ押し倒し、師匠が立ち上がる。

それとは反対に、俺は最前感じためまいが激しさを増してきて、力なく、その場に座り込んでしまった。

（毒気にあてられたせいかもしれないが、それにしても、症状がひどすぎるような……）

「これで、何もかも終わったね」

「あ……ああ。終わったな」

耳元で聞こえた言葉に、かろうじてうなずく。この世のものとは思えないほど恐ろしい光景を目撃するはめになったが、瀬戸際で命を救われたのは幸運だった。

「お世辞だったかもしれないけど、亀松さん、あたしがきょう龍よりも落語家の才能があるとほめてくれたでしょう」

見ると、『京子』は少しいたずらっぽい眼になっていた。

「あれ、すごくうれしかった。『半分垢』ほどはっきりした違いがなくても、自分以外の誰かのふりをするって楽しいのね。先週の土曜日にも、亀松さん、全然気づかなかったし」

「えっ？　何だって」

妙に引っかかる言い方だった。

「先週の土曜というと、板橋で師匠から稽古をつけてもらった日だが……」

「ほら、師匠が高座で急に具合が悪くなったでしょう。心臓の持病は嘘じゃないけど、あれは演技。そこへ、わざとらしく駆けつけてきた弟子もね」

「……なるほど。それは全然見抜けなかった」

あの時、かいがいしく師匠の世話をしていたのはきょう龍ではなく、『京子』で、チックの症状もすべて演技だったのだ。考えてみれば、前もって打ち合わせでもしない限り、あんな絶妙のタイミングでは駆けつけられない。

（すでにその時点から、この二人にだまされていたのか。ということは、アパートにやってきたのも、最初から……きょう龍がレイプされたというのも出任せだったんだ）

夢の中に出てくる月が満月かと尋ねられたが、あれは事件の日付と合致しているかどうかの最終確認だったのだろう。

（それにしても、きょう龍の出番が間違いなく、減ってきている。恐ろしいことだが……もしかすると、『京子』が名実ともに宮田京子の主人格になりかけているのかもしれない）

めまいがいよいよ昂《こう》じてきて、座ってさえいられなくなり、床の上に体を横たえる。その直後、猛烈な眠気に襲われた。

流れ出た大量の血のせいで、鉄分を含んだ独特のにおいがしたし、脇で吉野がまだ微かにうめいていたが、なぜかほとんど気にならず、ついには眼を閉じてしまう。

「命の恩人だから、本当はあなたを助けてあげたかったの。ミンザイなんて盛りたくなかったんだけど……」

どこか遠くから、『京子』の声が聞こえてきた。

「雅史に止められちゃったのよ。『生かしておけば、いつか必ず真相をきょう龍に漏らす。そうなったら、厄介だろう』って……確かに、その通りよね。だから、あなたがぐっすり眠ったら、苦しまないよう注意しながら呼吸を止めてあげるわ」

『誰にも言わないから、助けてくれ』。そう言おうとしたが、声が出ない。

（鳥山忠雄……師匠はそう命名したが、自分は鳥山ではなく、川村だったのか。要は、巻き込まれ、命を失ってしまう役回り……）

他人事のように、そんなことを考える。そのうちに、いよいよ意識が遠のいてきた。

「最後に教えてあげるけど、きょう龍があなたを本気で好きだったのは嘘じゃないわ。ねえ、喜龍師匠」

「ああ。そうとも。あたしにまで漏らすくらいだからな。いなくなったら、さぞ残念がるだろうが……悪いけど、君の命乞いはしてあげられない。三途の川のすぐ手前まで来ている身だから、そもそも、その資格がないんだ。

亀松君……もう聞こえないかもしれないが、まあ、諦めるんだね。元はと言えば、君は誘拐と死体遺棄の共犯だ。ついていった君にも責任がある。そう。キミが悪い……」

参考文献

『志ん朝の落語5』（古今亭志ん朝　京須偕充編　ちくま文庫）
『古典落語（上）』（興津要編　講談社文庫）
『落語大百科2』『落語大百科3』『落語大百科5』（川戸貞吉　冬青社）
『わかりやすい「解離性障害」入門』（岡野憲一郎編　心理療法研究会　星和書店）
『関西ヤクザの赤裸々日記』（てつ　彩図社）
『カクテル400　スタンダードからオリジナルまで』（中村健二　主婦の友社）

この物語はフィクションであり、特定の個人・団体等とは一切関係がありません。

執筆にあたり、『もう半分』については五街道雲助師匠、『髑髏柳』については八代目林家正蔵師匠の口演の映像を参考にさせていただきました。ここに記して、謝意を表します。
また、装画の使用をご許可くださいました山本タカト氏、装幀を担当された山影麻奈氏、そして中央公論新社の三浦由香子氏に心より御礼申し上げます。

愛川晶　著作リスト

『化身　アヴァターラ』（東京創元社　一九九四年／幻冬舎文庫　一九九九年／創元推理文庫　二〇一〇年）
『七週間の闇』（講談社　一九九五年／講談社文庫　一九九九年／文春文庫　二〇一〇年）
『黄昏の獲物《トワイライト・ゲーム》』（光文社カッパ・ノベルス　一九九六年／改題『黄昏の罠』光文社文庫　二〇〇〇年）
『合わせ鏡の迷宮』（東京創元社　一九九六年）※美唄清斗氏との共著
『光る地獄蝶』（光文社カッパ・ノベルス　一九九六年／光文社文庫　二〇〇一年）
『鏡の奥の他人』（幻冬舎　一九九七年／幻冬舎文庫　二〇〇〇年）
『霊名イザヤ』（角川書店　一九九八年／角川文庫　二〇〇一年）
『海の仮面』（光文社カッパ・ノベルス　一九九九年／光文社文庫　二〇〇二年）
『夜宴　美少女代理探偵の殺人ファイル』（幻冬舎ノベルス　一九九九年／改題『夜宴　美少女代理探偵の事件簿』光文社文庫　二〇〇三年）
『根津愛（代理）探偵事務所』（原書房　二〇〇〇年／改題『カレーライスは知っていた　美少女代理探偵の事件簿』光文社文庫　二〇〇三年）
『巫女の館の密室』（原書房　二〇〇一年／光文社文庫　二〇〇四年）
『ダイニング・メッセージ』（原書房　二〇〇二年／光文社文庫　二〇〇七年）
『網にかかった悪夢　影の探偵と根津愛』（光文社カッパ・ノベルス　二〇〇二年）
『ベートスンの鐘楼　影の探偵と根津愛』（光文社カッパ・ノベルス　二〇〇四年）
『六月六日生まれの天使』（文藝春秋　二〇〇五年／文春文庫　二〇〇八年）
『道具屋殺人事件　神田紅梅亭寄席物帳』（原書房　二〇〇七年／創元推理文庫　二〇一〇年／中公文庫　二〇一九年）
『芝浜謎噺　神田紅梅亭寄席物帳』（原書房　二〇〇八年／創元推理文庫　二〇一一年／中公文庫　二〇一九

年）
『うまや怪談　神田紅梅亭寄席物帳』（原書房　二〇〇九年／創元推理文庫　二〇一二年）
『三題噺示現流幽霊　神田紅梅亭寄席物帳』（原書房　二〇一一年／創元推理文庫　二〇一四年）
『ヘルたん』（中央公論新社　二〇一二年／改題『ヘルたん　ヘルパー探偵誕生』中公文庫　二〇一四年）
『十一月に死んだ悪魔』（文藝春秋　二〇一三年／文春文庫　二〇一六年）
『ヘルたん　ヘルパー探偵とマドンナの帰還』（中央公論新社　二〇一四年）
『神楽坂謎ばなし』（文春文庫　二〇一五年）
『高座の上の密室』（文春文庫　二〇一五年）
『はんざい漫才』（文春文庫　二〇一六年）
『茶の湯の密室』（原書房　二〇一六年）
『手がかりは平林』（原書房　二〇一七年）
『高座のホームズ　昭和稲荷町らくご探偵』（中公文庫　二〇一八年）
『黄金餅殺人事件　昭和稲荷町らくご探偵』（中公文庫　二〇一八年）
『再雇用されたら一カ月で地獄へ堕とされました』（双葉文庫　二〇一九年）
『高座のホームズみたび　昭和稲荷町らくご探偵』（中公文庫　二〇一九年）
『芝浜の天女　高座のホームズ』（中公文庫　二〇二〇年）
『教え子殺し　倉西美波最後の事件』（原書房　二〇二一年）※谷原秋桜子氏との共著
『落語刑事サダキチ　神楽坂の赤犬』（中公文庫　二〇二二年）
『落語刑事サダキチ　泥棒と所帯をもった女』（中公文庫　二〇二三年）
『落語刑事サダキチ　埋蔵金伝説と猫の恩返し』（中公文庫　二〇二四年）
『モウ半分、クダサイ』（中央公論新社　二〇二四年）

愛川晶

1957年福島市生まれ。94年『化身』で第５回鮎川哲也賞を受賞。トリッキーな本格ミステリを基調としながら、サイコサスペンス、ユーモアミステリ、人情ミステリと幅広く活躍。主な作品に『六月六日生まれの天使』『ヘルたん』『再雇用されたら一カ月で地獄に堕とされました』。落語ミステリでは、『道具屋殺人事件』『芝浜謎噺』など「神田紅梅亭寄席物帳」シリーズ、『神楽坂謎ばなし』など「神楽坂倶楽部」シリーズ、『高座のホームズ』など「昭和稲荷町らくご探偵」シリーズ、『落語刑事サダキチ』など「落語刑事サダキチ」シリーズがある。『太神楽　寄席とともに歩む日本の芸能の原点』（鏡味仙三郎著）では編者を務めた。

モウ半分《はんぶん》、クダサイ

2024年10月25日　初版発行

著　者　愛《あい》　川《かわ》　晶《あきら》

発行者　安 部 順 一

発行所　中央公論新社

〒100-8152　東京都千代田区大手町1-7-1
電話　販売 03-5299-1730　編集 03-5299-1740
URL https://www.chuko.co.jp/

ＤＴＰ　嵐下英治
印　刷　ＴＯＰＰＡＮクロレ
製　本　大口製本印刷

Printed in Japan　ISBN978-4-12-005845-5 C0093